KB093252

패트릭 멜로즈 소설 5부작

PATRICK MELROSE NOVELS

나쁜 소식

에드워드 세인트 오빈

공진호 옮김

현대문학

「패트릭 멜로즈 소설 5부작」에 쏟아진 찬사

멜로즈 시리즈는 신랄한 명문과 짜릿한 재미로 이루어진 영국 현대소설의 금자탑이다.

데이비드 섹스턴, 《이브닝 스탠더드》

소설 첫 줄부터 완전히 빠져들었다. 재치 있고 감동적인 소설이며 강렬한 사회 희극적 요소를 갖춘 작품이다. 나는 책을 덮고 울었다. 정말 예상치 못했던 그 이유가 무엇이었는지 누설할 생각은 전혀 없다.

안토니아 프레이저, 《선데이 텔레그래프》

놀랍도록 신랄한 재치. 저자의 문장이 지닌 활기, 즉 보석 세공과 같은 글의 조탁과 도덕적 확신은 등장인물들이 희구하는 치유를 상징한다. 그만큼 좋은 글은 그 자체가 건강함의 척도이다.

에드먼드 화이트, 《가디언》

헤로인 중독과 알코올 중독, 간통, 이외에도 '자멸'이란 말은 가장 가볍고 완곡한 표현일 정도로 파멸적인 다양한 행동의 파도를 넘나드는 항해, 그 출발점이 된 비참한 항구로 돌아가지 않으려고 필사적인 노력을 기울이는 선원의 항해도와 같은 소설, 이것이 바로 패트릭 멜로즈의 이야기다. 이 시대를 그리는 가장 통찰력 있는 소설, 세련되고 재미있는 소설이다. 놀랍다.

프랜신 프로즈, 《뉴욕 타임스》

에드워드 세인트 오빈은 당대 최고의 영국 소설가일 것이다.

아름답고, 마음을 아프게 하면서도 웃기는 비극적인 소설이다.

세인트 오빈 소설의 가장 큰 기쁨은 세련되고 명료한 산문을 읽는 데 있다. 그것은 수학 공식과 마찬가지로 언어도 정확하고 아름다운 것은 반드시 진리를 가리킨다는 거의 초자연적인 느낌을 준다. 세인트 오빈 소설의 인물들은 비상한 표현력을 갖추었다. 그래서 그의 소설을 읽는 기쁨은 그들의 재치 있는 대화에 있다.

유머와 비애, 날카로운 비판, 고통, 기쁨뿐 아니라 이 모든 것을 연결하는 온갖 감정이 녹아 있는 멜로즈 소설들은 21세기가 낳은 걸작이다. 저자 세인트 오빈은 이 시대 최고의 문장가이다.

에드워드 세인트 오빈은 프루스트처럼 하나의 세계를 창조했다. 제정신이라면 아무도 그 세계에서 살고 싶지 않을 테지만 그곳은 실재하는 생생한 세계, 유쾌하고 위험하게 공허한 세계처럼 느껴진다. 소설의 장래성에 대한 확신이 흔들린다면 세인트 오빈을 바라보는 게 가장 좋을 것이다.

앨런 테일러, 《헤럴드》

이 비범한 소설을 구성하는 근본적인 계획은 끊임없이 탐구적인 자기 교정의 행위다. 이것은 이 소설의 긴박한 감정적 강도의 원천이며, 그 구성을 결정짓는 원칙이다. 뛰어난 사회 풍자적 요소가 있다고는 해도 이 시리즈는 현대의 방만한 희극적 소설보다는 고대의 압축적이고 의식적인 시극에 더 가깝다. 놀랍고 극적으로 재미있는 대하소설이다.

제임스 래스던, 《가디언》

오스카 와일드의 재치, 우드하우스의 가벼움, 에벌린 워의 신랄한 풍자가 뭉친 만족스러운 소설이다.

제이디 스미스, 《하퍼스》

걸작이다. 에드워드 세인트 오빈은 엄청난 재능을 가진 작가다.

패트릭 맥그래스

아이러니가 아드레날린처럼 쏠고 지나간다. 패트릭은 이지력으로 자신의 곤경을 세련되고 명료하고 냉정하고 격언에 가까운 태도로 처리한다. 재치 있는 안식과 냉소적인 통찰, 문학적 재간으로 넘치는 소설이다.

피터 켐프, 《선데이 타임스》

세인트 오빈의 글이 가진 편안한 매력의 이면에는 맹렬하고 면밀한 지력이 있다. 인물 묘사에 동원되는 재치는 그것이 무의미한 귀족을 향하든 구제 불능의 마약 딜러를 향하든 감칠맛 나게 죽여준다. 세인트 오빈은 실의에 빠지고 지쳐 버린 사람들의 정신과 마음을 분석할 때 완벽한 정신과 의사처럼 힘차고 신중하고 창의적이다. 이야기를 자아내는 능력으로 말하자면 전체적으로나 부분적으로나 독자를 매료시키는 천부적 재능을 가지고 있다.

멜리사 캣슐리스, 《타임스》

결국 패트릭에게, 그리고 저자인 세인트 오빈에게 위안을 주는 것은 언어다. 세인트 오빈의 멜로즈 소설들은 이제 중요한 대하소설로 간주될 만하다.

헨리 히칭스, 《타임스》

멜로즈 소설은 블랙 코미디의 요소를 지닌 걸작이다. 세인트 오빈의 문체는 힘차면서 경쾌하다. 비유의 정확성은 짜릿할 정도다. 세인트 오빈은 패트릭의 아들에 대한 이지적이고 다정다감한 사랑을 염두에 두고 소설을 썼다.

캐롤라인 무어, 《선데이 텔레그래프》

세인트 오빈은 감정의 혼돈과 고조된 감각의 혼란, 지적 노력의 위압적 모순을 강력하면서도 미묘하게 전달함으로써 치유에 가까운 짜릿한 효과를 창출한다.

프랜시스 윈덤, 《뉴욕 리뷰 오브 북스》

나이 먹은 사람이 어린 사람에게 가하는 잔인함에 대한 극도의 블랙 코미디. 증오에 차 있고 고통스러울 정도로 솔직하다. 나는 이 책을 읽고 지금까지 서평을 쓰며 경험해 보지 못한 영역에 눈을 뜨게 되었다. 걸작이다!

《타임스》

에드워드 세인트 오빈은 끔찍했던 어린 시절을 눈부시고 충격적인 작품으로 승화시켰다. 멜로즈 소설들은 훌륭한 풍자 문학이다.

《심리학 매거진》

세인트 오빈은 불행했던 인생을 그리는 자서전의 행상이 아니라 정말로 창의적인 작가다. 그렇기 때문에 세련되고 냉소적이며 종종 아주 웃기는 이 책은 이야기를 쓰게 만든 모든 상황을 초월한다. 세인트 오빈의 글을 읽는 것은 즐겁다. 그 글을 이루는 식견은 재미있는 만큼 강력하며 관대하기까지 하다.

《아이리시 인디펜던트》

나는 에드워드 세인트 오빈의 패트릭 멜로즈 소설들을 정말로 좋아한다. 독자들에게 그의 전작을 지금 당장 읽으라고 권하는 바이다.

데이비드 니콜스

기성세대의 죄악에 꺾인 사람들의 인생에 대한 인도적 고찰을 담은 책이다. 세인트 오빈은 영국 소설가의 백미이다.

《선데이 타임스》

앤서니 파월의 『세월이라는 음악의 춤A Dance to the Music of Time』 이후 가장 예리하고 가장 훌륭한 소설이다. 세인트 오빈은 현대 상류 사회의 관습, 제자리를 잃은 감정의 고통과 행복에 대한 희망이라는 살얼음판을 딛고 춤을 춘다.

《사가 매거진》

세인트 오빈은 한 가족 전원을 현미경 아래 놓고, 고통스럽지만 피할 수 없는 복잡한 특징들을 드러내 보인다. 서사시적이면서 개인적이고, 처참하면서 코믹한 그의 소설은 모두 걸작이다.

매기 오패럴

디에게

I

패트릭은 옆에 아무도 앉지 않기를 바라며 잠자는 체했다. 그러나 곧 머리 위의 짐칸에 서류 가방이 미끄러져 들어가는 소리가 들렸다. 마지못해 눈을 떠 보니 키가 크고 코는 들창코인 남자였다.

"안녕하세요, 나는 얼 해머라고 합니다." 남자가 금색 털이 수북한 주근깨투성이의 커다란 손을 내밀며 말했다. "같이 앉아 가게 된 거 같군요."

"패트릭 멜로즈입니다." 패트릭은 차고 끈끈하고 살짝 떠는 손을 내밀며 기계적으로 말했다.

그 전날 저녁, 패트릭은 뉴욕에 있는 조지 와트퍼드에게서 전화를 받았다.

"패트릭, 여보게." 긴장되고 느릿한 목소리로, 대서양을 횡단하는 통화라 소리가 약간 지연되며 전달되었다. "정말 끔찍한 소식이 있네. 자네 아버지가 간밤에 호텔에서 죽었어. 자네나 자네 어머니한테 아무리 해도 연락이 안 닿았어—내 생각에 자네 어머니는 아동구호기금 일로 아프리카 차드에 간 것 같네—지금 내 심정은 말하지 않아도 잘 알겠지. 알다시피, 난 데이비드를 아주 좋아했지. 이상하게 하필이면 그날 키 클럽에서 나와 점심 약속이 있었는데, 물론 데이비드는 나타나지 않았지. 그래서 정말 데이비드답지 않다고 생각한 기억이 나네. 자네는 충격이 얼마나 크겠나. 모두 자네 아버지를 좋아하지 않았는가, 패트릭. 키 클럽 회원들과 종업원들에게 말했더니 부고 소식에 **크게** 상심들을 하더군."

"시신은 지금 어디 있죠?" 패트릭의 목소리는 냉정했다.

"매디슨가에 있는 프랭크 E. 맥도널드 장의사에 모셨네. 여기선 누구나 거기를 이용하지. 내 생각에 아주 좋은 곳이야."

패트릭은 뉴욕에 도착하는 대로 조지에게 전화하겠다고 약속했다.

"내가 이런 나쁜 소식을 전하게 되어 유감이야. 자네 이 힘든 시간을 지나려면 정신을 단단히 차려야 할 거야."

"연락 주셔서 감사합니다. 그럼 내일 뵙겠습니다."

"그럼 이만 끊겠네, 패트릭."

패트릭은 주사기를 물로 씻다 말고 전화기 옆에 앉은 채 움직이지 않았다. 그게 나쁜 소식이라고? 정신이라면, 거리에 나가 춤추지 않을 정신, 너무 표 나게 웃지 않을 정신이 필요하겠지. 먼지가 엉겨 붙은 아파트 창문으로 햇살이 쏟아져 들어왔다. 바깥에는 에니스모어 가든의 플라타너스 나뭇잎들이 고통스러울 정도로 눈부셨다.

패트릭은 의자에서 벌떡 일어나 징벌하듯 중얼거렸다. "그러면 다 끝난 줄 알겠지만 어림도 없지." 걷어 올렸던 셔츠 소매가 흘러내리면서 팔에서 조금 흐른 피를 흡수했다.

"이봐, 패디." 얼은 아무도 패트릭을 '패디'라고 하지 않는데도 그렇게 불렀다. "나는 큰돈을 벌었네, 그래서 인생을 즐길 때가 되었다고 생각한다네."

비행기를 탄 지 30분밖에 안 됐는데 벌써 단짝이라도 된 듯 굴었다.

"정말 현명하시군요." 패트릭은 놀랍다는 듯이 말했다.

"몬테카를로 해변의 아파트와 모나코 너머의 언덕에 집을 전세 냈는데, **이 집이 아주 아름다워.**" 얼이 안 믿긴다는 듯 고개를 흔들었다. "영국인 집사를 고용했는데, 내가 무슨 스포츠 재킷을 입어야 하는지도 일러 주지—믿어지나? 이제는《월스트리트 저널》을 처음부터 끝까지 읽을 여유도 있어."

"도취적 자유로군요."

"**아주 좋아.** 지금은 『메가트렌드』라는 정말 재미있는 책도 읽고 있지. 병법에 관한 중국 고전도 읽고. 전쟁에 관심 있나?"

"별로."

"내가 확실히 편향된 거 같군. 난 베트남전에 참전했었거든." 얼은 창밖으로 수평선을 응시했다.

"좋았나요?"

"그럼." 얼은 웃었다.

"마음에 걸리는 건 없었어요?"

"실은 말이야, 패디, 베트남전에 대해 마음에 걸린 건 목표물 제한뿐이었네. 항구 상공으로 비행하다 유조선들을 보면 베트콩에게 기름을 나르고 있다는 걸 알면서도 폭격을 하지 못했거든―그게 내 평생 가장 큰 좌절감을 준 경험이었지." 얼은 또 머리를 절레절레 흔들었다. 자기 말에 스스로 거의 끊이지 않고 놀라워하는 듯했다.

패트릭은 통로 쪽으로 고개를 돌렸다. 느닷없이 아버지의 피아노 소리가 들려왔는데, 그 소리가 유리 깨지는 것처럼 크고 또렷했다. 그러나 이 환각은 곧 주위 사람들의 활기 있는 말소리에 잠겼다.

"생트로페에 있는 타히티 클럽에 가 본 적 있나? 아주 굉장해! 거기서 댄서 둘을 알게 되었지." 얼은 남자끼리 우정을 나누는 듯한 새로운 분위기에 맞게 목소리를 반 옥타브 낮추고, "내가 말해 줄 게 있네," 하고 은밀하게 말하더니, "난 섹스에 환장했어. 완전 **환장한 거야**," 하고 크게 말했다. "하지만 몸매가 잘빠진 걸론 충분치 않아. 그게 무슨 말인지 알아? **정신적인 무엇**이 있어야 하는 거야. 아무튼 그 댄서 둘을 데리고 잤는데, 몸도 잘빠지고 정말 예쁜, **환상적인** 여자들이었는데도 쌀 수가 없었네. 왠지 알아?"

"정신적인 무엇이 없었던 거겠죠."

"바로 그거야! 나한테 **정신적인 무엇**이 없었던 거야."

데비에게 없었던 것도 그 정신적인 무엇이었는지 모른다. 패트릭은 아버지가 죽었다고 간밤에 데비에게 전화로 말해 주었다.

"아, 저런, 그런 끔찍한 일이!" 데비는 말을 더듬었다. "내가 지금 그리 갈게."

패트릭은 데비의 목소리에서 신경성 긴장을 느꼈다. 그것은 적절한 말을 해야 한다는 강박과 관련된 유전적인 불안이었다. 데비에게 곤혹감은 무엇보다 강렬한 감정이었다. 부모를 보면 그럴 만도 했다. 데비의 아버지는 피터 히크먼이라는 오스트레일리아 화가로, 따분하기로 악명이 높은 사람이었다. 패트릭은 언젠가 피터가 "그러니까 부야베스*에 관한 정말 재미있는 일화가 생각나는데"라고 운을 떼고 어떤 일화를 이야기하는 것을 들었다. 패트릭은 한 반 시간 동안 그 이야기를 듣고 나자, 그다음으로 재미있는 부야베스 일화를 듣지 않게 되어 그나마 운이 좋았다고 치부했다.

신경증적 자질 때문에 건전지로 작동하는 대벌레 같아 보이는 데비의 어머니 히크먼 부인은 사교계와 관련해서 자기 능력밖의 야심을 가지고 있었다. 피터는 그런 아내 옆에서 부야베스에 얽힌 일화들을 떠벌리곤 했다. 히크먼 부인은 전문 파티 플래너로 잘 알려졌는데, 어리석게도 자기 생각대로만 일을 했다. 사람들에게 통풍이 안 되는 무대 같은 자기 집 거실을 공개했을 때, 히크먼 부인이 계획하는 모든 파티의 불안정한 완성은 날리는 먼지처럼 해체되었다. 그리고 결국은 베이스캠프에서 숨을 거두는 등반가처럼 자기 등산화를 등반의 막중한 책임, 즉 등반할 책임과 함께 딸에게 물려주었다. 히크먼 부인은 패트릭의 수입이 연 10만 파운드이고, 노르만족이 영국을 침략했을 때—그 후론 한 일이 없지만 어쨌든—이긴 쪽 집안 출신이라는 점을 두루 감안하여, 인생의 목적이 없어 보인다는 것과 안색이 불길하게 창백하다는 것쯤은 눈감아 주고 싶었다. 완벽하지는 않지

---

* 사프란을 넣은 어패류 수프.

만, 그런대로 쓸 만할 것 같았다. 어쨌든 패트릭은 겨우 스물두 살이었으니까.

한편, 피터는 지속적으로 인생사를 일화로 정리했다. 딸과 관련된 멋진 일들에 관해 트래블러스 클럽*의 바에 앉아 늘어놓곤 했지만, 이야기를 듣던 사람들은 하나 둘 급속히 빠져나갔다. 피터는 40년 동안 회원들의 강력한 반대로 회원이 못 되다가 마침내 그들이 약해졌을 때 입회 허락을 받았다. 그 이후로 피터가 생기를 띠고 전하는 이야기를 듣게 된 회원들은 모두 자기들의 실수를 뼈저리게 후회했다.

패트릭은 데비가 오겠다는 것을 단념시키고 하이드파크로 산책을 나갔다. 눈물이 나 눈이 따가웠다. 건조하고 덥고, 꽃가루와 먼지가 많은 저녁이었다. 옆구리에 흐르는 땀은 이마에도 송골송골 맺혔다. 서펀타인 호수 상공의 해를 가리던 한 줌의 구름이 흩어졌다. 공해의 타박상에 붓고 새빨개진 해는 가라앉고 있었다. 반짝반짝 빛나는 호수에 노랗고 파란 보트들이 물결 따라 아래위로 움직였다. 패트릭은 멈추어 서서 그 모든 풍경을 지켜보았다. 보트 창고 뒤로 난 길을 따라 경찰차가 고속으로 달렸다. 패트릭은 더 이상 헤로인을 하지 않겠다고 맹세했다. 지금은 패트릭의 인생에서 가장 중요한 순간이었다. 똑바로 해야

---

* 　트래블러스 클럽은 런던에 있는 회원제 클럽으로 외교관의 출입이 많다.

한다. 똑바로 하지 않으면 안 된다.

패트릭은 터키제 담배에 불을 붙이고, 스튜어디스에게 브랜디를 한 잔 더 시켰다. 헤로인 기운이 떨어져 조금 안절부절못하기 시작했다. 아침을 먹을 때는 케이에게서 훔친 신경안정제 바리움 네 알로 무사히 넘겼지만, 이제 다시 금단 증상이 나타나기 시작했다. 위가 꼭 물에 빠진 새끼 고양이가 든 자루 같았다.

패트릭은 미국인 케이와 바람을 피우고 있었다. 아버지가 죽었지만 자기는 살아 있다는 것을 확인하기 위하여 지난밤에는 여색에 탐닉하고 싶었다. 그리고 케이를 선택했다. 데비는 아름다웠고(사람들이 다 그렇다고 했다), 똑똑했다(제 입으로 그렇게 말했다). 그렇지만 젓가락을 딸각거리듯 불안하게 서성거리는 데비의 모습이 떠오르자, 패트릭은 케이의 푸근한 품에 안길 필요를 느꼈다.

케이는 옥스퍼드 교외의 아파트에 세 들어 살았다. 그곳에서 바이올린을 켜고, 고양이를 키우고, 카프카에 대한 논문을 썼다. 케이는 패트릭의 놀고먹는 생활에 대해 누구보다 더 불만스러운 태도를 보였다. 케이는 이렇게 말하곤 했다. "자기는 자기를 팔아야 해, 그 지긋지긋한 걸 버리기 위해서라도."

패트릭은 케이가 사는 아파트의 모든 게 싫었다. 윌리엄 모리스풍 벽지를 바른 벽의 모서리를 따라 금색 아기 천사가 그려진 띠지를 댄 건 케이가 아니었지만, 그것을 떼지 않은 것도 케이임을 또한 생각하지 않을 수 없었다. 케이는 어둑한 복도 입구에 선 패트릭에게 다가왔다. 어깨에 닿는 풍성한 갈색 머리를 가진 케이는 회색의 두꺼운 실크 숄로 몸을 감싸고 있었다. 케이가 패트릭에게 천천히 키스할 때, 시샘하는 고양이들이 부엌문을 긁었다.

패트릭은 위스키를 마시고 케이가 준 바리움을 먹었다. 케이는 죽어 가는 자기 부모에 대한 이야기를 했다. "사람들은 부모에게 형편없는 돌봄을 받은 충격을 극복하기도 전에 그런 부모에게 형편없는 돌봄을 베풀기 시작해야 해. 난 지난여름에 엄마 아빠를 모시고 운전해서 미국 대륙 횡단을 해야 했어. 아버지는 폐기종으로 죽어 가고 있었고, 엄마는 원래 아주 극성스러운 분이었는데, 뇌졸중을 일으킨 뒤로는 어린아이가 되었어. 유타주를 지날 때는 산소통을 사려고 80마일로 질주한 적도 있지. 그때 엄마는 뇌졸중 때문에 빈곤해진 어휘로 계속 이랬지. '아, 이런, 이런, 아빠 상태가 안 좋아. 아, 이런.'"

패트릭은 케이의 아버지가 자동차 뒷좌석에서 초췌해져 가는 모습을 상상했다. 극도의 피로로 흐려진 눈, 헛되이 공기를 잡으려고 바닥을 긁지만 허탕 치는 찢어진 저인망 같은 폐. 우리 아버지는 어떻게 죽었을까? 패트릭은 그것을 깜박 잊고 묻지 못했다.

얼은 '그 정신적인 무엇'에 대한 계몽적인 말을 한 뒤, 자기의 '다양한 자산'과 가족 사랑에 대해 말했다. 이혼은 '애들한테는 힘든 일'이었지만 "나는 다변화 작업을 하고 있었네. 그런데 사업 분야에서만 그런 건 아니었지." 얼은 말을 마치고는 낄낄 웃었다.

패트릭은 콩코드를 타서 다행이라는 생각이 들었다. 비행시간의 단축 덕분에 가뿐한 기분으로 아버지의 시신을 마주할 수 있을 뿐 아니라, 이런 대화 시간을 절반으로 줄일 수 있기 때문이었다. 항공사는 선웃음 치는 내레이터의 목소리로 이렇게 광고해야 할 것이다. "저희 콩코드 여객기는 안락한 여행에 신경 쓸 뿐만 아니라, 얼 해머 같은 사람들과의 대화를 단축시켜 줌으로써 승객 여러분의 정신 건강도 아울러 보살펴 드립니다."

"난 말이야, 패디, 공화당에 상당한—아니, 아주 **많은**—기부금을 냈네. 그래서 내가 원하면, 어느 대사관에든 대사로 갈 수 있을 거야. 하지만 난 런던이나 파리엔 관심이 없어. 그냥 사교 따위나 하는 자리니까."

패트릭은 브랜디를 한입에 들이마셨다.

"내가 원하는 건 남미나 중미의 작은 나라라네. 그런 데서는 대사가 현지 CIA 요원들을 지휘할 수 있으니까."

"현지 CIA 요원을요?"

"그렇다네. 하지만 난 지금 딜레마에 처해 있어. 아주 난감한 딜레마지." 얼은 다시 엄숙해졌다. "내 딸아이가 배구 국가대표팀에 들어가고 싶어 하는데, 내년에 아주 중요한 시합들을 줄줄이 치러야 한단 말이야. 빌어먹을, 그래서 대사로 가야 할지, 딸아이를 응원해야 할지 모르겠네."

"얼, 세상에서 좋은 아빠가 되는 것보다 더 중요한 게 어디 있겠어요."

얼의 마음이 분명 흔들리는 듯했다. "그 충고, 고마워, 패디, 정말 고맙네."

비행기가 목적지에 도착했다. 얼은 콩코드를 타면 사람도 늘 '고급'을 만난다는 따위의 말을 했다. 공항 터미널에서 얼은 미국 시민들이 서는 줄로 가고 패트릭은 외국인 줄을 따라갔다.

"잘 가게, 친구, 또 보세!" 얼이 크게 손을 흔들며 소리쳤다.

"모든 이별은 작은 죽음이지." 패트릭은 으르렁거리듯 혼잣말했다.

2

"여행 목적이 무엇입니까? 출장입니까, 관광입니까?"

"둘 다 아닙니다."

"네?" 청색 제복의 관리가 물었다. 서양배 같은 몸매에 피부는 민달팽이 색이고, 머리카락이 짧고 커다란 안경을 쓴 여자였다.

"아버지 시신을 가지러 왔습니다." 패트릭은 어물어물 말했다.

"미안하지만 무슨 말인지 못 들었어요." 여자는 짜증 섞인 말로 관리 티를 냈다.

"아버지 시신을 가지러 왔습니다." 패트릭은 천천히 크게 말했다.

직원은 여권을 돌려주었다. "안녕히 가십시오."

패트릭이 출입국 관리를 통과할 때 느낀 흥분은 평소에 세관을 통과할 때(옷을 벗어 보라면 어떡하지? 팔뚝을 보면 어떡하지?) 가졌던 두려움이 무색할 정도로 컸다.

이렇게 해서 다시 뉴욕에 왔다. 패트릭은 택시 뒷좌석에 구부정하게 앉았다. 찢어진 데를 검정 테이프로 때우고 가끔 분화구 구멍이 송송 나 노란 스펀지가 드러난 흔히 볼 수 있는 그런 택시 좌석이었다. 사람들이 불멸의 길로 가는 양분을 섭취하는 나라에 다시 왔다. 그런데 패트릭은 여전히 정반대의 길로 가는 것을 섭취했다.

택시가 아래위로 흔들거리면서 삐걱거리는 소리를 내며 고속도로를 달렸다. 패트릭은 뉴욕에 도착하면 느끼기 마련인 감각적인 특징들을 부득불 다시 인식하기 시작했다. 운전사는 물론 영어를 못 했고 면허증 사진의 침울한 얼굴은 운전사의 목덜미가 암시하는 자살적 우울을 확인시켜 주었다. 옆 차선들은 늘 그렇듯 과잉과 쇠퇴의 조합을 보여 주었다. 엔진이 더딘 거대하고 낡은 차들과, 검은 유리창의 리무진들이 냄새 나는 음식에 꼬이는 파리 떼처럼 맨해튼으로 몰려들었다. 패트릭은 어느 낡은 하얀색 스테이션왜건의 찌그러진 휠 캡을 응시했다. 구변 좋은 기억상실증 환자가 깊은 의식에서 수많은 영상을 끌어올렸다가는 금방 도로 놓아 버리는 것처럼, 휠 캡은 많은 것을 보고도 아무것도 기억하지 못한다. 창백하고 드넓은 하늘 아래서 공허한 생존을 유지하며 계속 돌고 있을 뿐.

지난밤 패트릭을 사로잡았던 생각이 그런 몽환경 속에 끼어들었다. 아버지가 또 나를 기만하다니. 참을 수 없다. 그 개자식이 나의 아주 오래된 공포와 강제된 존경을 이빨 빠진 따분한 노인에게 되돌려 줄 기회마저 박탈했다. 그러나 한편 패트릭은 자기가 감당할 수 있는 것보다 더 강한 모방 습관에 이끌려 아버지의 죽음에 말려들고 있음을 깨달았다. 물론 죽음은 늘 **유혹적인 것**이기는 했지만, 지금은 그게 복종하고 싶은 유혹처럼 보였다. 죽음에는 끝이 없는 희가극 같은 청춘기에 퇴폐적 또는 반항적 자세를 부여하는 힘이 있다. 또한 죽음에는 원초적 폭력과 자해의 익숙한 유혹이 따르기 마련이지만, 이제는 마치 가업을 이어받는 것처럼 순응의 양상을 띠었다. 정말 죽음은 빈틈이 없었다.

고속도로를 따라 그 옆에 넓은 묘지가 펼쳐졌다. 패트릭은 좋아하는 시구를 떠올렸다. '죽었다, 죽은 지 오래되었다, / 죽은 지 오래되었다! (어떻게 이보다 더 잘 표현할 수 있으랴?) / 내 가슴은 한 줌의 재, / 수레바퀴는 머리 위로 지나가고, / 뼈는 고통에 떤다, / 그것들은 얕은 무덤에 던져지고, / 겨우 땅속 1야드,'* 어쩌고저쩌고. 사람을 미치게 하기에 충분한 말이다.

---

* 앨프리드 테니슨(1809~1892)의 「모드Maud」.

패트릭은 윌리엄스버그 다리의 매끄러운 철제 바닥 위를 지날 때의 웅웅거리는 소리에 몽상에서 깨어나 다시 주변 환경을 의식했다. 그러나 그것은 오래가지 않았다. 속이 메슥거리고 초조했다. 이국의 호텔 방에서 다시 겪을 금단 증상. 패트릭은 그 틀에 박힌 과정을 잘 알고 있었다. 다만 이번으로 마지막일 것이다. 아니, 여러 마지막 **가운데** 하나일지도. 패트릭은 초조하게 웃었다. 아니, 놈들에게 당하지 않을 것이다. 화염방사기와 같은 집중력으로. 타협은 없다!

문제는 늘 뽕 주사를 맞고 싶다는 것이었다. 방에 불이 나자 휠체어에서 일어나 도피하고 싶은 심정과 같았다. 그 생각의 주변에서 빙빙 돌 바에야 차라리 실제로 하는 게 나을지 모른다. 오른쪽 다리가 아래위로 떨렸다. 패트릭은 양쪽 팔꿈치를 배에 모으고 외투 칼라를 움켜잡고 크게 소리쳤다. "꺼져, 꺼지라고!"

택시가 눈이 번쩍 뜨이는 맨해튼에 진입했다. 빛과 그림자의 거리. 택시는 거리를 따라 달렸다. 택시가 건널목에 이를 때마다 신호등이 속속 파란불로 바뀌었다. 둥근 지구의 이 부분에 메트로놈처럼 똑딱거리며 햇빛과 건물의 그림자가 교차했다.

5월 말, 더운 날이었다. 사실 외투를 벗어야 할 날씨였지만, 패트릭에게 그것은 어떤 방어 수단이었다. 상점 진열장에서 슬로모션으로 터져 나오는 것 같은 빛에 대한, 온몸에 느껴지는 지하철의 울림에 대한, 몸의 모래시계에서 모래 알갱이가 떨어지기라도 하는 듯 매 순간 가슴을 미어지게 하는 시간의 흐름에 대한, 피부에 파고드는 행인들의 무심한 시선이 던지는 날카로운 유리 조각에 대한 방어 수단이었던 것이다. 그래, 외투를 벗지 않을 것이다. 바닷가재에게 껍질을 벗으라고 하겠어?

눈을 쳐들어 보니 6번가였다. 42번가, 43번가, 미스 반데어로에*의 건축을 본뜬 거리.** 누가 한 말이더라? 기억나지 않았다. 사막의 바람에 굴러다니는 마른 잡초 덩어리로 시작하는 드라마 〈그들은 외계에서 왔다〉의 첫 장면처럼 다른 사람들의 말이 머릿속에서 맴돌았다.

패트릭의 머릿속에는 싸구려 호텔에 거주하는 사람들 같은 인물들이 드나들었다. 저마다 패트릭을 젖히고 말하고 싶어 안달이 난 수다쟁이 오코너, 뚱뚱이, 가싱턴 부인, 그 외의 다양한 인물들. 패트릭은 어떤 때는 자기가 텔레비전 같은 기분이 들었다. 그리고 누군가 성급하게 탁탁 채널을 돌리는 듯했다. 그 인물들이 모두 꺼져 줬으면. 이번 방문에는 **조용히** 해체될 생각이었다.

택시는 이제 피에르 호텔에 가까워졌다. 정전기 쇼크의 나라. 두꺼운 카펫을 밟고 한참 걸은 뒤, 접지되지 않은 몸이 닿는 순간 스파크를 뿜어내는 손잡이와 엘리베이터 버튼. 이곳은 바로

---

*   Mies van der Rohe(1886~1969). 독일 태생 미국 건축가.

**   톰 울프의 수필 「바우하우스에서 우리 집까지From Bauhaus to Our House」에 나오는 말.

지난번에 왔을 때 정신 착란의 퇴보를 시작한 곳이다. 그때 패트릭은 18세기 유럽에서 유행한 중국 양식이 극치를 이루고, 교통 소음이 잘 미치지 않고, 센트럴파크가 보이는 높은 층의 스위트룸에 있다가, 국제적으로 평판이 좋지 않기로 유명한 첼시 호텔로 옮겼다가, 다시 8번가의 C와 D 거리 사이에 있는, 쓰레기로 가득한 수직 통로로 내려가 관만 한 방에까지 내려갔었다. 패트릭은 지금 이 높은 곳에서, 몇 주 전에 냉장고에서 쥐가 나와서 혐오했던 그 호텔을 떠올리고 향수에 젖었다.

패트릭은 그때 그 허름한 숙소에서 지내면서도 헤로인과 코카인에 매주 5,000달러 이상을 썼다. 마약의 90퍼센트는 자신을 위한 것이고 10퍼센트는 나타샤를 위한 것이었다. 패트릭에게 나타샤는 여섯 달 함께 있는 동안 끝까지 불가해한 미스터리였다. 한 가지 확실한 건 나타샤는 패트릭을 짜증 나게 했다는 것이다. 그렇지만 패트릭이 볼 때 안 그런 사람이 누가 있었던가? 패트릭은 항상 오염되지 않은 고독한 생활을 간절히 원했다. 그러나 그런 생활을 하면 이번엔 거기서 벗어나기를 간절히 원했다.

"호텔입니다." 택시 운전사가 말했다.

"빌어먹을, 더 빨리 왔어야지." 패트릭은 중얼거렸다.

회색 코트를 입은 도어맨이 모자를 들어 인사하고 손을 내밀었다. 벨보이가 짐을 가지러 달려왔다. 패트릭은 그들에게 환영의 인사말을 듣고 팁을 준 다음, 땀을 흘리며 긴 복도를 지나 프런트로 성큼성큼 다가갔다. 식당 테이블에는 점심 식사를 하는 여자들이 짝지어 앉아, 탄산수는 마시지 않은 채 색색의 상추만 담긴 접시를 앞에 놓고 깨지락거렸다. 패트릭은 금박 틀의 거울에 비친 자신을 흘끗 보았다. 늘 그렇듯, 옷을 너무 껴입었고 몹시 아파 보였다. 신경을 많이 쓴 듯한 옷차림과 금방 해체될 것 같은 얼굴의 느긋한 표정은 혼란스러운 대비를 이루었다. 긴 검은색 외투, 짙은 파란색 양복, 검은색과 은색 줄무늬의 좁은 넥타이(1960년대에 아버지가 산 것). 이 조합은 시체처럼 창백하고 번들거리는 얼굴을 감싼 어수선한 갈색 머리와 무관해 보였다. 얼굴도 생김생김이 격렬한 모순의 양상을 띠었다. 두툼한 입술은 꼭 집어 안으로 말아 넣은 듯하고, 눈은 가느다랗게 뜨고, 코는 언제나 막혀 있어서 입을 벌리고 숨을 쉬어야 했는데, 그러면 약간 저능아처럼 보였다. 눈살을 찌푸리면 미간에 잡히는 한 줄의 수직 주름이 콧등으로 이어졌다.

패트릭은 체크인하고 어서 방에 가서 술을 마시고 싶었지만, 아직 직원들의 환영 인사를 듣고 팁을 주는 길고 괴로운 통과의례를 거쳐야 했는데, 그것을 가급적 빨리 뚫고 지나갈 마음의 준비를 했다. 누군가 엘리베이터까지 안내해 주고, 누군가 엘리베이터에 태워 올려다 주고(숫자가 깜박이며 39층을 가리킬 때까지 지켜보며, 그 길고 후텁지근한 공간에서 붕 떠 있는 상태),

누군가 텔레비전을 켜는 시범을 보여 주고, 누군가 여행 가방을 받침대에 올려놓아 주고, 누군가 침실의 전깃불 스위치 위치를 알려 주고, 누군가 방 열쇠를 건네주고, 마지막으로 누군가 잭 다니엘스 한 병과 자잘한 얼음이 든 검은 얼음통과 술잔 네 개를 가져왔다.

패트릭은 얼음 몇 개를 잔에 넣고 버번을 가득 따랐다. 버번의 향기가 그지없이 미묘하고 가슴에 사무쳤다. 패트릭은 창가에 서서, 흐릿하고 드넓은 하늘 아래 잎이 우거지고 색이 강렬한 센트럴파크를 내다보면서 불타는 처음 한 모금을 꿀꺽 삼켰다. 정말 울고 싶을 정도로 지독히 아름다웠다. 마음을 누그러뜨리는 버번의 감상적인 포옹에 비애와 탈진이 융합되었다. 파멸적인 마법의 순간이었다. 어떻게 마약을 끊기를 바랄 수 있을까? 이렇게 강렬한 감정을 차오르게 하는데. 마약이 주는 힘의 느낌은 물론 상당히 주관적이었다(이불 속에서 세상을 지배하다가 우유 배달원이 우유를 배달하러 오면 마약을 훔치러 온 돌격대원들이라고 착각하여 그들에게 머리에 총을 맞아 벽에 그 파편이 뿌려질 것이라고 생각하듯이). 하지만 **인생**은 그 자체부터 워낙 주관적이지 않은가.

패트릭은 사실 지금 바로 장의사에 가 봐야 했다. 아버지 시신을 볼 기회를 놓치면 후회막심할 것이라고(어쩌면 시신에 발을 얹어 볼 수 있을지도 모르기 때문에) 생각했다. 패트릭은 키

득거리며 창턱에 빈 잔을 내려놓았다. 뽕 주사를 맞지는 않을 것이다. "나는 그 점을 **완전** 분명히 하고 싶다." 패트릭은 옛날 화학 선생님이었던 머페트 선생님 목소리로 날카롭게 소리 질렀다. 자신감을 가지자, 라는 게 패트릭의 철학이었다. **하지만 먼저 진정제를 먹어야 한다.** 단번에 모든 것을 끊을 수 있는 사람은 없다, 특히 (흑흑) 이와 같은 때에는. 패트릭은 싹을 내며 약동하는 초목의 괴물 덩어리 센트럴파크로 가서 마약을 사기로 했다. 호텔 맞은편 센트럴파크 입구에서 서성거리는 시끌벅적한 흑인과 히스패닉 마약 딜러들이 저쯤에서 걸어오는 패트릭이 잠재 고객임을 알아보았다.

"각성제! 진정제! 한번 봐 봐요." 술 취해 보이는 키 큰 흑인이 말했다. 패트릭은 그냥 지나쳐 걸었다.

뺨이 홀쭉하고 빈약한 수염을 기른 히스패닉이 턱을 까닥하고 이렇게 물었다. "뭘 찾으세요?"

"끝-내 주는 거 있어요, **한번 봐 봐요.**" 선글라스를 쓴 다른 흑인이 말했다.

"퀘일루드* 있어요?" 패트릭은 느린 말투로 말했다.

"그럼요, 퀘일루드 있죠. 레몬 714—몇 알 줄까요?"

"얼만데?"

---

* 진정제, 최면제.

"5달러."

"여섯 알. 스피드* 있으면 그것도." 패트릭이 덧붙였다. 소위 충동구매라는 것이었다. 스피드는 정말 사고 싶지 않았지만, 패트릭은 어떤 약이든 그 약에 반론을 제기할 능력이 없어졌을 때 약을 사는 것을 좋아하지 않았다.

"뷰티** 있어요. 제약 회사에서 만든 거예요."

"댁이 직접 만들었다는 말이겠지."

"아니죠, 제약 회사란 건 끝내준다는 말이죠."

"그거 세 알."

"한 알에 10달러."

패트릭은 60달러를 주고 약을 받았다. 패트릭이 술술 돈을 쓰는 것을 보고 혹한 다른 딜러들이 주위에 몰려들었다.

"영국인 맞죠?" 히스패닉이 물었다.

"손님 귀찮게 하지 마." 선글라스를 쓴 딜러가 말했다.

"네." 패트릭은 그다음에 무슨 말이 나올 줄 알았다.

"거긴 공짜 헤로인이 있죠?" 술 취해 보이는 흑인이 물었다.

"맞아요." 패트릭이 애국자처럼 말했다.

"언젠간 영국에 가서 나도 그 공짜 헤로인 좀 해야겠군." 술 취해 보이는 흑인이 긴장을 푸는 듯했다.

---

*   각성제.
**   암페타민(각성제)과 퀘일루드를 섞은 약.

"그러시오." 패트릭은 5번가를 향해 계단을 오르며 말했다. "그럼, 이만."

"내일 또 와요." 선글라스를 쓴 딜러가 소유욕을 보였다.

"그러지." 패트릭은 중얼거리며 계단을 뛰어 올라갔다. 퀘일루드를 입에 넣고 침을 모아 겨우 삼켰다. 마실 것 없이 알약을 삼키는 건 중요한 기술이었다. 마실 게 있어야 하는 사람들은 견딜 수 없다, 패트릭은 택시를 부르며 생각했다.

"매디슨가, 82번 거리로 갑시다." 퀘일루드는 알이 커서 결국 목구멍에 걸리고 말았다. 택시는 매디슨가를 질주했다. 패트릭은 퀘일루드를 완전히 넘기려고 목을 여러 방향으로 틀어 보았다.

그사이 택시가 프랭크 E. 맥도널드 장의사에 도착했다. 패트릭은 옆으로 누워 의자 가장자리 너머로 길게 목을 뺐다. 마른 입 안의 침을 있는 대로 다 쥐어짜서 맹렬히 알약을 삼키는 시도를 했다. 운전사는 백미러로 패트릭을 보았다. 또라이.

패트릭은 결국 목젖 바로 아래 돌출부에 낀 퀘일루드를 제거하고, 장의업체의 높은 오크 문을 열고 들어갔다. 두려움과 불합리가 마음속에서 서로 맞섰다. 양쪽 끝이 도리아식 반쪽 기둥으로 장식되어 있고 앞면이 둥글게 굽은 카운터 뒤에 회색 실크 블라우스와 푸른색 재킷을 입은 여자가 앉아 있었다. 사후 세계로 떠나는 비행기의 승무원 같다고나 할까.

"데이비드 멜로즈의 시신을 보러 왔습니다." 패트릭이 차갑게 말했다. 여직원은 엘리베이터를 타고 3층으로 '곧장' 올라가라고 했다. 마치 가다 말고 중간에 내려 다른 시신들을 보고 싶어 할지도 모른다는 듯이.

엘리베이터는 프랑스산 태피스트리에 대한 경의의 표시 같았다. 유족들이 고인의 시체를 마주하기 전에 잠시 앉아 숨을 돌릴 수 있는 단추가 박힌 긴 가죽 의자 위에는 촘촘한 바느질로 수놓은 목가적 이상향 작품이 걸려 있었다. 양치기로 가장한 조정의 신하가 여자 양치기로 가장한 조정의 신하에게 피리를 부는 장면이었다.

이제 그 결정적 순간이다, 일생일대의 중대한 순간. 주적主敵의 시신, 패트릭을 창조한 자의 잔해, 죽은 아버지의 시신. 말하지 않은, 또 절대로 말하지 않았을 그 모든 것의 엄청난 무게. 아무도 들을 사람이 없는데, 그것을 말해야 한다는 압박, 아버지를 대신하는 말도 해야 한다는 압박, 세상에 균열을 내고, 아버지의 몸을 조각 그림 맞추기로 만들지 모를 그 자기 분할의 행위. **이제 그 결정적 순간이다.**

엘리베이터 문이 열릴 때 들려온 소리에 패트릭은 순간적으로 조지가 깜짝 파티를 준비했나 하는 생각을 했다. 그건 말도 안 되는 생각이었다. **전 세계를 통틀어** 아버지를 조금이라도 알고도 여전히 좋아하는 사람을 대여섯 명 이상 조달하기 어려울 것이기 때문이었다. 엘리베이터에서 내려서 코린트식 기둥 사이를 지나 패널로 장식된 방으로 들어가 보니, 화려한 옷차림의 낯선 노인들이 많았다. 남자들은 온갖 종류의 가벼운 격자무늬 재킷을 입었고, 여자들은 하얗고 노란색의 큰 모자를 쓰고 있었다. 그들은 서로 팔짱을 끼고 칵테일을 마시고 있었다. 패트릭은 어찌 된 일인지 알지 못한 채, 방 뒤편에 한쪽으로 기울고 뚜껑이 열린 관으로 갔다. 흰 새틴으로 안을 댄 관을 들여다보니 다이아몬드 넥타이핀, 새하얀 머리, 검은 정장을 한 작은 남자가 누워 있었다. 옆 탁자에 놓인 카드를 보니 '허먼 뉴턴을 추모하며'라고 쓰여 있었다. 죽음이 압도적인 경험임에는 의심할 여지가 없겠지만, 그것은 패트릭이 상상했던 것보다 훨씬 더 강력한 것임에 틀림없었다. 아버지를 이렇게 재미있는 친구들을 많이 가진 작은 체구의 유대인으로 바꾸어 놓다니 말이다.

심장이 쿵 하고 내려앉더니 마구 뛰기 시작했다. 패트릭은 그대로 뒤돌아 엘리베이터로 돌진했다. 호출 단추를 누를 때 정전기가 일어났다. "젠장 믿을 수 없는 일이군." 패트릭은 으르렁거리듯 말하며 루이 15세 양식의 의자를 걷어찼다. 엘리베이터 문이 열리고 뚱뚱한 노인이 내렸다. 축 늘어진 잿빛 살갗의 노인은 별난 긴 반바지에 노란색 티셔츠 차림이었다. 허먼이란 사람은 유언장에 애도 금지라는 조항을 넣은 게 분명했다. 그게 아니라면 사람들이 그저 허먼의 죽음을 기뻐하는 건지도 모른다고 패트릭은 생각했다. 그 뚱뚱한 노인 옆에는 얼굴이 불그데데하고 역시 해변의 옷차림을 한 그의 아내가 있고, 그 옆에는 카운터의 젊은 여직원이 있었다.

"엉뚱한 시신이에요." 패트릭이 여직원을 쏘아보며 말했다.

"오, 와, 저 봐." 뚱뚱한 노인은 다른 곳을 보고 말했지만 패트릭은 자기가 마치 사실을 과장한다고 핀잔을 듣는 느낌이었다.

"다시 확인해 봐요." 패트릭이 어기적어기적 지나쳐 가는 노부부를 무시하며 말했다.

패트릭은 접수계 여직원을 그의 전문인 '녹아 죽어라' 눈초리로 응시했다. 두 사람 사이의 공간을 가로질러 여직원의 머리에 육중한 송판 같은 광선을 쏘는 듯한 눈빛이었다.

"이 건물에는 지금 다른 파티가 없는 게 분명한데요." 여직원이 말했다.

"난 파티를 보고 싶다는 게 아니라 우리 아버지를 보고 싶다는 거예요."

여직원은 패트릭과 함께 1층으로 내려가 패트릭을 처음 맞았던 카운터로 가서 현재 그 건물의 '파티'* 명단을 보여 주었다. "여기 뉴턴 씨 외에는 다른 이름이 없잖아요." 여직원은 의기양양하게 말했다. "그래서 '향나무실'로 가시라고 한 거예요."

---

* '파티'에는 '잔치'나 '모임'이란 뜻 외에 '일행'이나 '사람'이라는 뜻이 있기 때문에 이런 대화가 오가고 있다.

"어쩌면 아버지는 죽지 않았는지도 모르겠군요." 패트릭이 그녀 쪽으로 몸을 기울이며 말했다. "그렇다면 정말 충격이에요. 혹시 도움을 청하는 외침은 아니었을까요?"

"장의사님에게 확인해 보는 게 좋겠어요." 여직원이 뒤로 물러나며 말했다. "잠시만 기다려 주세요." 그리고 문인 줄 몰랐던 뒷벽 패널 하나를 열고 들어갔다.

패트릭은 분노로 마음을 죄며 카운터에 기대섰다. 로비 바닥은 흑백 다이아몬드 문양의 대리석이었다. 이튼 스퀘어 홀의 바닥과 같았다. 그곳에 처음 갔을 때 패트릭의 키는 그 노부인의 손까지밖에 되지 않았었다. 노부인은 지팡이를 부여잡고 있었다. 손가락의 두드러진 푸른 핏줄에 흐르는 피는 청옥 반지로 몰렸다. 정체되어 투명해진 피. 노부인은 패트릭의 어머니와 그들의 위원회에 대한 이야기를 나누었고, 패트릭은 자기가 그 유사성을 발견했다는 생각에 열중했다. 어떤 날에는 모든 것이 서로 유사했다. 그러면 유사성이 아무리 사소해도 모든 것이 무엇이든 어느 하나에 포함되었다.

도대체 무슨 일이지? 아버지의 유해를 찾는 게 왜 그렇게 힘들지? 마음속에 있는 아버지의 유해를 찾는 것은 아무런 문제가 없었다. 프랭크 E. 맥도널드만이 그렇게 어려움을 겪고 있었다. 패트릭은 그런 생각을 하며 히스테리를 일으킨 듯 낄낄거렸다. 그때 절제된 강한 육감을 장의사 일에 활용하게 생긴 콧수염의 대머리 동성애자가 패널 문에서 나타나 딸각딸각 구둣발 소리를 내며 흑백 다이아몬드 바닥의 로비를 가로질러 왔다. 그는 패트릭에게 아무런 해명 없이 따라오라고 하고 엘리베이터에 타서 2층 버튼을 눌렀다. 뉴턴 씨보다는 하늘에 조금 덜 가깝지만 칵테일 파티 소리는 없는 층이었다. 장의사는 조명이 은은한 복도의 정적을 뚫고 앞장서 종종걸음으로 걸었다. 패트릭은 방어할 힘을 가짜에게 허비했다는 것을 깨달았다. 광대극 같은 뉴턴 씨의 장례식 때문에 진이 빠진 뒤라 정작 아버지의 시신에게 받을 충격에 무방비로 위태롭게 노출되게 생긴 것이었다.

"이 방입니다." 장의사는 소맷부리를 만지작거렸다. "고인과 단둘만의 시간을 가지시기 바랍니다." 상냥한 목소리였다.

패트릭은 호화로운 카펫이 깔린 그 작은 방을 흘긋 들여다보았다. **이런 젠장칠.** 아버지는 관에 들어가 뭘 하고 있는 거지? 패트릭은 장의사에게 끄덕이고 바로 들어가지 않았다. 마음속에 광기의 물결이 일어나는 느낌이 들었다. 아버지 시신을 곧 본다는 건 무엇을 의미하지? 무엇을 의미해야 하지? 패트릭은 입구에서 서성거렸다. 아버지의 머리는 그를 향하고 있었다. 얼굴은 보이지 않고 구불구불한 백발만 보였다. 박엽지가 시신을 덮고 있었다. 관 속의 시신은 포장을 뜯다 만 선물 같았다.

"아버지네!" 패트릭은 양손의 깍지를 끼고 믿기지 않는다는 듯 돌아서 상상의 친구에게 말하듯 중얼거렸다. "뭐 **이러실 것까**

진 없는데!"

패트릭은 방 안으로 들어갔다. 다시 두려움에 휩싸였지만 호
기심에 이끌렸다. 맙소사, 얼굴은 박엽지에 덮여 있지 않았다.
패트릭은 고귀해 보이는 아버지의 용모에 깜짝 놀랐다. 아버지
의 인격과 분리되었기 때문에 그리도 많은 사람들을 기만한 용
모는 그 분리가 완성된 지금 더 뻔뻔스러워 보였다. 아버지는
죽음에 열광하지 않는 듯 보였다. 그보다는 권투 시합장의 열광
하는 관중에 에워싸인 성직자 같았다.

술에 취해 껌벅거리는 눈은 돈다발을 세는 은행 창구 직원의
손가락처럼 모든 사람들의 약점을 평가했는데, 이제는 그 눈이
감겨 있었다. 분노를 표출할 때면 쑥 내밀던 아랫입술은 이제
자연스럽게 누그러져서 당당한 표정과 모순되었다. 아랫입술은
분노와 항의, 죽음에 대한 자각 때문인지 찢어져 있었다(여전히
틀니를 끼고 있었던 게 틀림없다).

아버지의 인생을 아무리 밀접하게 추적해도—이 습관은 혈류
에 침투한 오염 물질 같았으며, 그것은 패트릭이 자의로 투입하
지도 않았고, 씻어 낼 수도 없는 독, 또는 환부의 죽은 피를 빨아
내지 못하는 거머리와도 같았다—아버지의 인생을 지배한 오
만과 잔인과 슬픔의 치명적 조합을 아무리 밀접하게 상상하려
해도, 패트릭 자신은 그것에 지배되지 않기를 아무리 간절히 바
랐더라도, 마지막 순간, 즉 자기가 곧 죽을 것을 알고, 또 그런

자기 생각이 옳다는 것을 안 아버지의 그 마지막 순간은 추적할 수 없었다. 패트릭은 자기가 곧 죽을 줄 알았던 때가 많았지만 언제나 틀렸다.

패트릭은 이에 찢긴 아버지의 아랫입술 상처를 종잇조각처럼 죽 찢고 싶은 강렬한 충동을 느꼈다.

아니야, 그건 아니야. 패트릭은 그런 생각을 허용하지 않을 것이다. 커튼 봉 위로 넘어가 달아났던 그 터무니없는 필요. 그건 아니야, 그 생각을 하지 않을 것이다. 사람이 사람에게 그런 짓을 하면 안 된다. 패트릭은 그런 사람이 될 수 없었다. 개자식.

패트릭은 악문 이를 드러내고 으르렁거리듯 말했다. 아버지더러 의식을 되찾으라고 주먹으로 관 옆을 쳤다. 인생의 영화에서 이 장면을 어떻게 연기해야 할까? 패트릭은 자세를 바로잡고 경멸의 웃음을 지었다.

"아버지, 아버지는 그리도 지독히 슬픈 사람이었는데, 이젠 나도 슬픈 사람으로 만들려는군요." 지나치게 감상적인 미국 사람 어투였다. 패트릭은 가식적으로 목이 메었다. "어유, 안되셨어."

3

앤 아이즌이 '르 브레' 제과점에서 산 케이크를 들고 아파트 건물로 들어섰다. 앤은 빅터가 지치지도 않고 노상 지적하듯이 그게 여성형의 '라 브레' 제과점이라면 더 '브레', 즉 더 진짜 같았을 것이라고* 생각하며 도어맨 프레드를 보고 웃었다. 프레드는 형의 교복을 물려받은 소년 같아 보였다. 금몰 장식의 갈색 외투 소매가 커다랗고 창백한 손가락 관절까지 내려올 정도로 길었다. 그런데 바지는 궁둥이와 넓적다리가 꼭 끼고, 발목에 달라붙은 옅은 파란색 나일론 양말 위에서 깡뚱하게 펄럭였다.

"안녕, 프레드." 앤이 말했다.

---

* Le Vrai Pâtisserie의 pâtisserie가 여성 명사이므로, le vrai가 아니라 la vraie여야 하며, 그러면 '더 진짜vraie-er' 같을 거라는 것.

"안녕하세요, 아이즌 부인. 그 짐, 들어드릴까요?" 프레드가 어기적어기적 걸어오며 말했다.

"고맙지만, 밀푀유 두 개와 건포도 빵 한 개 정도는 아직 들 수 있어요." 앤은 과장되게 구부정한 자세로 말했다. "이봐요, 프레드, 이따 4시쯤 친구가 오기로 했어요. 인상이 좀 고약한 젊은 친구인데, 까다롭게 대하지 말아요, 그 친구 아버지가 돌아가셨거든."

"아, 저런, 안됐군요."

"**그 친구**는 그렇게 생각하지 않을걸, 아직 그걸 모를지도 모르지만."

프레드는 그 말을 듣지 못한 체하려 했다. 아이즌 부인은 정말 좋은 여자였지만 간혹 아주 불가사의한 말을 했다.

앤은 엘리베이터를 타고 11층 버튼을 눌렀다. 몇 주만 있으면 이 모든 것과 작별일 것이다. 11층, 월슨 교수의 등의자, 교수의 아프리카 가면들, 교수의 거실에 걸린 '나는 훌륭하다고 생각하는데 인기를 얻지 못한 그림', 그 모든 것과의 작별이었다.

짐 월슨은 부자 아내 덕분에 무려 파크가에서 고풍스러운 물건들을 풍부히 진열하고 살 수 있었고, 지난 10월부터는 '초빙' 교수 자격으로 옥스퍼드에 가 있었다. 빅터는 그를 대신하는 교환 교수로 컬럼비아 대학교에 와 있었다. 앤은 빅터와 파티에 갈 때마다—그들은 파티 초청은 거의 빠뜨리지 않았다—초빙 교수라는 것을 가지고 빅터를 놀렸다. 앤과 빅터는 '열린' 결혼을 했다. '열린 상처' 또는 '열린(공공연한) 반란' 또는 말할 것도 없이 '열린 결혼'을 말할 때의 '열린' 것이란 늘 좋은 것만은 아니었다. 빅터는 이제 일흔여섯 살이었다. 그러고 보니 빅터와 이혼할 가치도 별로 없는 듯했다. 게다가 누군가는 빅터를 돌봐 주어야 했다.

앤은 엘리베이터에서 내려 11E호 문을 열고 복도 벽에 걸린 아메리칸 인디언 담요 옆의 스위치를 켜려고 손을 뻗었다. 도대체 패트릭에게 무슨 말을 하지? 그는 퉁명스럽고 심술궂은 10대를 보내고 이제 마약으로 머리가 곤죽이 된 22살의 청년이 되었다. 앤은 아직도 라코스트 집 계단에 앉아 있던 다섯 살 때의 패트릭을 기억했다. 터무니없는 생각이란 것을 알지만, 앤은 그 고통스러웠던 디너파티에서 패트릭을 위해 엘리너를 내보내지 못했다는 책임감도 여전히 느끼고 있었다.

이상하게도, 앤이 빅터와 결혼할 수 있게 해 준 망상은 사실 그날 저녁에 시작되었다. 그로부터 몇 달 동안 빅터는 새 책 『존재와 지식과 판단』을 쓰는 일에 몰두했다. 사람들은 그것을 앞서 쓴 책 『사고와 지식과 판단』과 쉽게 (그렇지만 아주 부당하게) 혼동했다. 학생들이 '긴장을 늦추지 않도록' 그런 유사한 제목을 붙였다는 빅터의 주장은 앤과 출판사의 의구심을 완전히 불식시키지 못했다. 그렇지만 거장의 빗자루인 양, 빅터는 새 책으로 오랫동안 정체성이라는 주제에 앉은 먼지를 흩뜨리고는 그것을 쓸어 모아 흥미진진한 먼지 더미로 쌓았다.

이 창조적 물결이 지나간 뒤 빅터는 앤에게 청혼했다. 앤은 당시 서른네 살이었다. 그때는 몰랐지만 앤이 빅터를 흠모하고 존경하는 마음이 절정에 달했을 때였다. 앤은 청혼을 받아들였다. 살아 있는 철학자라면 누구나 바랄 그 약간의 명성 때문만은 아니었다. 앤은 빅터가 좋은 사람이라고 믿었던 것이다.

도대체 패트릭에게 무슨 말을 하지? 앤은 바버라의 굉장한 수집품 가운데 윤이 고르지 않은 시금치 색의 마욜리카 접시를 꺼내 케이크를 가지런히 놓았다.

패트릭 앞에서 자기가 데이비드 멜로즈를 좋아한 척하는 건 소용없는 짓이었다. 엘리너와 이혼한 뒤, 가난하고 병들었을 때조차 데이비드는 체인에 묶인 알자스 셰퍼드보다 더 나은 호감을 주지 못했다. 데이비드의 인생은 흠 없는 실패였다. 상상하기 끔찍한 고립된 생활을 하면서도 데이비드의 미소는 여전히 칼날 같았다. 만일 데이비드가 사람들의 마음에 드는 법을 배우려했다 하더라도(성인 학생이라니!), 그의 본성을 아는 사람이 그걸 봤다면 누구나 역겨웠을 것이다.

거실에 놓인 짜증 나게 낮은 모로코 탁자 위로 몸을 굽힐 때, 머리에 끼워 두었던 검은 선글라스가 미끄러졌다. 때가 때이니만큼 노란색 순면 드레스는 너무 경우에 안 맞게 명랑해 보이지만, 아무려면 어때? 패트릭은 앤을 못 본 지 오래되었기 때문에 염색한 머리라는 것을 알지 못할 것이다. 바버라 윌슨이라면 백발을 자연스럽게 내버려 두겠지만, 앤은 내일 밤 '신여성'에 관한 텔레비전 토크쇼에 출연할 예정이었다. 신여성이 무엇인지 알기 위한 노력의 일환으로 새로운 헤어스타일로 머리도 하고 새 옷도 샀다. 그것은 리서치였고 앤은 경비를 청구할 것이다.

4시 20분 전. 패트릭이 도착하기까지 한가한 시간이 생겼다. 치명적인 발암성 담배를 한 대 피울 시간, 공중위생국장의 조언에 정면 도전할 시간이었다—의사면서 장군인 사람의 말을 어떻게 신뢰할 수 있겠는가.* 앤은 그게 모순된 입장을 취하는 것이라고 생각했지만 죄책감을 감출 수는 없었다. 하지만 욕조에 에센스를 두 방울이 아닌 세 방울 넣을 때도 죄책감이 들었다. 그러니 그게 뭐 대수일까?

앤이 멘톨을 함유한, 거의 의미가 없는 순한 담배에 불을 붙이기가 무섭게 아래층 현관 벨이 울렸다.

"네, 프레드."

"네, 아이즌 부인, 멜로즈 씨가 오셨습니다."

"그럼 어서 올려 보내요." 앤은 이렇게 주고받는 말을 좀 다양하게 할 수는 없을까 생각했다.

---

* 공중위생국장, Surgeon General의 surgeon은 '외과의사, 군의관', general은 '장군'을 뜻하기 때문에 이렇게 말한 것이다.

앤은 부엌으로 갔다. 주전자 스위치를 올리고, 흔들거리는 둥근 등나무 손잡이가 위에 달린 일본식 찻주전자에 찻잎을 뿌려 넣었다.

벨이 울리자 앤은 하던 일을 두고 서둘러 문을 열러 나갔다. 긴 검은색 외투를 입은 패트릭이 뒤돌아서 있었다.

"안녕하세요?" 패트릭은 앤 옆으로 비집고 들어오면서 어물거렸다. 앤은 패트릭의 어깨를 잡아 따뜻한 포옹을 해 주었다.

"정말 유감이야."

패트릭은 앤의 포옹을 받아들이지 않고 레슬링 선수가 상대의 맞붙기를 풀듯이 빠져나갔다.

"저도 유감이에요." 패트릭이 약간 머리를 굽히며 말했다. "늦는 건 불쾌하지만 일찍 도착하는 건 용서할 수 없죠. 시간 엄수는 아버지한테 물려받은 작은 악습 중 하나예요. 그건 내가 절대로 정말 세련될 수 없다는 걸 의미하죠." 패트릭은 외투 호주머니에 손을 넣고 거실에서 왔다 갔다 했다. "이 아파트와는 **달리** 말이죠." 패트릭은 빈정댔다. "이 집을 아주머니네 런던 집과 바꾼 행운을 쥔 사람은 누구죠?"

"빅터와 대등한 컬럼비아 대학교의 짐 윌슨 교수야."

"어휴, 자기가 자신의 대등한 사람이 아니라, 자기와 대등한 사람이 따로 있다는 건 정말 상상만 해도!"

"차 마실래?" 앤이 동정 어린 한숨을 쉬고 물었다.

"흠. 진짜 음료도 마실 수 있을까요? 저한텐 벌써 밤 9시예요."

"너한텐 언제나 밤 9시면서. 뭘 줄까? 내가 만들어 줄게."

"아뇨. 제가 할게요. 아주머니가 만드는 건 그리 독하지 않을 테니까요."

"그래." 앤이 부엌 쪽을 바라보았다. "술은 멕시코 맷돌 위에 있어."

맷돌에는 깃털 달린 투사들이 새겨져 있었다. 그러나 패트릭의 주의를 끈 것은 버번위스키였다. 패트릭은 긴 잔에 와일드 터키 버번을 조금 따라서 퀘일루드 한 알과 함께 목구멍에 털어 넣은 다음, 곧바로 다시 잔을 채웠다. 아버지의 시신을 보고, 44번가의 모건 캐런티 은행에서 3,000달러를 찾았다. 그 돈이 든 불룩한 황갈색 봉투가 호주머니 속에 있었다.

패트릭은 또 알약(오른쪽 아래 주머니)과 돈 봉투(왼쪽 안주머니)와 신용카드(왼쪽 바깥 주머니)가 잘 있는지 확인했다. 어떤 때는 몇 분마다 취하는 이 초조한 행동은 제단 앞에서 성호를 긋는 것과 같았다. 이 경우엔 물론 신용의 성령과 마약과 현금의 이름으로.

은행에 들른 뒤 벌써 두 번째 퀘일루드를 먹었지만 여전히 표류하는 느낌, 절망적인 느낌이 들었고 잔뜩 긴장해 있었다. 세 알째라면 도를 넘는 것이겠지만, 도를 넘는 건 그의 취미였다.

"아주머니도 그런 적 있어요?" 패트릭이 원기를 회복하고 부엌으로 성큼 걸어 들어가며 물었다. "맷돌을 보면 '내 목에 달고'*라는 말이 옛날 금전 등록기가 따르릉 하고 숫자를 표시하는 것처럼 떠오른다든가 한 적이." 패트릭은 얼음을 잔에 담았다. "아, 정말, 이 제빙기란 건 정말 너무 좋군요. 지금까지 미국에서 본 것 중 가장 좋은 걸 꼽자면 이걸 거예요. 그런데 말이죠, 사람의 생각이 이런 바보 같은 기계가 만들듯 미리 준비되어 있다는 건 굴욕적이지 않아요?"

"바보 같은 기계들은 쓸모가 없지. 하지만 금전 등록기가 꼭 싸구려 가격만 표시하는 건 아니야."

"머리가 금전 등록기처럼 작동하면 뭘 찍든 싸구려 가격을 표시하게 되어 있어요."

"네가 르 브레 제과점에서 돈을 내 본 적이 있으면 그런 말을 안 할 거야." 앤이 케이크와 차를 거실로 내오며 말했다.

"사람이 자기의 의식적인 반응도 제어할 수 없다면 자기가 인식하지도 못하고 받은 영향에 대해서는 어떤 승산이 있을까요?"

"전혀 없지 뭐." 앤이 찻잔을 건네주며 쾌활하게 말했다.

패트릭이 짤막하게 소리 내 웃었다. 자기가 하는 말과 분리되는 느낌이 들었다. 퀘일루드의 효과가 나타나기 시작한 것인지

★   마태복음 18장 6절 참조.

도 모른다.

"케이크 좀 줄까? 라코스트의 추억을 생각해서 샀어. 프랑스 알파벳만큼이나 프랑스적이야."

"그 정도로 프랑스적이라면!" 패트릭은 예의상 밀푀유 한 개를 집었다. 상처에서 흐르는 고름처럼 옆에서 크림이 흘렀다. 빌어먹을, 패트릭은 생각했다, 이 케이크는 완전히 **제멋대로네.**

"어, 이거 **살아 있네요!**" 패트릭은 밀푀유를 좀 지나치게 꽉 쥐면서 큰 소리로 말했다. 크림이 흘러나와 정교한 황동 탁자에 떨어졌다. 패트릭의 손가락이 *끈적끈적해졌다.* "어, 미안해요." 패트릭은 케이크를 놓으며 어물어물 말했다.

앤은 냅킨을 건네주고 패트릭의 동작이 점점 더 눈에 띄게 서툴고 말도 불분명해진 것을 알아차렸다. 패트릭이 오기 전까지만 해도 데이비드에 대한 이야기가 불가피할 것으로 생각하고, 그걸 걱정했는데, 이제는 오히려 그런 기회가 없을까 봐 걱정했다.

"아버지한테는 갔다 왔어?" 앤이 단도직입적으로 물었다.

"보긴 봤죠." 패트릭은 주저 없이 말했다. "관 속의 모습이 그보다 좋을 수는 없다고 생각했어요. 평소처럼 까다롭지도 않고." 패트릭은 앤을 바라보며 순진한 모습으로 씩 웃었다.

앤은 어렴풋한 웃음을 지었다. 아버지 이야기를 하자고 패트릭을 부추길 필요는 없었다.

"제가 어렸을 때 아버지가 우리를 데리고 음식점들을 돌아다녔어요. '음식점들'이라고 복수를 쓰는 이유는 적어도 세 군데는 거쳐야 했기 때문이죠. 메뉴를 가져오는 데 너무 시간이 걸린다거나, 웨이터가 참기 어려울 정도로 멍청하다거나, 와인 목록이 실망스럽거나 했어요. 언젠가 아버지가 레드 와인을 거꾸로 들고 바닥의 카펫에 꼴깍꼴깍 다 쏟은 기억이 나요. 그리고 '감히 내게 이런 오물을 내와?' 하고 소리치셨죠. 웨이터는 얼마나 겁에 질렸는지 아버지를 내쫓기는커녕 다른 와인을 내왔어요."

"그러니까, 아버지의 불평을 듣지 않는 곳에서 함께 있어 보니 좋았다는 거네."

"맞아요. 이렇게 운이 좋을 수가 있나 했죠. 그리고 아버지가 해가 진 뒤의 뱀파이어처럼 관에서 벌떡 일어나 '여기 서비스는 용납할 수 없어'라고 할 것 같았어요. 그러면 우리는 장의사를 서너 군데는 더 거쳐야 했겠죠. 사실 말이지 그 장의사 서비스는 용납할 수 없을 정도였어요. 처음엔 저를 엉뚱한 시신이 있는 데로 안내했거든요."

"엉뚱한 시신!" 앤이 소리쳤다.

"네, 허먼 뉴턴이라는 사람을 기리는 유쾌한 유대인들의 칵테일 파티장에 있게 되었죠. 거기에 머물렀더라면 좋았을걸. 모두 즐거워하는 것 같았거든요……"

"정말 끔찍한 이야기네." 앤이 담배에 불을 붙이며 말했다.

"그 장의사에는 분명 사별 상담 강좌 같은 것도 있을 거야."

"물론이죠." 패트릭은 또 공허하고 짧게 웃으며 안락의자에 털썩 앉았다. 이제 퀘일루드의 영향이 확실히 느껴졌다. 해가 꽃을 꼬드겨 꽃잎을 열게 하는 것처럼, 술은 퀘일루드의 효능을 최고조로 발휘시키지, 패트릭은 몽롱한 생각에 잠겼다.

"뭐라고요?" 패트릭은 방금 앤이 물은 것을 듣지 못했다.

"화장할 거야?" 앤은 물음을 반복했다.

"네, 그러려고요. 그런데 화장을 하고 받는 재는 당사자 것이 아닌 모양이에요. 딴 사람들 시신이 섞인 화장로 바닥에서 그냥 긁어 주는 거겠죠. 예상하시겠지만, 제게는 아주 좋은 소식이에요. **모든** 재가 다른 사람 것이면 이상적이겠지만, 세상에 완전한 건 없으니 뭐, 아버지 것도 좀 섞이겠죠."

앤은 패트릭이 아버지의 죽음을 애석해하는지 더 이상 궁금하지 않았다. 그리고 이제는 좀 더 애석해하면 좋을 텐데 하는 생각이 들기 시작했다. 독을 뿜는 말은 데이비드에게 아무런 영향을 주지 않아도 패트릭 자신은 뱀에 물려 죽기만을 기다리는 사람이라고 할 수 있을 만큼 아파 보였다.

패트릭은 천천히 눈을 감았다. 그리고 아주 한참 뒤, 천천히 눈을 떴다. 이 모든 동작에 걸린 시간은 반 시간 정도였다. 마른 입술, 매혹적으로 쓰라린 입술을 혀로 핥는 동안 반 시간이 더 흘렀다. 패트릭은 확실히 그 마지막 퀘일루드에서 다소의 약효를 보고 있었다. 피가 텔레비전 방송이 종료된 후에 나는 것 같은 칙칙 소리를 냈다. 손은 아령 같았다, 아령을 든 것 같았다. 모든 것이 안으로 움츠러들고 더욱더 무거워졌다.

"얘, 패트릭!" 앤이 소리쳤다.

"정말 미안해요." 패트릭이 스스로 애교 있다고 생각되는 미소를 지으며 몸을 앞으로 굽혔다. "굉장히 피곤해요."

"너, 가서 좀 자야겠다."

"아뇨, 아뇨, 아뇨. 우리 확대해서 생각하지 말자고요."

"몇 시간 자도 돼. 그런 다음 빅터하고 다 같이 저녁을 먹고 파티에 가자. 롱아일랜드의 기분 나쁜 영국 예찬자들이 여는 파티야. 딱 네가 좋아할 종류의 파티지."

"고맙지만 지금은 모르는 사람들을 별로 만나고 싶지 않아요." 앤의 제안을 거절하기 위해 부친상 카드를 쓰기에는 너무 늦었다.

"같이 가는 게 좋을 거야." 앤이 구슬렸다. "아마 '수치를 모르는 사치'의 본보기일걸."

"그 말이 무슨 말인지 전혀 짐작이 안 가요." 패트릭이 잠에 취해 말했다.

"아무튼 그 집 주소를 줄게." 앤이 고집을 세웠다. "네가 너무 혼자만 있으면 내 마음이 안 좋아."

"좋아요. 제가 가기 전에 적어 주세요."

패트릭은 조만간 스피드를 먹거나, 마지못한 일이지만 '몇 시간 누워 자라'는 앤의 말을 들어야 한다는 걸 알고 있었다. 그렇다고 뷰티 한 알을 한번에 먹고 싶지는 않았다. 그러면 열다섯 시간 동안 과대망상의 편력을 떠나게 될 것이기 때문이었다. 그렇게까지 의식을 확대하고 싶지도 않았다. 그러나 한편으론 천천히 말라 가는 콘크리트의 웅덩이에 빠진 듯한 느낌을 떨쳐 버리고 싶었다.

"화장실이 어디예요?"

앤은 위치를 가리켰다. 패트릭은 앤이 가리킨 방향으로 물속을 걷듯 카펫을 밟고 갔다. 화장실 문을 잠그자마자 익숙한 안정감을 느꼈다. 화장실에서는 심신의 상태에 대한 집착에 빠질 수 있었다. 주위에 사람이 있거나 밝은 거울이 없는 경우가 많은데, 그러면 그런 집착에 빠지는 것은 곤란하다. 패트릭이 지금까지 살아오면서 '양질의 시간'을 가진 곳은 대부분 화장실이었다. 약을 주사하고, 코로 흡입하고, 목으로 넘기고, 과다 복용하고 정신을 잃는 곳. 동공과 팔뚝과 혀와 콧수염을 살피는 곳.

"아, 화장실이여!" 패트릭은 거울 앞에서 양팔을 활짝 펼치고 읊조렸다. "네 약장은 나를 대단히 즐겁게 해 주지! 네 타월은 내 피의 강을 닦아 내고……" 호주머니에서 블랙 뷰티를 꺼내면서 그 읊조림은 흐지부지해졌다. 패트릭은 제대로 작용할 만큼만 복용할 생각이었다. 딱 그럴 만큼만…… 무슨 말을 하려고 했더라? 기억나지 않았다. 이런 망할, 또 약물 남용의 모리아티 교수*, 건망증이었다. 그것은 패트릭이 확보하려고 애썼던 소중한 감각을 가로막고 말살했다.

"잔인한 악마." 패트릭이 투덜거렸다.

검은색 캡슐은 결국 절반으로 나뉘었다. 패트릭은 캡슐 절반에 든 것을 세면기 주변을 장식한 포르투갈산 타일에 쏟고, 100달러짜리 새 지폐를 한 장 꺼내 돌돌 말아 콧구멍에 대고 타일의 흰 가루를 흡입했다.

코가 얼얼하고 눈물이 났다. 주의가 산만해지기 전에 얼른 캡슐을 도로 끼워 크리넥스 티슈에 싸서 호주머니에 집어넣었다. 하지만 본의 아니게, 잘 알 수 없는 이유로 캡슐을 도로 꺼내 나머지 가루를 타일에 쏟아 놓고 마저 흡입했다. 코로 깊이 들이마시며, 이렇게 하면 약효가 도는 시간이 단축되리라는 논리를 폈다. 뭐든 반쪽만 취하는 건 너무 치사했다. 어쨌든 아버지가 돌아가셨으니 패트릭에게는 혼란에 빠질 권리가 있지 않은가. 마약과의 전쟁에서 가장 중요한 것은, 그 영웅적인 위업은, 그의 진지함과 사무라이 같은 신분에 대한 증거는, 아직 헤로인을 하지 않았다는 것이었다.

패트릭은 거울 앞에 몸을 구부리고 동공을 살폈다. 동공은 확

★   아서 코난 도일의 소설 『셜록 홈즈』에 등장하는 천재적 수학자이자 범죄자.

실히 팽창했다. 심장 박동은 빨라졌다. 기운이 나고 피로가 가시는 느낌이 들었다. 사실은 상당히 공격적인 느낌이 들었다. 마치 술이나 마약을 전혀 하지 않은 것 같았다. 다시 자신에 찼다. 스피드의 등댓불이 퀘일루드와 술과 시차로 인한 피로의 깜깜한 밤을 꿰뚫었다.

"그리고, 끝으로 그러나 똑같이 중요한 건, 이런 식으로 말해도 좋을지 모르지만, 데이비드 멜로즈의 사망에 대한 우리의 슬픔의 음침한 골짜기를 지나는 일이다." 패트릭은 엄숙한 태도로 양쪽 옷깃을 잡고 말했다.

화장실에 들어온 지 얼마나 됐지? 평생 있었던 듯했다. 소방대원들이 금방이라도 문을 부수고 들어올지도 모른다는 생각이 들자, 패트릭은 서둘러 뒤처리를 하기 시작했다. 블랙 뷰티 캡슐 껍질을 쓰레기통에 버리고 싶지 않았기 때문에(피해망상!) 세면기의 배수구에 쑤셔 넣었다. 이렇게 생기를 되찾은 것을 앤에게 어떻게 설명하지? 패트릭은 얼굴에 찬물을 뿌리고 보란 듯이 옷에 흐르게 내버려 두었다. 이제 할 일은 하나만 남았다. 모든 마약쟁이들이 화장실에서 나갈 때 그러듯, 변기 물을 내림으로써 해명의 근거가 되어 줄 소리를 내는 것, 그래서 상상의 공간을 가득 메운 청중을 속일 수 있기를 바라는 것이었다.

"아니, 세상에! 얼굴의 물 좀 닦아." 앤이 거실로 돌아온 패트릭에게 말했다.

"찬물로 정신 좀 차리느라고요."

"그래? 그 물이 어떤 물이길래 그럴까?"

"아주 상쾌한 물이죠." 패트릭은 축축한 손바닥을 바지에 문지르며 앉았다. "그래서 말인데요, 괜찮다면 한 잔 더 마시고 싶군요." 패트릭은 곧바로 다시 일어섰다.

"그러렴." 앤은 체념한 듯 말했다. "그런데, 내가 깜박했는데, 데비는 잘 있어?"

이 물음에 패트릭은 다른 사람의 기분을 생각하라는 말을 들을 때 엄습하는 공포에 휩싸였다. 데비는 어떠냐고? 도대체 그걸 내가 어떻게 알아? 침울한 세인트버나드 개 같은 주의력이 다른 설원에 가서 어슬렁거리게 내버려 두지 않아도, 눈사태처럼 밀려드는 감정에서 헤어 나오기도 힘에 부치는 판에. 그러나 한편으론 암페타민의 약효 탓에 말하고 싶은 절박한 욕구가 솟았기 때문에 패트릭은 앤의 물음을 전적으로 무시할 수 없었다.

"글쎄요, 데비는 자기 어머니의 발자취를 그대로 따라가고 있어요. 그리고 훌륭한 연회의 안주인들에 관한 기사를 써요. 테레사 히크먼의 발자취는 대부분의 사람들에게는 보이지 않는데, 효성스러운 딸한테는 어둠 속의 빛이죠. 그래도 뭐, 자기 아버지의 화술을 본뜨지 않은 건 천만다행이죠." 패트릭은 거실 반대쪽에서 말했다.

패트릭은 잠시 다시 자신의 심리 상태에 대한 생각에 잠겼다.

의식은 명료한 느낌이었지만, 자기 자신이 그렇다는 것일 뿐, 모든 것에 대해 그런 건 아니었다. 어떤 생각이 떠오르기를 헛되이 기대하다가 그만 출발 지점에서 더듬거렸다. 달변의 느낌이 침묵으로 내몰린 아슬아슬한 순간이었다. "그런데 아직 말씀 안 해 주셨는데요, 빅터는 어떻게 지내요?" 패트릭은 정신적으로 말을 더듬는 상태를 힘껏 떨쳐 버리고, 앤에게 데비의 안부를 물은 것에 대한 복수를 했다.

"응, 잘 지내. 이제는 그 분야의 원로지. 그 역할을 위해 평생 훈련했으니까. 많은 주목을 받고 정체성에 관한 강의를 해. 빅터 말로는 이젠 눈을 감고도 할 수 있대.『존재와 지식과 판단』읽어 봤어?"

"아뇨."

"응, 그럼 한 권 줘야겠구나." 앤은 일어나 서가로 가서, 패트릭의 눈에는 짜증스럽게 두꺼워 보이는 책 여러 권 가운데 하나를 꺼내 왔다. 패트릭은 몇 달이고 외투 호주머니에 넣어 가지고 다니면서 읽지 않을 수 있는 얇은 책이 좋았다. 따분한 시간에 대한 이론적 방어 수단으로 가지고 다닐 수 없다면 책이란 게 무슨 소용이 있단 말인가?

"정체성에 관한 건가요?" 패트릭이 미심쩍은 듯이 물었다. "사람들이 알고 싶어 하지만 명확히 표현할 엄두를 내지 못한 모든 것."

"근사하군요." 패트릭은 안절부절못하며 일어섰다. 패트릭은 왔다 갔다 해야 했다. 공간을 헤치고 움직여야 했다. 안 그러면 세상은 위험하게도 납작해지는 경향이 있었다. 투명한 감옥에서 벗어날 길을 찾아 유리창을 기어 다니는 파리 같은 기분이 들었다. 앤은 패트릭이 책을 받으러 온 줄 알고 그것을 건네주었다.

"아, 으음, 고맙습니다." 패트릭은 몸을 구부려 앤의 볼에 살짝 키스했다. "빨리 읽어 볼게요."

외투 호주머니에 들어가지 않을 것을 **알면서** 틀어넣으려 해 보았다. 빌어먹을, 완전히 소용없는 짓이었다. 이제 이 멍청한 두꺼운 책을 여기저기 끌고 다녀야 했다. 격렬한 노여움의 파도가 밀려오는 느낌이 들었다. 패트릭은 (한때 소말리아에서 물동이로 쓰였을) 쓰레기통을 맹렬히 응시하며 그 책이 프리스비처럼 빙글빙글 돌며 그곳을 향해 날아가는 상상을 했다.

"이제 정말 가 봐야겠어요." 패트릭은 무뚝뚝하게 말했다.

"그래? 왜, 기다렸다 빅터 오면 보고 가잖고?"

"아뇨, 가야 해요." 짜증 섞인 대답이었다.

"알았어. 그럼 내가 서맨사네 주소 줄게."

"네?"

"파티 말이야."

"아, 네. 갈 수 있을지 모르겠지만."

앤은 종이쪽지에 주소를 적었다. "자, 받아."

"고맙습니다." 패트릭은 무뚝뚝하게 말하면서 외투 옷깃을 탁 잡아 세웠다. "내일 전화할게요."

"오늘 밤에 와."

"글쎄요."

패트릭은 뒤돌아 문으로 갔다. 어서 밖으로 나가야 했다. 심장이 '깜짝 장난감 상자'의 인형처럼 터져 나올 것만 같았다. 단 몇 초만 더 있어도 뚜껑을 억누를 수 없을 것 같은 느낌이었다.

"안녕히 계세요." 패트릭이 문 앞에서 말했다.

"잘 가."

느리고 통풍이 안 되는 엘리베이터를 타고 내려와, 얼간이 같은 뚱뚱한 도어맨 앞을 지나 거리로 나왔다. 드넓은 옅은 하늘 아래 완전히 노출되었을 때의 충격. 껍질을 깐 굴에 레몬 즙을 떨어뜨리면 굴이 느끼는 게 이런 것일까.

앤의 아파트라는 은신처에 왜 나왔을까? 게다가 그렇게 무례하게. 앤은 이제 영원히 패트릭을 미워할 것이다. 패트릭의 언행은 모두 잘못되었다.

패트릭은 길이 뻗은 방향을 따라 시선을 던졌다. 인구 과잉에 관한 어느 다큐멘터리의 시작 장면 같았다. 패트릭은 길을 따라 걷기 시작했다. 그리고 스쳐 지나가는 행인들의 머리가 잘려 도로변의 배수로에 구르는 광경을 상상했다.

4

  사고방식이 문제라면 어떻게 사고를 통해 문제에서 벗어날 수 있을까? 패트릭은 생각했다. 이런 생각은 처음이 아니었다. 패트릭은 마지못해 외투를 벗어 머리에 기름을 바른 빨간색 재킷의 웨이터에게 건네주었다.

  식사는 일시적 해결책일 뿐이었다. 모든 해결책은 일시적이었다. 죽음마저 그랬다. 패트릭에게는 운명의 냉혹한 비웃음보다 더 확실하게 사후 세계가 있다는 믿음을 갖게 하는 것은 없었다. 자살을 해 보았자 그것은 또다시 겪는 구역질 나는 자각이 있을 것이다. 차츰 줄어드는 나선형, 조여드는 올가미, 쉬지 않고 살을 헤집는 유산탄 같은 기억으로 구성된 또 한 번의 삶을 여는 난폭한 서막에 불과할 것이다. 휴일 행락지 같은 영원한 내세에는 어떤 정교한 고문이 기다리고 있을지 누가 알겠는가? 그런 생각을 하면 살아 있는 게 고마울 지경이었다.

즐거우면서도 잔인한 느낌의 폭포 뒤에 숨어야 양심의 경찰견을 피할 수 있다, 패트릭은 웨이터를 올려다보지도 않고 가죽장정의 메뉴를 받으며 그런 생각에 잠겼다. 그 하얗고 두터운 장막 뒤, 바위 뒤로 우묵하게 들어간 시원한 곳에서, 패트릭은 강둑에서 캥캥거리고 으르렁거리는 그들의 혼돈된 소리를 듣곤 했다. 적어도 그들은 맹렬한 비난으로 패트릭의 목을 물어뜯을 수는 없었다. 그러나 패트릭의 흔적은 추적하기 어렵지 않았다. 피로 얼룩진 셔츠, 혐오감이 치밀어 주사 바늘을 구부러뜨려 버렸다가 마지막으로 한 번 더 쓰려고 도로 펴서 쓴 주사기는 물론, 낭비된 시간과 절망적인 그리움의 흔적이 사방에 흩어져 있었으니까. 패트릭은 날카롭게 심호흡을 하고 가슴 위로 팔짱을 꼈다.

"드라이 마티니. 스트레이트로, 레몬 넣고. 그리고 음식 주문할게요." 패트릭은 느릿느릿 말했다.

웨이터가 곧 주문을 받으러 올 것이다. 모든 게 순조로웠다.

시차로 피곤한 상태에서 퀘일루드에 얻어맞은 듯 뒤흔들리거나, 금단 증상을 겪다가 스피드를 흡입했을 때, 대부분의 사람들은 식욕을 잃을지 몰라도, 패트릭은 자기의 식욕은 언제나 가동된다는 것을 알고 있었다. 몸의 접촉을 혐오해서 성욕이 이론적 양상을 띨 때도 그랬다.

패트릭은 조니 홀이 애인을 내쫓은 지 얼마 안 되었을 때 분개해서 한 말이 생각났다. "그 여자는 방금 코카인을 한 나한테 와서는 머리를 헝클어뜨리는 그런 여자였어." 패트릭은 그런 눈치 없는 짓이 주는 공포에 소리 높여 웃었다. 유리창처럼 텅 비고 쉽게 깨질 것 같은 기분인 남자의 머리를 헝클어뜨리다니. 코카인을 어렴풋이 난잡하고 외설스러운 마약이라고 생각하는 사람과 공포스러운 극한의 북극 풍경을 경험할 기회로 아는 마약 정맥 주사 중독자 사이에 협상이란 있을 수 없었다.

그 공포, 그것은 신경 마디마디에 흰 꽃이 만발하듯 의식이 터져 나올 때 밀어닥치는 최초의 애끓는 쾌감에 대한 대가였다. 모든 분산된 생각이 쇳가루처럼 자석에 쓸려 장미꽃 모양을 이루듯 한꺼번에 쇄도했다. 또는 그것은—이제 생각하지 말아야 하지만—황산구리 포화 용액이 갑자기 변형을 일으켜 그 표면에 수정이 돋아나는 걸 현미경으로 보는 것과 같았다.

패트릭은 그건 그만 생각해야 한다—생각만 말고 해야 한다. 안 돼! 다른 생각을 해. 가령 아버지의 시체에 대한 생각을. 그러면 좀 나을까? 그러면 욕구 문제를 제거할 수 있겠지만, 증오도 강박적일 수 있지 않은가.

아, 드라이 마티니. 기병대는 아니더라도 최소한 탄약 공급은 된다. 패트릭은 그 술을 단숨에 마셨다. 차고 매끄러웠다.

"한 잔 더 드릴까요, 손님?"

"네." 패트릭은 무뚝뚝하게 대답했다.

야회복 재킷을 입은 좀 더 나이 많은 웨이터가 식사 주문을 받으러 왔다.

"먼저 타르타르 드 소몽 크뤼*, 그다음엔 스테이크 타르타르**." 패트릭은 '타르타르'를 두 번 말하는 데서 천진난만한 쾌감을 느꼈을 뿐만 아니라, 잘게 잘라 뭉그러뜨린 아기 음식 같은 모양의 어른 음식을 두 가지나 시켜서 기뻤다.

옷깃에는 포도송이 모양의 금배지를 달고, 목에는 금으로 된 크고 납작한 와인 시음용 컵을 목걸이처럼 체인에 건 세 번째 웨이터는 즉시 코르통 샤를마뉴 화이트 와인을 내오고, 나중에 마실 뒤크뤼 보카이유 레드 와인을 딸 만반의 준비가 되어 있었다. 모든 게 순조로웠다.

안 돼, 그건 그만 생각해야 해, 아니 어떤 것도 생각하지 마, 특히 헤로인은 생각하지 마. 헤로인은 진짜 효과가 있는 유일한 것, 대답할 수 없는 질문들의 햄스터 바퀴 안에 들어가 달리는 짓을 멈추게 하는 유일한 것이었다. 헤로인은 기병대였다. 헤로인은 부러져 쪼개진 조각 하나하나 빠짐없이 정확히 들어맞게 만든 의자 다리였다. 헤로인은 검은 고양이가 안락한 방석에 웅크리고 기분 좋아 가르랑거리듯, 중추 신경 아랫부분에 가만히

---

*   Tartare de Saumon Cru, 일종의 연어 회.
**   Steak Tartare, 일종의 육회.

내려앉아 신경계에 감겨들었다. 헤로인은 부드럽고 윤택하다, 산비둘기의 목처럼, 인생의 책 한 페이지에 흘린 봉랍처럼, 손에서 손으로 스르르 흘려 옮기는 한 움큼 보석처럼.

패트릭이 헤로인에 대해 느끼는 것은 사람들이 사랑에 대해 느끼는 것과 같았고, 패트릭이 사랑에 대해 느끼는 것은 사람들이 헤로인에 대해 느끼는 것과 같았다. 그것은 이해할 수 없는 것, 위험한 시간 낭비였다. 데비에게는 어떻게 말할 수 있을까? "내가 인생에서 가장 중요한 관계를 맺고 있는 건 아버지에 대한 증오와 마약에 대한 사랑이야. 자기는 세 번째란 걸 알아 둬." 그렇게 쟁쟁한 경쟁 상대와 나란히 '메달권에 든 것'을 자랑스러워하지 않을 여자가 어디 있겠는가?

"아, 젠장 제발 닥쳐!" 패트릭은 첫 번째 잔처럼 절제 없이 두 번째 드라이 마티니를 마시며 우물우물 말했다. 이런 식으로 마시다가는 뉴욕 최고의 딜러인 피에르에게 연락해야 할지도 모른다. 안 돼! 그러지 않을 것이다, 그러지 않겠다고 맹세한 바 있다. 555-1726. 패트릭은 그 전화번호를 손목에 문신한 듯 알고 있었다. 8개월 전인 9월 이후로 걸어 본 적이 없지만, 그 일곱 개의 숫자가 주는 느낌, 아랫배를 편하게 해 주는 그 흥분을 절대로 잊을 수 없었다.

금 포도 웨이터가 돌아와 코르통 샤를마뉴 병을 안은 채 노란색의 두꺼운 납지를 벗겼다. 패트릭은 밋밋한 금빛 하늘 아래 흰 성이 그려진 라벨을 관찰했다. 이것으로 위안을 얻으면 저녁 식사 후에 마약을 살 필요가 없을지도 모른다. 패트릭은 회의적인 생각을 품으면서 코르통 샤를마뉴를 시음했다.

시음은 패트릭의 얼굴에 인지의 미소를 가져다주었다. 붐비는 기차역 플랫폼 끝에 있는 연인을 발견한 사내의 미소였다. 패트릭은 다시 잔을 들어 노르스름한 와인을 한 모금 입에 물고 몇 초 뒤에 목구멍으로 미끄러뜨리듯 넘겼다. 옳지, 효력이 있다, 역시 효력이 있다. 어떤 것들은 절대로 그를 실망시키지 않는다.

패트릭은 눈을 감았다. 그 맛이 환각의 파문처럼 전신에 번졌다. 이보다 싼 와인이라면 과일 맛에 압도되었을 테지만, 패트릭이 지금 상상한 포도는 부풀린 노란색 진주 귀걸이처럼 다행히 인공적이었다. 자신이 포도나무의 길고 질긴 햇가지에 감겨 끈적한 적토 속으로 끌려 들어가는 모습이 머릿속에 그려졌다. 철분과 돌, 흙과 빗물의 흔적이 유성처럼 감질나게 휙 입천장을 스치고 지나갔다. 오랜 세월 병 속에 갇혀 있던 느낌들이 도난당했다 찾은 화폭처럼 펼쳐졌다.

어떤 것들은 절대로 그를 실망시키지 않는다. 그것은 패트릭을 울고 싶게 만들었다.

"두-크루 보-캐-우* 맛을 보시겠습니까?"

---

*　웨이터가 뒤크뤼 보카이유Ducru-Beaucaillou를 영어식으로 발음하고 있다.

"네." 패트릭은 말했다.

금 포도 웨이터가 레드 와인을 터무니없이 큰 잔에 따랐다. 패트릭은 냄새만 맡고도 환각을 보았다. 반짝이는 화강암. 거미줄. 고딕 양식의 지하 저장고.

"좋아요." 패트릭은 굳이 맛을 보지도 않고 말했다. "지금 좀 따라 놔요, 나중에 마실 테니."

패트릭은 의자에 등을 기댔다. 그러자 와인으로 산만해졌던 정신이 똑같은 물음과 함께 돌아왔다. 저녁 식사 후에 딜러한테 갈까? 아니면 그냥 곧장 호텔로 갈까? 어쩌면 그냥 친목을 위해 피에르를 볼 수도 있지. 패트릭은 그 터무니없는 핑계에 새된 소리로 웃었다. 그러나 한편으론 그 미친 프랑스인을 다시 보고 싶은 강한 감상적인 욕구를 느꼈다. 피에르는 여러모로 패트릭이 가장 친하게 느끼는 사람이었다.

피에르는 자신을 새알로 오해하고 정신병원에서 8년을 보냈다. "씨팔 8년 동안 난 내가 새알이라고 생각했어. Je croyais que j'étais un œuf새알이라고 생각했다고. 씨팔 농담 아냐." 그 기간 동안 자기들이 알을 돌보고 있다는 것을 전혀 몰랐던 간호사들이 피에르의 버림받은 몸을 사육하고, 옮기고, 씻기고, 그에게 옷을 입혔다. 피에르는 그 안에서 자유로운 몸이 되어, 말과 감각의 미련한 명상이 필요 없는 깨달음의 상태에서, 속박되지 않은 긴 여행을 떠나 세상을 여기저기 돌아다녔다. "난 모든 걸 이해했어." 피에르는 패트릭을 도전적으로 노려보며 그렇게 말하곤 했다. "J'avais une conscience totale나는 완전 제정신이었지."

피에르는 그렇게 여행을 하는 중에 가끔 병실에 들러, 아직 부화하지 않은 자기 몸을 동정하고 경멸하며 그 주위를 맴돌았다.

"난 씨팔 억지로 내 몸속에 들어가야 했어. 끔찍했지. J'avais un dégoût total완전 혐오스러웠어."

패트릭은 매료되었다. 사탄이 끈끈한 고리 같은 뱀의 몸뚱어리에 무리하게 비집고 들어가 속박되어야 했을 때의 혐오감이 그런 것이었으리라는 생각이 들었다.

하루는 아기 음식과 스펀지를 가지고 들어온 간호사들이 거의 10년 동안의 무기력증과 침묵 끝에 피에르가 짜증스럽고 약한 모습으로 침대 가장자리에 앉아 있는 것을 보았다.

"됐고, 나 이제 퇴원해요." 피에르가 느닷없이 쏘아붙이듯 말했다. 검사 결과 피에르는 완전히 제정신이었다. 어쩌면 지나치게 제정신이었을지 모른다. 그래서 그들은 안심하고 피에르를 퇴원시켰다.

피에르는 끊임없이 헤로인과 코카인을 주입시켜야만 과거의 찬란한 광기를 조잡하게나마 지속시킬 수 있었다. 몸과 유체 이탈의 치명적 향수 사이의 의식 주변에서 맴돌아도 전처럼 가뿐하지는 않았다. 피에르의 팔에 있는 화산 원뿔 같은 상처, 마른 피와 반흔 조직의 꺼칠꺼칠한 그 상처의 둔덕이 팔꿈치 반대쪽 움푹한 곳에 솟아 있었다. 그곳을 이용해 인슐린 주사기 바늘을 핏줄에 수직으로 꽂을 수 있었다. 혈류로 통하는 통로가 비상 활주로처럼 늘 열려 있어서 주사를 놓기 위해 살을 헤집을 필요가 없었다. 황달에 걸려 버거운 몸, 자기 것이라고 할 수 없는 몸속에 유폐된 공포를 덜기 위해 항상 스피드볼*을 주사할 준비가 되어 있었다.

피에르가 거치는 반복적 과정은 매우 규칙적이었다. 이틀하고도 반나절 동안 깨어 있다가, 헤로인을 다량 투여하고는 열여덟 시간 동안 잠을 자거나 적어도 휴식을 취했다. 깨어 있는 동안에는 퉁명스럽고 효율적으로 마약을 팔았다. 대부분의 고객들에게는 검은색과 흰색뿐인 아파트에 10분 이상 머무르는 것을 허용하지 않았다. 고객들이 화장실에서 죽어 나가는 불편을 피하기 위해 주사기는 금지했지만, 패트릭에게는 그 금지를 해제했다. 패트릭은 여름 내내 피에르와 똑같은 수면 패턴을 유지해 보았다. 그들은 대개 밤새도록 깨어 있었다. 거울을 뉘어 탁자처럼 사이에 두고 앉아, 소매를 걷었다 내렸다 하는 불편을 없애려고 아예 웃통을 벗고, 15분마다 정맥 주사를 놓았다. 화학약품 냄새가 나는 땀을 줄줄 흘리며 각자 자기가 좋아하는 이

* 헤로인과 코카인을 섞은 마약 주사.

야기를 했다. 완전한 육체 이탈을 성취하는 법, 자기 자신의 죽음을 목격하는 법, 자신의 과거가 들이미는 정체성들로는 식별되지 않는 어떤 중간 영역에 머무는 법, 마약을 하지 않는 사람들은 모두 얼마나 정직하지 않고 피상적인지에 대한 이야기, 그리고 물론 마음만 먹으면 마약을 끊을 수 있다는 이야기. 그러나 괴로울 정도로 마약을 오래 안 한 적은 없었다. 우라질! 패트릭은 화이트 와인을 세 잔째 비우고, 병에서 마지막 한 방울까지 털었다. 그건 **정말 그만** 생각해야 한다.

패트릭에게 아버지는 (훌쩍, 훌쩍) 다른 아버지가 아니었던 만큼 권위적 인물이나 역할 모델은 늘 문제가 되었다. 그러나 피에르는 패트릭이 절대적 열의를 가지고 본받을 수 있는 사람이었고, 피에르의 조언이라면 참고 받아들일 수 있었다. 적어도 패트릭에게 일일 절대 복용량으로 생각되는 코카인 7그램을 주지 않고 2그램으로 제한하기 전까지는 그랬다.

"너 정말 미쳤구나!" 피에르는 패트릭에게 소리쳤다. "그렇게 노상 환각을 추구하다간 너 죽어."

이 언쟁으로 늦여름을 망쳤지만, 어차피 온몸에 돋아 염증을 일으킨 발진, 그리고 갑자기 입 안과 목과 배 속에 창궐한 허옇고 쓰라린 궤양을 치료하기는 해야 했다. 그래서 패트릭은 며칠 뒤 영국으로 돌아가 마음에 드는 병원에 입원했다.

"Oh, les beaux jours^{아, 그때가 좋았지}." 패트릭은 연어 회를 숨 막

힐 듯이 게걸스럽게 몇 입에 다 먹었다. 화이트 와인 남은 것을 다 마셨지만 이제 맛에는 무관심했다.

이 지겨운 음식점에 다른 손님은 누가 있지? 그때까지 보지도 않았다니 놀라웠다. 아니, 사실은 별로 놀랍지 않았다. 그 사람들이 패트릭에게 '다른 사람들의 정신 문제'를 해결해 달라고 요청하지는 않을 테니까. 그것부터가 문제라고 생각하는 빅터와 같은 사람들은 물론 자신의 정신 작용에 전적으로 몰두하는 것으로 유명하기는 하지만. 나도 그렇다. 이상한 우연의 일치다.

패트릭은 파충류 같은 차가운 눈으로 실내를 둘러보았다. 하나도 빠짐없이 모든 사람들이 다 싫었다. 금발 여자와 함께 있는 저 놀랍도록 뚱뚱한 남자는 특히 싫었다. 자기와 함께 있는 여자의 역겨움을 돈으로 감추게 했을 게 틀림없었다.

"어휴, 역겨운 놈." 패트릭은 중얼거렸다. "다이어트란 걸 생각해 본 적도 없어? 그래, 맞아, 다이어트. 당신이 소름 끼치게 뚱뚱하다는 생각이 든 적은 없어?" 패트릭은 보복적이고 막돼먹은 사람의 공격성을 느꼈다. 술로 얻는 황홀경은 조잡해, 패트릭은 생각했다. 그것은 학창 시절에 완전 맛이 간 노땅 딜러 배리라는 히피에게서 처음으로 마리화나를 사 피울 때 들은 것으로 현명한 의견이었다.

"내가 너라면 죽어 버리겠다. 그러기 위해 동기가 필요한 건 아니지만." 패트릭은 그 뚱뚱한 남자를 비웃었다. 틀림없어, 저

인간은 비만인 차별주의자에다 성차별주의자, 노인차별주의자, 마약차별주의자, 약제사, 게다가 물론 속물일 거야. 누구도 그의 요구를 충족시키지 못할 정도로 악의적인 인격의 소유자. 패트릭은 무슨 이유를 들어서든 자기가 싫어하지 않을 사람이 있으면 소수에 속하든 다수에 속하든 나와 보라고 할 태세였다.

"모두 만족스러우십니까, 손님?" 한 웨이터가 패트릭이 주문하려고 우물거리는 줄 알고 물었다.

"네, 네." 글쎄, 완전히 모두는 아니지, 패트릭은 생각했다. 그 말에 누구나 다 그렇다고 하기를 진심으로 기대하는 건 곤란하다. 사실 말이지 모든 게 만족스럽냐고 묻는다는 발상에 패트릭은 위태롭게 분개한 마음이 들었다. 긍정은 그런 웃기지도 않는 말에 허비하기에는 너무 소중한 것이었다. 패트릭은 자기가 행복하다는 그릇된 인상을 주었을지 모르므로, 웨이터를 도로 불러 그 사실을 정정해 주고 싶었다. 그런데 딴 웨이터가 와 있었다―그들은 왜 패트릭을 가만 내버려 두지 않을까? 그러면 패트릭이 그걸 참을 수 있을까?―스테이크 타르타르가 나왔다. 패트릭은 맵게, 아주 맵게 먹고 싶었다.

패트릭은 눈 깜짝할 사이에 작은 언덕 모양의 육회와 프렌치프라이를 모두 집어삼켰다. 타바스코 소스와 카옌페퍼 때문에 입 안이 화끈거렸다.

"바로 그거야, 패트릭. 뭔가 단단하고 알찬 걸 먹어야 해." 패트릭은 유모의 목소리로 말했다.

"응, 유모. 총알처럼, 바늘처럼 단단한 거, 그치, 유모?" 패트릭은 순종적으로 말했다.

"총알, 바늘! 글쎄." 패트릭은 숨을 헐떡였다. "또 뭐? 넌 언제나 이상한 아이였어. 여보게, 패트릭, 젊은이, 그런 것들로는 좋은 일이 안 생겨, 내 말 명심해."

아, 이런, 또 시작이다. 끊임없는 목소리들. 혼자 하는 대화. 통제할 수 없이 쏟아져 나오는 끔찍한 지껄임. 패트릭은 레드 와인 한 잔을 단숨에 들이켰다. 피터 오툴이 연기한 아라비아의 로렌스가 사막을 건너고 난 뒤의 갈증을 해소하려고 레모네이드를 마셨을 때처럼 열렬히.

"디저트에 관심 있으십니까, 손님?"

마침내 질문다운 질문을 하는 사람다운 사람이었지만 좀 별난 질문이었다. 어떻게 디저트에 '관심을 가진다'는 말인가? 일요일에 디저트를 찾아가 봐야 하나? 디저트에게 크리스마스카드를 보내? 아니면 먹이를 줘야 하나?

"네, 크렘 브륄레 주세요." 패트릭은 미친 듯이 환히 웃으며 말했다.

패트릭은 잔을 물끄러미 쳐다보았다. 레드 와인의 취기가 확실히 펼쳐지기 시작했다. 그걸 벌써 다 마셔 버렸다니 유감이었다. 그렇다, 와인이 펼쳐지기 시작했다. 천천히 주먹 쥔 손을 펴

듯이. 그 손에는…… 손에는 무엇이 들었지? 루비? 포도? 돌? 직유는 어쩌면 단순히 똑같은 생각을 이리저리 바꾸어 가볍게 위장해서 결실이 많은 분야라는 인상을 주는 건지도 모른다. 여자를 찬미하며 정직하게 구혼한 사람으로는 샘프슨 레전드 경이 유일했다. "이상하군, 내가 키스하게 그대의 손을 주오. 따뜻하고 부드럽군—마치 무엇처럼. 이상하군, 마치 다른 손처럼."* 그 거야말로 정확한 직유였다. 비유의 비극적 한계. 종달새 가슴에 박힌 탄환. 공간의 실망스러운 만곡. 시간의 단죄.

빌어먹을! 정말 굉장히 취했다. 하지만 충분히 취하진 않았다. 그 모든 걸 몸속에 퍼부었지만 혼란의 뿌리에 닿지는 않았다. 길가에서 일어난 그 교통사고, 오랜 세월이 지났는데 아직도 구부러지는 금속 속에 갇혀 꿈틀거리고 있었다. 패트릭은 크게 한숨을 쉰 끝에 끙 하는 것 같은 소리를 내고는 절망적으로 고개를 수그렸다.

크렘 브륄레가 나왔다. 다른 모든 음식에 대해 그랬듯이 필사적으로 성급하게, 이제는 피로와 우울로 신경이 날카로워진 상태에서, 그것도 걸신들린 듯 먹어 치웠다. 난폭하게 식사를 하고 나면 언제나 형언할 수 없이 슬펐다. 몇 분 동안 와인 잔 밑부분을 물끄러미 바라본 다음에야 그나마 마르크 드 부르고뉴**를

---

* 영국 왕정복고 시대 윌리엄 콩그리브의 희곡 『사랑에는 사랑Love for Love』(1695)에 나오는 대사.
** marc de Bourgogne, 부르고뉴 포도주를 만들고 남은 포도 찌꺼기로 담근 독한 술.

주문하고, 계산서를 달라고 할 열정을 일으킬 수 있었다.

패트릭은 눈을 감았다. 담배 연기를 내쉬고 그것을 코로 들이마셨다가, 다시 입으로 내쉬었다. 최선의 재활용이었다. 물론 아직은 앤이 초대한 파티에 갈 수 있겠지만, 패트릭은 자기가 그러지 않을 것을 알고 있었다. 왜 항상 거절했을까? 참여하기를 거절했다. 화합하기를 거절했다. 용서하기를 거절했다. 일단 파티에 가기에 너무 늦은 시간이 되면, 갔더라면 좋았을걸, 할 것이다. 패트릭은 시간을 보았다. 9시 30분밖에 안 됐다. 아직 파티 시간은 아니다. 그러나 막상 그 시간이 되면 거절은 후회로 바뀔 것이다. 먼저 여자를 잃을 수 있다면 그 여자를 사랑하는 것도 상상해 볼 수 있었다.

독서도 마찬가지였다. 책을 갖고 있지 않으면 독서하고 싶은 마음을 주체할 수 없었다. 그런 반면, 미리 주의를 기울여 오늘 저녁처럼 다시 『시시포스 신화』를 외투에 넣어 가지고 다니면, 문학에 대한 욕구가 전혀 일지 않을 게 확실했다.

『시시포스 신화』 전에는 『이름 붙일 수 없는 자』와 『나이트우드』를 적어도 1년 동안 가지고 다녔다. 또 이 책들 전에는 최고의 외투용 책 『어둠의 핵심』을 2년 동안 가지고 다녔다. 스스로 무식하다는 공포에 몰린 나머지 어려운 책 또는 심지어 독창적이고 영향력이 큰 책을 정복하겠다는 결심을 하고 서가에서 『모호성의 일곱 가지 유형』이나 『로마 제국 흥망사』를 선택하기도 했는데*, 책을 펴 보니 첫 부분에 자기가 이미 불분명한 가는 흘림체로 메모를 달아 놓은 책이란 것을 깨달은 적도 있었다. 이미 읽었던 게 틀림없다는 사실을 기억했더라면 과거에 남긴 그런 문명의 흔적은 안도감을 주었겠지만, 이 망각은 무척 당황스러울 따름이었다. 이렇게 완전히 생각나지 않는다면 경험을 한들 무슨 소용이 있겠는가? 패트릭에게 과거는 두 손을 모아 뜬물이 불안해하는 손가락 사이로 돌이킬 수 없이 빠져 나가는 것 같은 느낌을 주었다.

패트릭은 무거운 듯 몸을 일으켜 두터운 붉은 카펫이 깔린 식당에서 나갔다. 머리를 불안정하게 뒤로 젖혔고 눈은 감길락 말락 했다. 아래위가 맞닿은 속눈썹 사이로 보이는 식탁들은 거무스름한 얼룩일 뿐이었다.

패트릭은 큰 결정을 내렸다. 일단 피에르에게 전화를 하고, 마약을 사든 안 사든 그건 운명에 맡길 생각이었다. 피에르가 자고 있으면 헤로인을 사지 못하겠지만, 만일 자지 않고 있으면 가서 하룻밤 푹 잘 정도만 하는 건 해 볼 만했다. 그런 다음 아

---

*   『시시포스 신화The Myth of Sisyphus』는 알베르 카뮈의 1942년작 철학 수필집, 『이름 붙일 수 없는 자The Unnamable』는 사뮈엘 베케트의 1953년작 소설, 『나이트우드 Nightwood』는 듀나 반스의 1936년작 소설, 『어둠의 핵심Heart of Darkness』은 조지프 콘래드의 1902년작 소설, 『모호성의 일곱 가지 유형Seven Types of Ambiguity』은 윌리엄 엠프슨의 1930년작 문학 비평서, 『로마 제국 흥망사The Decline and Fall of the Roman Empire』는 에드워드 기번의 1776년작 역사서.

침에 일어나 속이 메스꺼운 것을 피하기 위해 조금 더 할 수도 있을 것이라고 생각했다.

바텐더가 마호가니 카운터에 전화기를 놓아 주고, 그 옆에 마르크 두 번째 잔을 놓았다. 5······ 5······ 5······ 1······ 7······ 2······ 6. 심장이 두근두근 빨라졌다. 갑자기 정신이 초롱초롱해진 느낌이 들었다.

"지금 전화를 받을 수 없으니, 메시지를 남기시면······"

패트릭은 수화기를 탕 내려놓았다. 염병할 자동 응답기라니. 밤 10시에 잠을 자다니, 뭐 하는 거야? 참을 수 없는 짓이다. 패트릭은 수화기를 다시 들고 번호를 돌렸다. 메시지를 남길까? "일어나! 이 멍청이야, 나 뽕 맞고 싶다고" 하는 메시지랄지 어떤 미묘한 말을.

아니, 가망 없는 짓이었다. 운명은 의사 표시를 했다. 패트릭은 그 판결을 받아들여야 한다.

바깥 날씨는 놀랍도록 따뜻했다. 그러나 패트릭은 외투 옷깃을 세우고 빈 택시를 찾아 두리번거렸다.

곧 한 대를 발견하고 앞으로 나가 손을 흔들었다.

"피에르 호텔 갑시다."

5

자유로워지기 위해 어떤 수단을 쓸 수 있을까? 경멸? 공격성? 증오? 이것들은 모두 아버지의 영향으로 오염되었다. 그런데 그 영향은 패트릭이 벗어나야 할 바로 그 무엇이었다. 그리고 패트릭이 느낀 그 슬픔은 어떤가? 가만 생각해 보면, 그것마저 마비적 고통 속으로 추락한 아버지에게서 배우지 않았던가?

데이비드는 엘리너와 이혼한 뒤 줄곧 프랑스 남부에서 살았다. 라코스트의 옛집에서 15마일밖에 떨어지지 않은 곳이었다. 새로 이사 간 집은 밖으로 난 창문이 없었다. 잡초가 무성한 안뜰만 내다보이는 창문이 있을 뿐이었다. 데이비드는 천장만 쳐다보고 천식으로 숨을 색색거리며 며칠이고 침대에 누워 있기만 했다. 한때는 암울한 상황에서 기운을 북돋아 주었던 『조록스, 다시 말을 타다』를 가지러 반대편 벽까지 갈 기운도 없었다.

패트릭은 여덟 살인가 아홉 살 때, 두려움과 불가해한 충심 사이에서 괴로워하며 아버지를 보러 갔다. 그때 데이비드는 거대한 침묵 끝에 죽고 싶다는, 그래서 유언을 남기고 싶다는 의사를 표명했다.

"내 살 날이 얼마 남지 않은 것 같구나." 데이비드는 말을 제대로 잇지 못했다. "너를 다시 볼 수 없을지도 모르지."

"아뇨, 아버지, 그런 말 하지 마세요." 패트릭은 간청했다.

그러자 예의 그 권고의 말들이 쏟아져 나왔다. 모든 걸 관찰해…… 아무도 믿지 말아라…… 네 엄마를 경멸해라…… 수고는 천박하다…… 18세기엔 세상이 지금보다 좋았다.

해마다 그 말들이 세상에 대한 아버지의 마지막 의견 표명 즉 모든 지혜와 경험의 정수일지 모른다는 생각에 마음이 흔들렸다. 그래서 패트릭은 그 지겨운 의견들에 과도한 주의를 기울였다. 그런 의견을 가진 아버지의 인생이 별로 행복하지 못했다는 증거가 압도적인데도 그랬다. 그렇지만 행복을 추구하는 것도 천박한 짓이었다. 많은 일들이 그렇듯이 일단 믿음을 가지고 뛰어들기만 하면, 모든 체계가 아주 잘 돌아간다.

아버지가 어쩌다 겨우 자리에서 일어나기라도 하면 사태는 더 심각해졌다. 그러면 그들은 걸어서 마을로 쇼핑하러 외출을 하곤 했다. 데이비드는 옛날부터 입던 초록색 파자마에, 닻 장식이 있는 단추가 달린 파란색 반코트를 걸치고, 트랙터를 몰고 다니는 인근 농부들이 좋아하는 끈 매는 투박한 부츠를 신었다. 수염이 새하얀 데이비드는 변색된 금색 손잡이가 달린 주황색 나일론 쇼핑 가방을 꼭 가지고 갔다. 사람들은 패트릭을 손자인가 보다고 생각했다. 그래서 패트릭은 갈수록 더 괴팍해지고 우울해하는 아버지를 동반해서 마을에 갈 때면 방어적 자존심에 더하여 수치와 공포를 느꼈던 일을 여전히 기억했다.

"죽고 싶다…… 죽고 싶다…… 죽고 싶다." 패트릭은 빠르게 중얼거렸다. 도저히 받아들일 수 없었다. 그 아이가 자기일 리 없었다. 스피드의 효력이 위협적인 명료함과 격한 감정을 동반해서 돌아오고 있었다.

택시가 호텔에 거의 다 왔다. 빨리 결정해야 했다. 패트릭은 몸을 앞으로 구부리고 운전사에게 말했다. "생각을 바꿨어요, C와 D 거리 사이의 8번가로 갑시다."

중국인 운전사는 반신반의한 얼굴로 백미러를 통해 패트릭을 보았다. D 거리와 피에르 호텔은 차이가 컸다. 어떤 유의 사람이 갑자기 그리로 방향을 바꾸겠는가? 마약쟁이거나 아무것도 모르는 관광객이 아니라면.

"D는 안 좋은 거리인데요." 운전사는 후자의 경우인지 확인해 보았다.

"내가 의지하는 곳이니 어서 가기나 해요."

택시는 호텔로 방향을 꺾지 않고 곧장 5번가를 따라 달렸다. 패트릭은 뒤로 푹 기댔다. 흥분되고 괴롭고 죄책감이 들었지만, 늘 그렇듯 열의 없는 냉담한 표정으로 그런 느낌을 감추었다.

그래서 생각을 바꾸었기로서니 뭐 어쨌다고? 유연성은 훌륭한 자질인데. 아직 아무런 짓도 하지 않았다. 아직 결정을 번복, 아니 변경한 결정을 번복할 수도 있다. 아직 차를 다시 돌릴 수 있다.

패트릭은 어퍼이스트사이드에서 로어이스트사이드로, 르 보그라에서 8번가의 할인 식품점으로 급한 하행을 했다. 그렇게 호화로움과 누추함 사이를 자유로이 넘나드는 스스로에게 감탄하지 않을 수 없었다. 어쩌면 '자유로이'보다는 '불가피하게'가 맞는 말일지 모르지만.

택시가 톰킨스 스퀘어에 다가가고 있었다. 피에르가 잠들어 있는 짜증 나는 경우, 길가의 접선 상대인 칠리 윌리가 끊임없는 금단 증세로 점철된 인생을 근근이 연장해 나가는 곳이었다. 칠리는 헤로인을 찔끔찔끔 얻었기 때문에 그게 항상 더 필요했다. 뽕이 들었던 작은 봉지를 수집해서 찌꺼기를 긁어모아, 그것으로 경련을 일으키기보다는 겨우 근육이나 실룩거리고, 비명을 지르기보다는 끼깅거릴 정도의 약 기운을 얻기 때문이었다. 걸을 때는 좁은 보폭으로 경련을 일으키듯 했는데, 한쪽 다리는 절룩거리고 한쪽 팔은 외풍이 있는 천장에서 늘어진 오래된 전깃줄처럼 대롱거렸다. 그리고 성한 손으로는 더럽고 헐렁한 바지춤을 추켜잡았다. 허리가 여위어 자꾸 흘러내렸기 때문이다. 흑인인데도 창백해 보이는 얼굴은 갈색 검버섯으로 얼룩덜룩했다. 장렬하게 아직 잇몸에 붙어 있는 이 네다섯 개는 검누렇거나 아예 검었는데, 그마저 모서리가 잘려 나가거나 깨져 있었다. 칠리 윌리는 그 바닥 사람들과 고객들에게 영감을 주는 사람이었다. 아무리 무모한 인생을 사는 사람이라도 칠리 윌리 같은 병자로 보이는 건 상상할 수도 없었다.

택시는 8번가를 따라가다 C 거리를 횡단했다. 이 도시에서 가장 더러운 밑구멍에 온 것이다, 패트릭은 그런 생각을 하며 흐뭇했다.

"어디에 내려 드릴까요?" 중국인 운전사가 물었다.

"헤로인이 필요해요."

"헤로인." 운전사가 염려스러운 듯이 그 말을 반복했다.

"맞아요." 패트릭이 말했다. "여기서 멈춰요. 여기 좋은데."

초조해 보이는 푸에르토리코 사내가 길모퉁이에서 권투 선수처럼 서성거렸다. 큰 모자를 쓴 흑인 사내들이 건물들 문간에 기대어 서 있었다. 패트릭은 창문을 내렸다. 그러자 새 친구들이 사방에서 몰려들었다.

"뭐가 필요해요? 뭘 찾아요?"

"클리어 테이프…… 레드 테이프…… 옐로 테이프. 뭐가 필요해요?"

"뽕." 패트릭이 말했다.

"쳇! 당신 경찰이군. 경찰 맞아."

"아냐, 난 경찰이 아냐. 영국 사람이야." 패트릭이 항변했다.

"그럼 차에서 내려. 우리는 차 탄 사람과는 거래 안 하니까."

"여기서 기다리시오." 패트릭이 운전사에게 그렇게 이르고 차에서 내렸다. 그러자 한 딜러가 패트릭의 팔을 잡아끌어 길모퉁이로 돌아갔다.

"여기서 더는 안 가." 패트릭이 택시가 보이지 않기 직전에 말했다.

"얼마나 필요해요?"

"클리어 테이프 10달러짜리 네 봉지 주시오." 패트릭이 조심스럽게 20달러짜리 지폐 두 장을 호주머니에서 빼며 말했다. 20달러짜리 지폐 뭉치는 바지의 왼쪽 호주머니에, 10달러짜리는 오른쪽 호주머니에, 5달러와 1달러짜리는 외투 주머니에 나누어 가지고 있었다. 봉투에 든 100달러짜리는 외투 안주머니에 있었다. 사람들이 많은 돈을 보고 딴마음을 먹는 일이 없도록 하기 위해서였다.

"50달러에 여섯 개 줄게요. 하나는 공짜."

"아니, 네 개면 돼."

패트릭은 납지로 된 작은 봉지 네 개를 주머니에 집어넣고 뒤

돌아 택시로 돌아갔다.

"이제 호텔로 갈까요?" 중국인 운전사가 초조하게 물었다.

"아뇨, 저기 모퉁이 돌아서 조금만 갑시다. 6번가와 B 거리가 만나는 데까지만."

"바로 요다음 골목인데요?" 운전사는 중국말로 중얼중얼 욕설을 내뱉는 것 같더니 곧바로 그곳을 향해 차를 몰았다.

패트릭은 그 지역을 뜨기 전에 방금 산 뽕을 시험해 봐야 했다. 봉지 한 개를 열어, 엄지손가락을 뒤로 젖히면 생기는 손등의 우묵한 곳에 소량의 가루를 쏟아서는 그것을 코로 가져가 빨아들였다.

이런 망할! 값어치 없는 것이었다. 패트릭은 아린 코를 쥐었다. 씨팔, 개 같은, 젠장, 염병할, 우라질.

빔과 바르비투르산염의 끔찍한 배합물이었다. 이 연마용 가루 빔은 진짜 쓴 느낌을 주었고 바르비투르산염은 가벼운 진정제로 작용했다. 물론 이점도 있었다. 매일 열 봉지씩 흡입해도 절대로 마약 중독자가 되지 않으리란 이점. 이것을 소지하고 있다가 체포되어도 뽕 소지 혐의로 입건되지 않으리란 이점. 이것을 정맥에 주사하지 않은 게 얼마나 다행인지 모른다. 빔의 후유증으로 혈관이 타 들어갔을 것이다. 도대체 무슨 생각으로 길거리에서 마약을 샀을까? 미친 게 틀림없었다. 칠리 윌리를 찾아 볼 걸 그랬다. 그래서 칠리를 로레타에게 보내면 됐을 텐데.

적어도 로레타의 작은 납지 포장 속에는 헤로인이 조금이라도 섞여 있었는데.

그렇더라도 패트릭은 품질이 좋은 것을 찾기 전에는 이 쓰레기를 버리지 않을 것이다. 택시는 6번가와 C 거리 길모퉁이에 도착했다.

"여기에 서요."

"이제 안 기다려요." 운전사가 갑자기 짜증 부리듯 소리쳤다.

패트릭은 차에서 내려 문을 세게 닫고 7번가 쪽으로 성큼 걸음을 뗐다. 택시는 길거리에서 끼익 날카로운 타이어 소리를 내며 출발했다. 패트릭은 택시가 사라진 뒤 자기 발소리마저 보도에 크게 울리는 것 같은 정적을 의식했다. 패트릭 혼자였다. 그러나 오래가지는 않았다. 다음 블록 모퉁이의 할인 식품점 앞에 여남은 명의 딜러 무리가 서 있었다.

패트릭은 걸음을 늦췄다. 그러자 패트릭을 먼저 본 사내가 무리에서 떨어져 나와 어슬렁어슬렁 길을 건너왔다. 경쾌하고 힘 있는 걸음걸이였다. 키가 유난히 큰 흑인으로, 번들거리는 빨간색 재킷을 입었다.

"안녕하시오?" 사내가 패트릭에게 말을 걸었다. 사내의 얼굴은 더없이 매끈하고 광대뼈가 두드러졌고, 커다란 눈은 게으름에 전 표정이었다.

"네, 안녕하세요?"

"네. 뭘 찾으시오?"

"나를 로레타한테 데려다줄 수 있어요?"

"로레타라." 흑인 사내가 게을리 말했다.

"네." 패트릭은 말이 느린 자신이 불만스러웠다. 그러자 외투 주머니에 든 책을 의식하고, 그것을 권총처럼 꺼내 휘둘러 야심 찬 첫 문장으로 딜러를 쓰러뜨리는 상상을 했다. "세상에 정말 중대한 철학적 문제가 단 하나 있는데, 그것은 자살이다."*

"얼마나 사시게?" 딜러가 태연히 한 손을 등으로 돌리며 물었다.

"50달러어치만."

그때 길 건너편에서 갑자기 소란스러운 소리가 들렸다. 어딘가 낯익어 보이는 사람이 절룩거리며 흥분한 모습으로 다가오고 있었다.

"찌르지 마! 찌르지 마!" 새로 나타난 인물이 소리쳤다.

패트릭은 이제야 그게 누군지 알아보았다. 칠리였다. 바지춤을 움켜잡고 있었다. 칠리는 말을 더듬으며 숨을 할딱거렸다. "찌르지 마, 내 고객이야."

키 큰 흑인은 정말 재미있는 일이 벌어지기라도 한 것처럼 웃었다. "내가 그쪽을 찌르려 했는데." 그리고 자랑스럽게 작은 칼

---

*   알베르 카뮈의 『시시포스 신화』의 첫 문장.

을 꺼내 패트릭에게 보여 주었다. "그런데 칠리와 아는 사이일 줄이야!"

"세상 참 좁군." 패트릭이 피곤한 듯 말했다. 이 사내가 의도 했다는 위협 앞에 완전히 초연한 자신을 의식했다. 어서 용무를 마치고 싶을 뿐이었다.

"맞아." 키 큰 사내는 더 신바람이 나서 칼을 도로 집어넣은 뒤 패트릭에게 악수를 청했다. "내 이름은 마크요. 뭐든 필요하 면 마크를 찾으시오."

패트릭은 악수를 하고 희미하게 웃었다.

"여, 칠리."

"어디 갔었어?" 칠리가 나무라듯 물었다.

"응, 영국에. 로레타한테 가자고."

마크는 손을 흔들어 인사하고 느릿느릿 길을 건너갔다. 패트 릭과 칠리는 아랫동네 쪽으로 걸었다.

"참 별난 사람이군." 패트릭이 느릿하게 말했다. "저자는 처음 보는 사람을 아무나 칼로 찌르나?"

"질이 안 좋은 자야. 저치와 어울리지 마. 왜 나를 찾지 않고 그랬어?"

"안 찾긴." 패트릭은 거짓말했다. "근데 물론 칠리는 없다고 하더군. 아무런 간섭도 받지 않고 나를 죽이고 싶었나 보지 뭐."

"그래, 그치는 질이 안 좋아."

6번가 길모퉁이를 돌자마자 칠리는 패트릭을 데리고 헐어 빠진 적갈색 사암 건물의 지하실로 난 낮은 계단을 내려갔다. 패트릭은 칠리가 자기를 길모퉁이에서 기다리게 하지 않고 로레타네로 데리고 가서 은근히 기분이 좋았다.

지하실에는 문이 하나만 있었다. 쇠로 덧댄 그 문에는 놋쇠로 된 덮개가 달린 우편물 구멍과 밖을 내다보는 작은 렌즈가 달려 있었다. 칠리가 벨을 누르자 의심스러워하는 목소리가 들려왔다. "누구요?"

"칠리."

"얼마나 필요해?"

패트릭이 칠리에게 50달러를 건넸다. 칠리는 돈을 센 다음 놋쇠 덮개를 열고 구멍에 돈을 꽂았다. 덮개가 즉시 탁 닫혔다. 그 상태로 오랜 시간이 흐른 듯한 느낌이 들었다.

"나도 한 개 줄 거지?" 칠리가 다른 다리로 무게 중심을 옮기며 물었다.

"당연히." 패트릭이 당당하게 대답하며 바지 호주머니에서 10달러짜리 지폐를 한 장 꺼냈다.

"고맙네."

덮개가 다시 열렸고 패트릭은 다섯 개의 작은 봉지를 움켜잡았다. 칠리도 자기 몫으로 한 개를 가졌다. 두 사람은 욕망에 균형을 맞춘 성취감을 느끼며 건물에서 나왔다.

"주사 기구 깨끗한 거 있어?" 패트릭이 물었다.

"우리 마누라한테 있네. 우리 집에 갈래?"

"고마워." 패트릭은 이 증가하는 신뢰와 친분의 표시에 크게 기뻤다.

칠리네 집은 화재로 껍데기만 남은 건물 2층의 한 방이었다. 벽은 그을음으로 까맸다. 안심이 안 되는 계단에는 다 쓴 종이 성냥, 빈 술병, 갈색 종이봉투, 구석에 몰려 있는 먼지 더미, 오래된 머리카락 뭉치로 너저분했다. 방 안에 가구라곤 단 한 점 밖에 없었다. 온통 불탄 자국이 있는 그 겨자색 안락의자의 앉는 자리 복판에는 외설적인 혀처럼 스프링이 튀어나와 있었다.

두 사람이 들어갔을 때, 칠리 윌리 부인—패트릭은 그렇게 부르는 게 맞는지 골똘히 생각했다—은 그 안락의자의 팔걸이 에 앉아 있었다. 몸집이 큰 여자로, 뼈만 앙상한 남편보다 체격 이 더 남자 같았다.

"칠리." 여자가 졸린 듯이 말했다. 칠리보다는 금단 증상에서 더 멀리 떨어져 있는 게 분명했다.

"응. 당신 내 고객 알지."

"안녕."

"안녕하세요." 패트릭이 매력 있게 환히 웃었다. "칠리가 부인 한테 안 쓰는 주사기가 있을 거라던데요."

"그럴지도." 여자가 희롱조로 말했다.

"새건가요?"

"글쎄요, 딱히 새거는 아니지만 끓는 물에 소독하고 할 거 다 했죠."

패트릭은 격렬한 의심을 품고 눈살을 추켜올렸다. "바늘이 **많이 무뎌요?**"

여자는 풍만한 브래지어에서 두루마리 휴지를 한 움큼 꺼내더니 그 귀중한 꾸러미를 조심스럽게 펼쳐 보였다. 그 가운데 동물원 사육사가 아픈 코끼리에게 쓰기도 주저할 만큼 큰 위협적인 주사기가 있었다.

"이게 무슨 바늘이야, 자전거 펌프 같네!" 패트릭이 손을 내밀며 항의했다.

바늘은 근육 주사용으로는 염려스러울 정도로 굵었다. 초록색 플라스틱 바늘 뚜껑을 벗겼을 때, 바늘에 오래된 환형 핏자국이 묻어 있는 것을 의식하지 않을 수 없었다. "알았어, 좋아. 그럼 얼마 주면 돼?"

"봉지 두 개." 칠리 부인이 귀엽게 코를 찡긋해 보이며 요구했다.

터무니없는 가격이었지만 가격을 가지고 따지는 법이 없는 패트릭은 여자의 무릎에 두 봉지를 던졌다. 질이 좋으면 더 사면 된다는 생각이었다. 우선 당장 뽕을 맞아야 했다. 칠리에게 스푼과 담배 필터를 빌려 달라고 했다. 안방의 전깃불이 나가자 칠리는 화장실을 권했다. 욕조는 없고 그 자리에 검은 자국만 남은 곳이었다. 갓이 없는 전구가 비추는 흐릿한 누런 불빛이 터무니없이 갈라진 세면대와 앉는 덮개가 없는 낡은 변기를 비추었다.

패트릭은 스푼에 물을 약간 떨어뜨려 세면대 뒤쪽에 놓았다. 나머지 세 봉지를 뜯으며 어떤 품질일까 궁금했다. 칠리가 로레타의 뽕으로 건강해 보인다고 할 사람은 아무도 없겠지만, 적어도 그것 때문에 죽지는 않았다. 칠리 부부가 그걸 주사할 생각이라면 패트릭이라고 못 할 이유가 없었다. 화장실 밖에서 두 사람이 말하는 소리가 들렸다. 칠리는 무언가 '아프다'는 말을 하는 것 같았다. 그리고 마누라에게서 봉지 하나를 뺏으려 하는 게 분명했다. 패트릭은 세 봉지의 가루를 모두 스푼에 넣고 열을 가했다. 라이터의 불길이 워낙 시커먼 스푼 아래를 널름거렸다. 거품이 일기 시작하자마자 라이터를 끄고 끓는 용액이 담긴 스푼을 다시 내려놓았다. 그리고 담배 필터의 솜을 길게 찢어 용액 위에 놓은 다음, 주사기에서 바늘을 빼고 필터를 통해 용액을 빨아들였다.* 주사기가 굵어서 0.5센티미터 남짓 찼을 뿐이었다.

외투와 재킷을 벗어 바닥에 떨어뜨리고, 셔츠 소매를 걷고,

---

*   필터가 녹지 않은 불순물을 거르기 때문이다.

희미한 불빛 아래 정맥을 더듬어 보았다. 그 불빛에서 검은 물체가 아닌 것은 모두 간 같은 빛을 띠었다. 다행히 주사를 놓은 자리들이 갈색과 자주색 맥을 이루고 있었다. 패트릭의 핏줄은 팔뚝을 따라 타 들어간 화약 자국 같았다.

패트릭은 이두박근에 꼭 끼게 소매를 걷어 올리고, 주먹을 쥐었다 펴면서 팔뚝을 여러 차례 굽혔다 폈다 했다. 패트릭의 정맥은 튼튼했다. 이전에 잔인한 취급을 받아 정맥이 약간 주춤하기는 했지만, 매일같이 한참 동안 정맥을 찾아 여기저기 찔러봐야 하는 많은 사람들보다는 좋은 상태였다.

패트릭은 주사기를 들고 주사 맞았던 자국에서 가장 큰 곳을 찾아 약간 비스듬히 바늘을 댔다. 그렇게 긴 바늘을 쓸 때는 정맥을 뚫고 반대쪽 근육을 찌르는 고통스러운 경험을 하는 수가 있어서 항상 위험했다. 그래서 패트릭은 바늘을 눕혀 상당히 낮은 각도에서 접근했다. 그런데 이 중대한 순간, 주사기가 손에서 미끄러져 변기 옆 젖은 바닥에 떨어졌다. 패트릭은 방금 일어난 일을 믿을 수 없었다. 공포와 낙담에 휩싸여 현기증이 날 지경이었다. 오늘은 패트릭의 즐거움에 반대하는 모종의 음모가 있는 게 틀림없었다. 패트릭은 갈망에 찬 절박한 심정으로 허리를 굽혀 축축한 바닥에서 주사기를 집어 들었다. 바늘은 휘어지지 않았다. 정말 하늘에 감사할 일이었다. 모든 부분이 괜찮았다. 패트릭은 재빨리 바늘을 바지에 쓱 문질러 닦았다.

이제 심장이 마구 뛰었다. 패트릭은 마약 주사를 맞기 전에 항상 느끼는 본능적인 흥분, 두려움과 욕망의 조합에 휩싸였다. 아플 정도로 무딘 바늘 끝을 살에 묻자, 주사기 안으로, 기적 중 기적처럼 혈구가 들어온 것을 본 것 같았다. 다루기 힘든 주사기이기 때문에 지체하지 않고, 엄지손가락에 힘을 주고 피스톤을 끝까지 내리눌렀다.

그러자 곧 팔뚝이 심하게 걱정스러울 정도로 부어오르는 느낌이 들었다. 패트릭은 즉시 바늘이 혈관을 지나쳐 피하 조직에 주사되었다는 것을 깨달았다.

"망할!" 패트릭이 외쳤다.

칠리가 지척거리며 들어왔다. "무슨 일이야?"

"빗나갔어." 패트릭이 이를 악물고 말했다. 다친 팔의 손으로 어깨를 꾹 압박했다.

"아니, 저런." 칠리가 목쉰 소리로 동정을 표했다.

"좀 더 밝은 전구에 투자하라는 제안을 해도 될까?" 패트릭은 부러지기라도 한 것처럼 팔을 붙들고 과장된 표현을 썼다.

"손전등을 쓰면 됐을걸." 칠리가 머리를 긁적였다.

"아하, 말해 줘서 참 고맙네." 패트릭은 딱딱거렸다.

"다시 가서 약 더 사고 싶어?"

"아니. 집에 가겠네." 패트릭이 외투를 입으며 퉁명스럽게 말했다.

패트릭은 거리에 나오자 자기가 왜 칠리의 제안을 받아들이지 않았는지 생각했다. "이놈의 성깔머리, 이놈의 성깔머리." 패트릭은 야유하듯 중얼거렸다. 피곤했지만 충족되지 못한 욕구 때문에 잠잘 기분이 아니었다. 11시 30분. 지금은 혹시 피에르가 일어났을지 모른다. 일단 호텔로 돌아가는 게 좋을 것 같았다.

패트릭은 택시를 잡아탔다.

"이 근방에 사세요?" 운전사가 물었다.

"아뇨, 그냥 약 사려고." 패트릭은 한숨을 쉬고 빔과 바르비투르가 들었던 봉지를 창문 밖으로 던졌다.

"약 사고 싶으세요?"

"그렇소." 패트릭은 한숨을 쉬었다.

"아니, 무슨 이런 데서. 여기보다 더 좋은 데가 있는데."

"정말?" 패트릭은 귀를 세웠다.

"네, 사우스브롱크스에 있죠."

"그럼 그리 갑시다."

"알겠습니다." 운전사가 웃었다.

드디어 도움이 되는 택시 기사가 나타났다. 이 일로 패트릭의 기분이 좋아질지 모른다. 어쩌면 옐로 택시 회사에 편지를 쓸 수도 있을 것이다. 패트릭은 속삭이듯 우물거렸다. "옐로 택시 담당자께, 나는 귀사의 훌륭한 운전사 제퍼슨 E. 파커의 진취

성과 예의 바름을 최대한 좋은 말로 칭찬하고 싶습니다. 알파벳 시티*에 소득 없는, 그리고 솔직히 말해서 정말 짜증 나는 원정을 갔다가 아주 넌더리 나는 상황에 놓였을 때, 귀사 소속의 이 협객, 이렇게 말해도 되는지 모르겠지만, 이 제퍼슨 나이팅게일이 나를 구출해, 약을 구하러 사우스브롱크스에 데려다주었습니다. 귀사에 그처럼 전통적인 섬김의 열정을 발휘하는 운전사가 더 많기를 바라는 바입니다. 어쩌고저쩌고, 멜로즈 대령 드림."

패트릭은 싱글거렸다. 모든 게 잘되어 가고 있었다. 우쭐한 기분이 들었다. 경박할 정도였다. 브롱크스는 〈브롱크스의 전사들〉―이 영화는 끊임없이 불쾌한데, 폭력이 멋지게 연출된, 더 단순하고 더 일반적인 제목의 〈전사들〉과는 구별되어야 한다―을 본 사람이라면 좀 걱정해야 할 동네였다. 그러나 패트릭은 불사신 같은 기분이 들었다. 칼을 뽑아 든 사람도 있었지만 패트릭은 털끝 하나 다치지 않았다. 그랬더라면 이렇게 택시를 타고 있지도 않았을 것이다.

택시는 패트릭이 처음 보는 다리 위를 질주했다.

"곧 브롱크스입니다." 제퍼슨이 고개를 약간 돌리고 말했다.

"난 차 안에 있을게요, 괜찮죠?" 패트릭이 물었다.

---

* 뉴욕 맨해튼의 한 구역을 가리킨다. 거리 이름이 'Avenue C, D'와 같이 알파벳 한 글자로 되어 있어 알파벳 시티라고 불린다.

"바닥에 엎드리는 게 좋을 거예요." 제퍼슨이 웃었다. "여기선 백인을 안 좋아하니까."

"바닥에?"

"네, 밖에서 안 보이게. 저들이 손님을 보면 유리창을 깰 거예요. 젠장, 유리창이 깨지면 곤란해요."

제퍼슨은 다리를 건너 몇 블록 가서 차를 세웠다. 패트릭은 문에 등을 기대고 바닥의 고무 발판에 앉았다.

"얼마나 사게요?" 제퍼슨이 운전석 등받이 위로 몸을 내밀고 물었다.

"어, 다섯 봉지. 그쪽 것도 두 개." 패트릭은 70달러를 건넸다.

"고맙습니다. 문을 잠그고 갈 테니, 밖에서 안 보이게 있어요, 알았죠?"

"알겠소." 패트릭은 더 미끄러져 내려가 바닥에 몸을 뻗었다. 차 문의 걸쇠들이 모두 문 안으로 쏙 들어갔다. 패트릭은 한동안 이리저리 몸을 돌리다 가운데 둔덕에 머리를 대고 태아의 자세로 몸을 웅크렸다. 그러자 잠시 후 간이 골반 뼈에 눌려 불편했다. 외투의 접힌 부분에 꼼짝없이 얽혀 든 느낌이 들었다. 패트릭은 앞 좌석 쪽으로 돌아 양손을 겹쳐 머리를 받치고 바닥 발판의 홈을 응시했다. 그 높이에 머리를 두고 있으니 기름 냄새가 상당했다. "여기서는 인생을 전혀 새로운 관점에서 바라보게 된다." 패트릭은 텔레비전의 어떤 주부 목소리로 말했다.

견딜 수 없었다. 모든 게 견딜 수 없었다. 패트릭은 늘 이런 **상황**에 처했다. 결국 늘 낙오자들, 쓰레기들, 인생의 칠리 윌리 부류와 같은 자리에 서게 되었다. 학창 시절에도 매주 화요일과 목요일 오후가 되면 다른 아이들은 각기 소속 운동 팀에 가서 시합을 하는데 패트릭은 다양한 운동 부적격자들과 멀리 떨어진 운동장으로 보내졌다. 음악을 하는 안색이 창백하고 예민한 아이들, 절망적으로 뚱뚱한 그리스계 아이들, 신체적 수고는 절망적으로 멋지지 않다고 이의를 제기하며 담배나 피우는 불평불만 분자들. 이런 아이들에게는 운동가답지 않은 천성에 대한 벌로 장애물 코스가 강제되었다. 그 불건전한 분대를 책임진 신경질적인 남색꾼 피치 선생님은 근시안의 아이들이 서로 부딪치거나 비실비실 뒤뚱거리거나 코스 출발점에서 벽을 돌아 뜀으로써 체제를 거스르는 것을 보면 흥분과 악의로 전율했다. 그리스계 아이들은 철벅거리며 흙탕물 속으로 들어가고, 음악 하는 학생들은 안경을 잃어버리고, 양심적 거부자들은 냉소적인 발언을 하는 동안, 피치 선생님은 '특권'적 삶에 대해 욕설을 퍼부으며 돌아다녔고, 기회가 생기면 아이들의 엉덩이를 걷어찼다.

도대체 어떻게 되어 가고 있지? 제퍼슨이 패트릭을 두들겨 패려고 친구들을 데리러 간 건가? 아니면 제퍼슨은 패트릭을 방치하고 가서 혼자 약에 취한 건가?

그렇다, 패트릭은 계속 자세를 바꾸며 생각했다. 오직 낙오자들과 어울렸다. 파리에서 살던 열아홉 살 때는 오스트레일리아의 헤로인 밀수업자로 도피 중인 짐, 은행 강도로 복역하고 출소한 지 얼마 안 된 미국 흑인 사이먼과 어울렸다. 패트릭은 팔뚝의 빽빽한 오렌지색 털을 헤치고 혈관을 찾으면서 짐이 한 말이 생각났다. "오스트레일리아는 봄이 아주 아름다워. 어린 양들이 뛰노는 걸 보면 살아 있는 것만으로 즐거워하는 걸 알 수 있지." 짐은 주사기 피스톤을 누를 때 묘한 표정을 지었다.

사이먼은 금단 증상을 겪을 때 은행을 털다가 몇 차례 집중사격을 받고 경찰에 항복했다. 그는 "스위스 치즈 꼴이 되고 싶지 않았거든"이라고 해명했다.

패트릭은 문의 잠김이 해제되는 자비로운 소리를 들었다.

"샀어요." 제퍼슨이 목쉰 소리로 말했다. "좋았어!" 패트릭이 일어나며 말했다.

호텔로 가는 동안 제퍼슨은 행복하고 느긋해 보였다. 패트릭은 봉지 세 개의 가루를 코로 흡입하고 운전사가 왜 그랬는지 알았다. 마침내 조금이나마 헤로인이 든 가루를 손에 넣은 것이다.

제퍼슨과 패트릭은 서로를 성공적으로 이용한 사람들이 느끼기 마련인 감격스러운 마음을 가지고 헤어졌다. 호텔로 돌아온 패트릭은 침대에 누워 양팔을 죽 뻗었다. 나머지 두 봉지를 마저 흡입하고 텔레비전을 켜면 잠을 잘 수 있을 것 같았다. 일단 헤로인을 하면 그게 없이 지내는 것을 상상할 수 있었다. 헤로인이 없을 때는 그것을 더 손에 넣는 상상만 했다. 패트릭은 그때까지 들인 수고가 완전히 불필요했던 것인지 보려고 피에르에게 한번 전화해 보기로 했다.

신호가 가는 동안 패트릭은 자기가 왜 자살을 하지 않았는지 다시 또 생각했다. 감상벽이나 희망, 또는 나르시시즘처럼 경멸을 받을 만한 무엇 때문이었을까? 아니다. 끔찍하리라고 확신하면서도 사실 뒤가 궁금하기 때문이었다. 그것은 서사적 긴장의 극치였다.

"여보세요?"

"피에르!"

"누구세요?"

"패트릭."

"뭐가 필요해?"

"가도 돼?"

"응. 얼마나 걸려?"

"20분."

"응."

패트릭은 기가 나서 주먹을 들어 올리고 방에서 튀어 나갔다.

6

"피에르!"

"Ça va잘 지냈어?" 피에르가 사무용 가죽 의자에서 일어나며 말했다. 건조하고 누르스름한 얼굴, 날씬한 코와 두드러진 광대뼈, 그리고 돌출한 턱 부위의 피부는 어느 때보다 더 팽팽했다. 피에르는 전등 같은 눈으로 패트릭을 응시하며 악수했다.

악취가 나는 아파트의 공기는 오랫동안 보지 못한 애인의 향기 같았다. 잔을 쓰러뜨려 연갈색 카펫에 쏟았던 커피 자국은 같은 곳에 여전히 문신처럼 배어 있었다. 피에르가 가는 펜으로 애정을 기울여 그린, 낯익은 잘린 머리 조각 그림 맞추기 조각들을 보자 패트릭의 얼굴에 미소가 돌았다.

"이렇게 또 보게 돼서 정말 다행이야! 길거리에서 약을 사는 게 얼마나 악몽 같은 일인지 말도 못 해."

"길거리에서 사다니!" 피에르가 비난조로 빽 소리쳤다. "완전 미쳤군!"

"하지만 네가 자고 있었잖아."

"수돗물에 타서 주사했어?"

"응." 패트릭은 죄 진 사람처럼 인정했다.

"미쳤군." 피에르가 패트릭을 쏘아보았다. "이리 와 봐, 내가 뭐 보여 줄게."

피에르는 더럽고 좁다란 부엌으로 가더니 커다란 구식 냉장고를 열고 물이 든 큰 병을 꺼냈다.

"이거 수돗물이야." 피에르는 병을 들어 올리고 심상치 않은 표정으로 말했다. "한 달 동안 두었는데, 어떻게 됐나 봐……" 그리고 병 바닥에 퍼져 있는 갈색 침전물을 가리켰다.

"녹이야. 씨팔 치명적인 거라고! 내 친구 하나는 수돗물로 뽕을 맞다 혈류에 녹이 들어가서 심장이……" 피에르는 손으로 허공을 가르고 말했다. "탁! 멈췄어."

"소름 끼치는군." 패트릭은 언제 거래를 하려는 것인지 생각하며 중얼거렸다.

"물은 산에서 흘러나온 것이지만, 수도관이 녹슬어서 그래." 피에르는 회전의자에 앉아 탐나게 가느다란 주사기로 컵에 든 물을 빨아들였다.

"난 아직 살아 있으니 운이 좋군." 패트릭이 확신 없이 말했다. "이제부턴 생수만 쓸 거야, 약속할게."

"문제는 시야." 피에르는 음침한 얼굴로 말했다. "시에서 새 수도관에 쓸 돈을 안 푸는 거지. 그래서 내 친구가 죽고. 근데 뭘 줄까?" 피에르는 봉지 하나를 뜯고, 면도칼 끝으로 흰 가루를 스푼에 담았다.

"음…… 뽕 1그램, 코카인 7그램." 패트릭은 가볍게 말했다.

"뽕은 600달러. 코카인은 좀 싸게 해 주지. 원래 1그램에 120달러인데 100달러. 총 1,300달러."

패트릭은 호주머니에서 주황색 봉투를 꺼냈다. 피에르는 시멘트 만드는 놀이를 하는 아이처럼 눈살을 찌푸리면서 다른 흰 가루를 스푼에 담아 휘저었다.

아홉이었나 열이었나? 패트릭은 처음부터 다시 세기 시작했다. 열세 장을 세어 카드를 섞는 것처럼 지폐를 톡톡 친 다음, 피에르 쪽으로 던졌다. 뉘어 놓은 거울 위에 지폐가 부채꼴로 펼쳐졌다. 피에르는 이두박근을 고무줄로 감고 끄트머리를 이에 물었다. 패트릭은 팔꿈치 안쪽의 원추형 분화구가 아직 쓸모 있는 것을 보고 기뻤다.

피에르의 동공이 먹이를 삼키는 말미잘 입처럼 순간적으로 팽창했다가 도로 수축했다.

"자, 이제 네가 원하는 걸 주지." 피에르가 아무런 일도 없었다는 인상을 주려 하며 목쉰 소리로 말했다. 그리고 주사기에 물을 채워 그것을 또 하나의 분홍빛 물 잔에 뿜어냈다.

패트릭은 축축한 손을 바지에 문질렀다. 한 가지 남은 까다로운 협상만이 가슴이 터질 듯한 조급한 마음을 억제했다.

"주사기 여분 있어?" 패트릭이 물었다. 주사기에 관한 한 피에르는 아주 꼴사납게 굴 수 있었다. 주사기 값은 피에르가 몇 개나 가지고 있느냐에 따라 천차만별이었다. 1,000달러 이상 쓸 때는 대개 협조적이긴 했어도, 그런 뻔뻔스러움을 보인다고 분개해서 장황한 설교를 늘어놓을 위험은 늘 존재했다.

"두 개 주지." 피에르는 비정상적으로 후한 인심을 베풀었다.

"두 개!" 패트릭은 유리 보관함 속에 든 중세의 유물이 자기를 향해 손 흔드는 것을 보기라도 한 듯 외쳤다. 피에르는 패트릭이 요구한 분량을 1그램씩 연녹색 저울에 달아 개별 봉지에 담아서 얼마나 소비하는지 파악할 수 있도록 했다.

"언제나 생각이 깊고, 언제나 친절하군." 패트릭은 중얼중얼 말했다. 곧 두 개의 귀중한 주사기가 먼지 낀 거울 위에 놓였다.

"물 갖다 줄게." 피에르가 말했다.

어쩌면 피에르가 방금 맞은 스피드볼에 평소보다 더 많은 헤로인이 들어갔는지도 모른다. 그렇지 않고서야 이 전례 없는 선행을 어찌 설명할 수 있겠는가?

"고마워." 패트릭은 외투와 재킷을 후다닥 벗고 셔츠 소매를 걷었다. 빌어먹을! 칠리의 집에서 혈관을 놓친 부위가 검게 부어 있었다. 패트릭은 자기의 무능과 절박함을 보여 주는 이 표시를 피에르에게 보이지 않는 게 좋을 것 같았다. 피에르는 아주 도덕적인 사람이었다. 패트릭은 소매를 퍼덕퍼덕 내리고, 금 커프스단추를 풀고 오른쪽 소매를 걷어 올렸다. 마약 주사는 패트릭이 양손을 다 잘 쓸 수 있는 유일한 분야였다. 피에르는 물이 가득 든 잔과 빈 잔, 그리고 스푼을 가져왔다.

패트릭은 코카인 봉지 하나를 펼쳤다. 반짝이는 흰 종이에 연한 파란색으로 북극곰이 인쇄되어 있었다. 피에르와는 달리 패트릭은 코카인을 따로 주입하는 것을 선호했다. 코카인을 하고 긴장과 공포가 견디기 힘든 지경에 이르면 그때 비로소 광기와 좌절을 면하게 해 줄 헤로인이라는 황제의 근위병을 투입하는 것이다. 패트릭은 종이를 깔때기처럼 구부려 들고 살살 두드렸다. 미세한 가루가 종이의 협곡을 따라 흘러 내려가 스푼에 떨어졌다. 첫 번째 주사는 너무 많지 않게. 너무 적지도 않게. 낭비된 물 탄 쾌감보다 더 견디기 힘든 건 없었다. 패트릭은 종이를 계속 살살 두드렸다.

"어떻게 지냈어?" 피에르가 물었다. 너무 빨리 말해서 질문이 한 단어 같았다. "응, 며칠 전에 아버지가 돌아가셨어, 그래서……" 패트릭은 무슨 말을 해야 할지 몰랐다. 봉지를 쳐다보다 마지막으로 한 번 더 두드렸다. 한 번 더 가루가 떨어져 스푼의 작은 가루 더미에 합쳐졌다. "그래서 지금 좀 혼란스럽지."

"너희 아버지, 어떤 분이었어?"

"새끼 고양이었지." 패트릭은 열광적이고 과장된 억양으로 말했다. "그런데 멋진 예술가의 손을 가졌어." 잠시 물이 시럽처럼 탁해지더니 가루가 녹자 맑아졌다. "총리가 될 수도 있었을 거야."

"정치인이었어?" 피에르가 눈을 가늘게 뜨고 물었다.

"아니, 아니. 일종의 농담이야. 아버지의 세계에서는—순전한 상상의 세계에서는—총리가 '될 수도 있었을' 사람이 되는 게 총리가 되는 것보다 더 낫거든. 총리가 된다는 건 천박한 야욕의 표시란 것이지." 주사기 바늘을 스푼 옆에 대고 물을 뿜는데 어렴풋이 금속이 울리는 소리가 들렸다.

"Tu regrettes qu'il est mort^{아버지가 돌아가신 게 유감스러워?}" 피에르가 날카롭게 물었다.

"Non, absolument pas, je regrette qu'il ait vécu^{아니, 전혀. 아버지가 살았다는 게 유감스러워.}"

"Mais sans lui^{하지만 아버지가 아니면} 너는 이 세상에 존재하지 않을 텐데."

"그런 문제를 자기 중심으로 생각하면 안 되지." 패트릭은 웃으며 말했다.

오른쪽 팔은 상대적으로 멀쩡했다. 팔뚝에 담뱃진처럼 누렇게 멍든 자국이 몇 군데 있을 뿐이었다. 그리고 주요 정맥의 과녁 복판 주위에 퇴색한 분홍빛 바늘구멍이 밀집해 있었다. 패트릭은 주사기를 들어 두어 방울을 흘려 내보냈다. 배가 요란하게 꾸르륵거렸다. 어두운 영화관 뒤에 앉아 생전 처음 여자 친구의 어깨에 팔을 두르는 열두 살 먹은 소년 같은 긴장과 흥분을 느꼈다.

패트릭은 기존의 바늘 자국 중앙을 겨냥하고 바늘을 갖다 찔렀다. 통증이 거의 없었다. 한 줄기 피가 주사기 안으로 들어와 굽이쳤다. 혼자만의 버섯구름. 맑고 쓴 물속의 그 피는 매우 선명했다. 혈관을 찾아서 얼마나 고마운 심정이었는지 모른다. 전쟁터를 향하는 갤리선의 북소리처럼 심장 박동이 빨라졌다. 패트릭은 주사기를 단단히 쥐고 천천히 피스톤을 눌렀다. 거꾸로 돌려 보는 영화처럼 주사기 속의 피가 바늘을 통해 도로 혈관에 주입되었다.

그 효능을 느끼기 전에 먼저 코카인의 가슴 저린 향기가 코에 느껴졌다. 그리고 몇 초 뒤, 저속 촬영한 것 같은 차가운 느낌의 기하학적 꽃들이 사방에 피어나 내면의 시야를 덮었다. 패트릭은 어설프게 피스톤을 당겨 피를 뽑았다가 그것을 도로 주사했다. 쾌감에 취하고 사랑에 목이 메어 오자 앞으로 몸을 굽히면서 주사기를 거울에 탕 놓았다. 피가 엉기기 전에 주사기를 씻어야 한다는 것을 알면서도 바로 하지 않았다. 지금 느낌이 너무 강렬했다. 귀에 들리는 소리는 뒤틀리고 증폭되어 착륙하는 제트기의 엔진 소리처럼 쌩쌩 울렸다.

패트릭은 뒤로 편히 기대앉았다. 그리고 어머니의 키스를 기다리는 어린아이처럼 입술을 쑥 내밀고 눈을 감았다. 이마 꼭대기에 땀이 솟았다. 겨드랑이에서는 새는 수도꼭지처럼 몇 초 간격으로 땀이 흘러내렸다.

피에르는 패트릭이 어떤 상태인지 정확히 알았다. 그러나 불균형한 주사 방식과 무책임하게 주사기를 씻지 않고 놓은 것을 못마땅하게 생각했다. 피에르는 그것을 집어 물을 넣었다. 주사기가 막히지 않게 하기 위해서였다. 어떤 움직임이 감지되자 패트릭은 눈을 뜨고 속삭이듯 말했다. "고마워."

"뽕을 같이 해야지." 피에르가 나무라듯 말했다. "뽕은 의약이야, 의약, 이 친구야."

"난 이 쾌감이 좋아."

"하지만 너무 많이 하면 통제력을 잃어."

패트릭은 자세를 바로 고쳐 잡고 피에르를 응시했다. "난 절대로 통제력을 잃지 않아. 그 한계를 시험할 뿐이지."

"웃기고 있네." 피에르는 눈도 깜짝하지 않았다.

"네 말이 물론 맞아." 패트릭이 웃었다. "하지만 벼랑 끝에서 떨어지지 않고 서 있는 기분이 뭔지 잘 알잖아." 그들의 전통적 결속에 호소하는 말이었다.

"나도 알지, 그게 뭔지." 피에르의 목소리는 날카로웠고 눈은 격정에 불탔다. "8년 동안 난 내가 새알이라고 생각했지만 나 스스로를 완전히 통제했지, contrôle total완전한 통제!"

"잊지 않고 있어." 패트릭이 달래듯이 말했다.

물밀 듯한 쾌감은 지나갔다. 파도 타는 사람이 둥글게 말리는 너울의 터널에서 튀어나오자, 그 빛나는 너울이 점점 약해지고, 결국 부서지는 파도에 떨어지듯이, 패트릭의 생각은 한없는 불안의 공격 앞에 뿔뿔이 흩어지기 시작했다. 주사를 맞고 몇 분 되지도 않았는데, 벌써 사라지는 위험한 흥분에 대한 가슴 저린 향수를 느꼈다. 마치 그 빛의 작렬에 날개가 녹아, 견딜 수 없는 실망의 바다로 추락하는 것 같은 느낌이 들었다. 그러자 패트릭은 주사기를 마저 씻고, 떠는 손으로 한 번 더 주사할 준비를 했다.

"중독의 척도는 그것의 반복 욕구일까, 아니면 만족 불능일까?" 패트릭이 물었다. "아버지가 살아서 내 물음에 답해 주면 좋겠네." 패트릭은 진지한 얼굴로 덧붙였다.

"왜? 마약 중독자셨어?"

"아니, 아니⋯⋯" 패트릭은 또 "이건 일종의 농담"이라고 말하고 싶은 걸 참았다. "너희 아버지는 어떤 분이셨어?" 패트릭은 피에르가 더 캐물을까 봐 얼른 물었다.

"fonctionnaire였어, métro, boulot, dodo."* 피에르는 경멸조

---

* fonctionnaire는 '공무원', métro, boulot, dodo는 '전철, 일, 잠' 즉 '매일 반복되는 단조로운 일상'을 뜻한다.

로 말했다. 아버지는 service militaire^{군 복무 중}일 때 가장 행복했지. 아버지가 자기 인생에서 가장 자랑스러워했던 순간은 장관이 아무것도 말하지 않은 아버지를 축하한 일이야. 상상이 돼? 누가 집에 오면, 뭐 그런 일이 많지는 않았지만, 아버지는 똑같은 이야기를 들려줬지." 피에르는 등을 펴더니 흐뭇한 웃음을 지으며 손가락을 흔들었다. "Et Monsieur le Ministre m'a dit, Vous avez eu raison de ne rien dire^{장관님이 내게 말했지, 자네가 아무것도 말하지 않은 건 옳아.}' 아버지가 그 이야기를 할 때면 나는 방에서 뛰쳐나가곤 했지. 완전히 넌더리가 났거든, j'avais un dégoût total^{완전 역겨웠어}."

"어머니는?" 패트릭은 그럼으로써 자기 부모에 대한 질문을 받지 않게 되어 기분이 좋았다.

"모성이 없는 여자는 뭘까?" 피에르가 느닷없이 날카롭게 말했다. "젖이 달린 가구지 뭐!"

"그럼!" 패트릭은 주사기에 새로 탄 약을 빨아들였다. 오싹한 코카인 주사를 한 번 더 맞고 평온이 시작되는 것을 뒤로 미루기보다는 피에르의 의학적 조언에 따라 한 걸음 물러서서 헤로인을 하기로 결정했다.

"그 모든 건 잊어야 해. 부모님, 그 모든 불쾌한 일들. 독립된 개인이 되기 위해 스스로를 새로 만들어 내야 해."

"옳소!" 패트릭은 피에르의 지론을 가지고 왈가왈부하지 않는 게 상책이란 걸 알고 있었다.

"미국인들, 그들은 늘 정체성 어쩌고 하는데, 다른 사람들이 다 같은 생각이란 걸 확인하기 전에는 자기 생각이 없어. 내 미국인 고객들, 그들은 나한테 함부로 굴어서 자기들이 독립된 개인이란 걸 보이지만, 늘 나한테 하는 짓들을 보면 다들 한 치도 틀림없이 똑같아."

"사람들은 '나'라는 말을 자주 쓰기 때문에 자기들이 독립된 개인인 줄 알지." 패트릭이 꼬리를 달았다.

"내가 병원에서 죽었을 때 j'avais une conscience sans limites 나는 의식의 한계가 없었어. 난 모든 걸 알게 되었어, 문자 그대로 **모든 걸**. 그 후로는 사람들한테 '조현병 환자' 또는 '편집증 환자', '2번 사회 계층' 또는 '3번 사회 계층' 같은 말을 쓰는 sociologues et psychologues 사회학자와 심리학자의 말을 진지하게 받아들일 수가 없어. 그런 자들은 아무것도 몰라. 그런데 자기들이 인간의 정신에 대해 안다고 생각하지. 하지만 그들은 아무것도 몰라, absolument rien 전혀 아무것도." 피에르는 패트릭을 격렬하게 쏘아보았다. "우주 탐사를 두더지에게 맡기는 짝이지." 피에르는 비웃었다.

패트릭은 건조하게 웃었다. 피에르의 말에 귀를 막고 혈관을 찾고 있었다. 피가 주사기 안에 양귀비꽃처럼 환하게 피어오르는 것을 보고 주사액을 주입한 다음, 이번에는 주사기를 유능하게 씻었다.

패트릭은 헤로인의 강도와 부드러움에 깜짝 놀랐다. 체내의 혈액이 동전 자루처럼 무거워졌다. 코카인으로 튕겨 나갔다가 다시 단일 물질로 몸속에 녹아들면서 이 헤로인의 진가를 알아보며 깊이 침잠했다.

"맞아." 패트릭은 속삭이듯 말했다. "두더지처럼…… 우아, 이거 질이 좋은 뿅이네." 패트릭은 눈을 감을락 말락 했다.

"순도 백이야. Faîtes attention, c'est très fort조심해, 굉장히 세니까."

"음, 말 안 해도 알겠어."

"이건 의약이야, 의약, 이 친구야." 피에르는 같은 말을 되풀이했다.

모든 게 다 잘될 것 같았다. 폭풍우가 치는 밤의 석탄불, 창문을 내리치지만 안으로 들이치지는 못하는 비. 연기로 형성된 개울, 반짝이는 저수지 모양을 이룬 연기. 께느른한 환각의 변경에 아른아른 빛나는 생각.

패트릭은 코를 긁적이다 눈을 떴다. 그래, 헤로인이라는 베이스가 든든히 받쳐 주고 있으니, 목소리가 갈라지는 일이 없이 밤새도록 코카인의 고음을 노래할 수 있을 것이다.

하지만 그러려면 혼자 있어야 할 것이다. 질 좋은 마약이 있으면 고독은 견딜 수 있을 만한 것일 뿐 아니라 절대로 필요하기까지 한 것이었다. "페르시아 뿅보다 훨씬 더 섬세하군." 패트릭은 목쉰 소리로 말했다. "완만하고 한결같은 만곡…… 뭐랄까, 연마한 거북딱지 같아." 패트릭은 다시 눈을 감았다.

"이건 세상에서 가장 강력한 뽕이야." 피에르가 간단히 말했다.

"응, 정말 짜증 나, 영국에서는 구할 수 없으니 말이야." 패트릭의 말이 느릿느릿했다.

"여기서 살아."

"좋은 생각이야." 패트릭은 상냥하게 말했다. "그런데, 지금 몇 시지?"

"1시 45분."

"어이쿠, 이제 가서 자야겠어." 패트릭은 조심스럽게 안주머니에 주사기를 넣었다. "다시 봐서 정말 좋았어. 곧 연락할게."

"그래. 난 오늘 밤, 내일 낮, 내일 밤엔 깨 있을 거야."

"완벽해." 패트릭이 끄덕였다.

패트릭은 재킷과 외투를 입었다. 피에르는 일어나 안전 자물쇠를 풀고 문을 열어 주었다.

7

패트릭은 의자에 털썩 주저앉았다. 가슴의 긴장이 풀렸다. 그리고 잠시 조용했다. 그러나 곧 새로운 인물이 패트릭의 몸 안에 자리 잡았다. 어깨를 뒤로 젖히고, 배를 불룩 내밀고, 또 한바탕 강박적인 흉내를 내기 시작했다.

뚱뚱이 (거대한 배를 위한 충분한 공간을 확보하기 위해 의자를 뒤로 밀었다) : "한마디 하지 않을 수 없습니다, 선생님, 정말 그렇습니다. 그러지 않을 수 없다는 말은 이 문제에서 제가 지게 된 의무를 가볍게 표현한 것입니다. 내 이야기는 단순합니다. 현명하게는 아니지만 너무 많이 사랑한 사내의 이야기입니다." (눈가의 눈물을 훔친다.) "탐욕이 아니라 열정을 가지고 음식을 먹은 사내. 음식은요 선생님 ─사실을 숨기려 하지 않겠습니다—내 인생이었습니다. 폐허 같은 이 늙은 몸을 이루고 있는 건 세상에서 더없이 맛있는 요리의 흔적입니다. 말馬들이 내무게에 눌려 다리를 떨다가 심장이 터져 피를 토하고 쓰러졌을 때, 또는 내가 자동차 운전석과 조수석 사이에 끼어 앉으려는 헛된 수고를 포기하지 않을 수 없었을 때, 나는 내 체중은 획득한 것이지 단순히 '붙은 것'이 아니라고 생각하며 자위했습니다. 당연히 나는 레뱅과 레보 레스토랑에서 식사를 했고, 키토와 하르툼에서 식사를 하기도 했습니다. 잔인한 야노마미족이 인육을 먹으라고 권했을 때는 고상한 체하지 않고 세 번째 그릇을 청했습니다. 정말 고상한 체하지 않았습니다, 선생님." (지난 일을 아쉬워하는 미소를 지었다.)

유모 (헉헉거리며) : "인육이라니, 설마! 다음은 뭐야? 넌 언제나 이상한 아이더니."

게리 (하늘을 쳐다보고 매력적으로 작은 한숨을 쉬며) : "내 이름은 게리입니다. 오늘 저녁 여러분을 모실 웨이터입니다. 오늘의 특별 메뉴로는 인육 요리, 중국산 화이트 헤로인 '와일드 베이비'에 얹은 무염 콜롬비아 코카인의 전율이 있습니다."

피트 블로크 : "그럼 호비스 식빵은 없겠네요?"

블로크 부인 : "그래, 우리는 호비스 식빵을 먹고 싶어요."

호비스가 해설자로 말하는 소리(⟨코로네이션 스트리트⟩*의 주제 음악이 흐른다) : "나의 젊은 시절은 아주 근사했지. 딜러에게 가서 코카인 반 온스와 뽕 4그램을 사고, 베리 브라더스 상회에 가서는 샴페인 한 상자를 주문하고, 계집애를 미라벨 레스토랑에 데려가고도 돈이 남아돌았는데 말이야. 그때가 정말 좋았어."

패트릭은 위험할 정도로 자제력을 잃었다. 모든 생각 또는 생각이 주는 암시는 패트릭 자신의 생각보다 더 강한 성격을 드러냈다. "제발, 제발, 제발 그만하게 해." 패트릭은 중얼거리며 일어나 이리저리 서성거렸다.

조롱하는 메아리 : "제발, 제발, 제발 그만하게 해."

유모 : "나는 귀족과 그들의 더러운 생활 방식에 대해 잘 알아."

무기력한 심술쟁이 (순진하게 웃으며) : "생활 방식이 어떻게 더러워, 유모?"

유모 : "안 되지, 이 유모는 비밀을 누설하지 않아. 내 입은 단단히 봉해져 있어. 데드우드 남작 부인이 어떻게 생각하겠어? 구르는 돌에는 이끼가 안 끼는 법이야. 내 말 명심해. 넌 언제나 이상한 아이더니."

가싱턴 부인 : "누가 여기 책임자죠? 지금 당장 매니저에게 얘기하고 싶어요."

---

* 1960년부터 2018년 현재까지 제작, 방송되고 있는 영국 인기 연속극. 제빵 회사 호비스도 광고주 중 하나였다.

머코이 의사 : "그건 생명체야, 짐, 하지만 우리가 아는 것과 다르지."

커크 선장 (통신기를 젖히고) : "스코티, 우리 둘 전송시켜."

패트릭은 헤로인 봉지를 열고, 너무 급해서 주사액을 만드는 대신 유리판이 덮인 탁자 위에 가루를 조금 쏟았다.

분개한 에릭 (다 안다는 듯이) : "저런, 전형적이군, 문제에 직면했어. 그럼 헤로인을 더 해야지. 기본적으로 그건 언제까지나 머무를 수 있는 최상의 체계이니까."

패트릭은 호주머니에서 지폐를 한 장 꺼내서 탁자 위로 몸을 굽혔다.

무기력 대위 : "이봐, 하사관, 저놈들 입 좀 다물게 해 주겠나?"

하사관 : "걱정 마십시오, 대위님, 우리는 저놈들을 진압할 겁니다. 저들은 원주민 떼거리, 마음까지 검은 새끼들일 뿐이니까요, 대위님, 평생 비참하고 사악하게 살면서 개틀링 기관총 맛을 한 번도 못 봤을 겁니다, 대위님."

무기력 대위 : "잘했네, 하사관."

패트릭은 헤로인 가루를 코로 들이마시고 고개를 뒤로 젖힌 다음, 코로 깊은 숨을 들이쉬었다.

하사관 : "제가 충격을 받겠습니다, 대위님." (창이 가슴에 박혀 신음한다.)

무기력 대위 : "이런! 고맙네…… 음……"

하사관 : "윌슨입니다, 대위님."

무기력 대위 : "응, 물론. 잘했네, 윌슨."

하사관 : "다시 그럴 수만 있으면 좋겠습니다, 대위님. 하지만 아쉽게도 전 치명적인 부상을 입었습니다, 대위님."

무기력 대위 : "어이쿠, 이런! 그럼 그 상처를 치료받도록 하게, 하사관."

하사관 : "감사합니다, 대위님, 정말 친절하십니다. 훌륭한 신사이십니다!"

무기력 대위 : "그리고 만일 최악의 결과가 발생하면 사후에 어떤 훈장을 받도록 할 수 있을 거야. 우리 숙부가 그런 걸 담당하는 사람이거든."

하사관 (일어나 경례하며 소리친다) : "네!" (도로 쓰러진다.) "아내와 이제 걸음마 하는 우리 아이들에게, 아비 없는 불쌍한 꼬마들에게 소중한 것이 될 겁니다." (신음한다.) "정말…… 정말…… 훌륭한 신사이십니다."

바텐더 조지 (생각에 잠겨 유리잔을 문지르며) : "아, 그럼요, 그 무기력 대위, 기억하고말고요. 여기 오면 굴을 항상 아홉 개 시켰죠. 반 다스나 한 다스가 아니라 아홉 개. 정말 신사였어요! 요즘은 더 이상 그런 사람을 볼 수 없죠. 뚱뚱이도 기억합니다. 아, 그럼요, 아마 잊기 힘들 겁니다. 종국에는 그 손님을 바에 앉힐 수가 없었어요. 한마디로 자리가 너무 좁아진 거죠. 하지만 정말 신사였어요! 보수적인 생각을 가졌기 때문에 그 온갖 다이어트 같은 건 할 체를 안 했어요, 그거 참, 네, 안 했어요."

뚱뚱이 (런던 중앙 형사 법원, 특별히 넓힌 피고인석에 서 있다) : "다이어트와 식이 요법의 시대에 산다는 건 정말 내게 불행한 일이었습니다."(눈가에 맺힌 눈물을 훔친다.) "사람들은 나를 뚱뚱이라고 부릅니다. 내 딴에는 그 별명은 따로 설명이 필요 없지 않냐고 우쭐해할 정도로 나는 뚱뚱합니다. 그리고 비정상적인 식욕과 그 식욕의 비정상적인 강도 때문에 고발당했습니다. 내가 내 잔을 가득 채운다고, 인생의 접시에 경험의 박하 홍합 찜을 잔뜩 쌓아 올린다고, 사람들이 나를 비난해도 되는 겁니까, 재판관님? (죽은 사람을 일으키고, 왕의 마음을 살 요리랍니다!) 나는 현대 생활 속의 소심한 부랑자가 아닙니다. 나는 하늘나라 잔치에 초대받은 가난한 손님은 아니었습니다. 죽은 자들은 장례의 성에서 중세풍 아침 식사의 마지막 한 입을 목구멍으로 넘기기 무섭게 라팽베르 레스토랑의 미식 메뉴가 주는 도전을 받아들일 리 없습니다. 그렇다면 그들은 앰뷸런스(인생을 즐기며 사는 사람의 당연한 운송 수단, 왕의 마차!)를 타고, 사크 드 아르정*으로 가서 성대한 메뉴의 크레스타 런**

★   the Sac d'Argent. '돈 주머니'를 뜻한다.
★★   Cresta Run. 봅슬레이 같은 1인용 고속 썰매.

코스를 달리지 못하는 것이죠." (카페 플로리안의 바이올린 연주자가 배경 음악을 연주하고 있다.) "내 만년은요, 재판관님, 내 만년은─간 때문에 걱정인데요, 오오, 내 간은 영웅적인 수고를 했지만, 이제 지쳤어요, 나도 지쳤답니다. 하지만 이 얘긴 그만하죠─아무튼 내 만년은 중상모략으로 더럽혀졌습니다." (법정에 소리 죽여 훌쩍이는 소리가 울려 퍼진다.) "하지만 나는 그 코스를, 아니 코스들을 섭렵한 걸 후회하지 않습니다." (슬픈 듯한 희미한 웃음.) "내가 평생 먹은 것들, 난 정말 후회하지 않아요." (품위를 수습한다.) "나는 음식을 먹었으되 용감히 먹었습니다."

판사 (벼락을 치듯이 분노하며) : "본 법정은 이 소송을 기각한다. 이 사건이 재판정에까지 이르게 된 건 중대한 오심이다. 본 법정은 이 사실을 인정하고, 그 보상으로 뚱뚱이에게 '돼지와 호루라기'*에서 한 끼의 저녁 식사 제공을 명령한다."

만족한 군중 : "만세! 만세!"

패트릭은 무한한 공포를 느꼈다. 생각의 썩은 마룻바닥이 한 조각 한 조각 내려앉았다. 그러다가는 바닥이 젖은 종이나 다름없이 패트릭을 받치지 못할 것 같았다. 어쩌면 바닥이 내려앉는 걸 멈추지 않을지 모른다. "너무 피곤하다, 너무 피곤해." 패트릭

---

*　Pig and Whistle. 영국 술집의 원형적인 이름. 여기서는 말장난에 쓰이고 있다. Pig 는 '돼지'가 아니라 peg, 즉 '도기 또는 도기로 된 물주전자' 혹은 '나무로 만든 컵'인 piggin을 가리킨다. 또한 여기서 Whistle은 '호루라기'가 아니라 옛날 영국의 건배 인사 wassail의 변형이라는 설이 유력하다.

은 침대에 걸터앉았다가 곧바로 다시 일어났다.

조롱하는 메아리 : "너무 피곤하다, 너무 피곤해."

그레타 가르보 (발작적으로 비명을 지르며) : "난 혼자 있고 싶지 않아! 혼자 있는 건 신물이 나."

패트릭은 벽에 기댄 채 미끄러져 내리며 울부짖었다. "씨팔 너무 피곤하다."

청소부 아줌마 : "좋은 코카인 주사 한 번 해요, 그리고 기운 좀 차려요."

사망 의학박사 (주사기를 꺼내며) : "환자분께 안성맞춤인 게 있습니다. 상을 당한 분에게 꼭 쓰지요."

클레오파트라 : "오, 그렇지." (소녀처럼 입술을 쑥 내민다.) "내 가장 푸른 혈관에 키스를."

청소부 아줌마 : "자, 어서, 스스로를 좀 위해 줘요."

클레오파트라 (목쉰 소리로) : "자, 어서, 넣어, 이놈아!"

패트릭은 이번에는 넥타이를 써야 했다. 그것으로 이두박근을 여러 번 감고 끄트머리를 이에 물었다. 으르렁거리는 개처럼 잇몸이 드러났다.

수다쟁이 오코너 (제임슨 위스키 한 잔을 비우며) : "그 여자는 난폭한 색슨족다운 방종한 의사를 좋아하게 되었지, 이렇게 외치면서 말이야, '난 늘 동시에 두 곳에 있고 싶었어.'"

조정의 신하 (흥분해서) : "약을 넣었어, 약이 뚜렷이 느껴져."

커크 선장 : "공간 왜곡 지수를 10으로 하게, 술루."

훈족의 아틸라왕 (최저음으로) : "난 적의 머리로 축구를 한다. 내가 말을 타고 개선문을 통과할 때, 자갈길을 차는 내 말의 발굽은 불꽃을 튀기고, 로마의 노예들은 내가 가는 길에 꽃잎을 뿌리지."

패트릭은 의자에서 떨어져 몸을 웅크렸다. 무자비한 쾌감에 숨이 차고 벙벙했다. 격렬한 심장 박동에 온몸이 진동했다. 마치 돌고 있는 헬리콥터 날개 아래 웅크린 사람 같았다. 팔다리는 긴장으로 마비되었고, 패트릭은 자기 혈관이 샴페인 잔의 손잡이처럼 가늘고 깨지기 쉬워서 팔을 죽 펴면 끊어질 것이라고 상상했다. 헤로인을 주입하지 않으면 심장 마비로 죽을 것 같았다. "씨팔 꺼져, 전부 다!" 패트릭은 중얼거렸다.

정직한 존 (머리를 흔들며) : "정말 악랄한 개자식이야, 그 아틸라 말이야. 이런 원, 세상에. 나한테 '뭘 봐?'라고 하더라고. 그래서 내가 '아무것도 안 봤는데' 하니까, '아무튼, 하지 마, 씨팔, 알았어?' 하더군." (머리를 흔든다.) "악랄한 놈!"

유모 : "유모가 말했잖아, 어리석은 목소리로 말하는 거 그만하라고. 그러다 바람 부는 방향이 바뀌면 그만두지 못할 거야."

소년 (필사적으로) : "난 그만하고 싶어, 유모."

유모 : "'그만하고 싶어'라고 말로만 그러면 뭐 해!"

하사관 : "애야, 정신 바짝 차려!" (악을 쓰며) "앞으로 갓! 왼

발, 오른발. 왼발, 오른발."

패트릭의 다리가 태엽으로 움직이는 인형이 쓰러진 것처럼 카펫 바닥 위에서 미끄러지듯 앞뒤로 움직였다.

《타임스》에 난 짧은 부고 기사 : "멜로즈. 5월 25일, 피에르 호텔에서 행복한 하루를 지낸 뒤 평화로이 잠들다. 패트릭, 22세, 데이비드와 엘리너의 사랑스러운 아들. 훈족의 아틸라왕과 청소부 아줌마, 분개한 에릭 외에 일일이 열거할 수 없이 많은 사람들이 그를 애도할 것이다."

수다쟁이 오코너 : "한심한 사람, 가엾군. 전기 충격을 받은 개구리의 잘린 다리처럼 경련하지는 않지만, 그건 오직 기분에 짓눌리기 때문이었어. 죽은 사람의 눈에 놓는 금전처럼 말이야." (제임슨 위스키 잔을 쭉 들이켠다.)

유모 (이제 더 나이를 먹어 기억이 예전 같지 않다) : "도저히 적응이 안 돼, 옛날엔 아주 사랑스러운 아이였는데 말이야. 내가 언제나 '내 소중한 귀염둥이'라고 부른 기억이 나. 내가 언제나 '유모가 너를 사랑한다는 걸 잊지 마!' 했는데."

수다쟁이 오코너 (뺨에 눈물이 흐른다) : "가엾게도 그 한심한 팔을 튼튼한 사내가 보면 눈물을 흘리겠어. 팔뚝이 저토록 상처투성이니 말이야. 저 상처들은 가엾고 불안해하는 심장에 평온을 조금 가져다줄 그 유일한 것을 달라고 아우성치는 굶주린 금붕어의 입 같아."(제임슨 위스키 잔을 쭉 들이켠다.)

무기력 대위 : "그는 자기 방에서 잘 나가지 않는 부류의 사람이야. 물론 그게 잘못된 건 아니지, 다만 하루 종일 서성거릴 뿐. 내가 늘 말하듯이, 기왕 게으를 거면 철저히 게을러야 해." (매력적으로 웃는다.)

수다쟁이 오코너 (술을 병째 마시며 눈물을 평평 쏟고 발음은 더 불분명해졌다) : "가슴뿐만 아니라 정신도 불안했지. 혹시 패트릭을 죽인 건 자유에 대한 걱정이었을까? 어떤 상황에서든 패트릭은 선택들이 충혈된 눈의 끊긴 핏줄처럼 미친 듯이 뻗어 나가는 것을 본 거야. 패트릭은 무언가를 할 때마다 자신이 하지 않은 모든 일들이 지르는 단말마의 비명을 들었어. 그리고 하늘이 비치는 물웅덩이나 리틀 브리튼 스트리트 길모퉁이의 하수구가 얼핏 보이기만 해도 현기증을 일으킬 위험을 느꼈지. 자기가 어떤 사람으로 지나온 길을 알려 줄 흔적을 잊거나 그것을 잃을지 모를 공포에 미칠 지경이었던 거야. 피비린내 나는 숲 한가운데 서 있는 피투성이의 여우 같은 여우 사냥개처럼."

정직한 존 : "정말 한심하지 않아? 패트릭은 평생 하루라도 정직한 일을 해 본 적이 없어. 그 친구가 길 건너는 할머니를 돕거나 불우한 아이들에게 사탕 한 봉지라도 사 주는 걸 본 적이 있어? 전혀 없잖아. 사람은 정직해야 해."

뚱뚱이 : "패트릭은 음식을 잘 먹지 않았죠, 먹을 걸 깨지락거리기나 했어요. 인생의 풍요를 약물로 바꾼 사람입니다. 한마디

로 말해서 최악의 불한당이었죠."

수다쟁이 오코너 (눈물의 호수 수면 위로 간혹 떠오르며) : "그리고 그 몰골은……" (껄껄, 껄껄, 껄껄) "……사랑하는 법을 전혀 배우지 못한 그 갈라진 입술……" (껄껄, 껄껄, 껄껄) "……난폭하고 신랄한 말만 할 줄 알던 그 입술……" (껄껄, 껄껄, 껄껄) "……사랑의 분노로, 그리고 죽음이 임한 걸 알고 찢어져 터진 그 입술." (껄껄)

데비 (말을 더듬으며) : "난 무슨 말을 해야 하지?"

케이 : "난 그 일이 일어난 날 패트릭을 봤어."

"실성하지 말자." 패트릭이 자기 것 같은 목소리로 외쳤지만, 나중 절반은 배우 존 길구드의 목소리 같았다.

목사 (설교단에서 위로하듯 내려다보며) : "우리들 가운데 누군가는 데이비드 멜로즈를 소아성애자로, 알코올 중독자로, 거짓말쟁이로, 강간범으로, 사디스트로, '아주 고약한 물건'으로 기억합니다. 그러나 여러분이 아시다시피, 그런 상황에서 그리스도는 우리에게 이렇게 말하라고 하십니다. 즉 그분이라면 이렇게 말했을 겁니다." (잠시 뜸을 들이고) "'하지만 그게 전부는 아니잖아?'라고요."

정직한 존 : "그게 전부인데요."

목사 : "그리고 그 '이야기의 전부'라는 발상은 기독교에서 가장 흥미로운 것 중 하나입니다. 우리는 리처드 바크든 피터 메

일리든 우리가 좋아하는 작가의 책을 읽을 때, 그게 아주 특별한 어떤 갈매기에 대한 책이구나 하는 것이나, 또는 그게, 프랑스 말을 쓰자면, 프로방스 지방의 멋진 campagne시골를 배경으로 한 책이구나 하는 걸 아는 게 전부가 아닙니다. 우리는 책을 끝까지 다 읽는 만족감을 얻고 싶어 한다는 것도 있습니다."

정직한 존 : "난 안 그런데."

목사 : "그러니까 우리는 남을 판단하기 전에(남을 판단하지 않는 사람이 우리 가운데 누가 있겠습니까?), 그 같은 자세를 본받아 반드시 '이야기의 전부'를 알아야 하는 것입니다."

훈족의 아틸라왕 (최저음으로) : "죽어라, 이 기독교의 개새끼야!" (목사의 목을 벤다.)

목사의 잘린 머리 (생각에 잠겨 머뭇거리며) : "얼마 전에 우리 어린 손녀가 나한테 오더니, '할아버지, 나 기독교 좋아요' 하더군. 그래서 내가 (완전히 어리둥절해서) '왜?' 그랬더니 그 아이가 뭐라 했는지 아나?"

정직한 존 : "그야 물론 우리는 모르지, 이 한심한 인간아."

목사의 잘린 머리 : "우리 손녀가 그랬네, '큰 위안을 주기 때문'이라고." (잠시 뜸을 들이다 더 천천히 힘을 주어 말한다.) "'큰 위안을 주기 때문'이라고."

패트릭은 바닥에 쓰러진 채 눈을 뜨고 천천히 몸을 폈다. 텔레비전이 패트릭을 비난하듯 빤히 쳐다보았다. 어쩌면 텔레비전으로 무의식적인 연기를 피하거나 주의를 딴 데로 돌릴 수 있을지 모른다.

텔레비전 (몸을 떨며 울음 섞인 소리로) : "이봐요, 나를 켜요, 나를 자극해 봐요!"*

대통령 : "텔레비전이 여러분을 위해 무엇을 해 줄 수 있을까 묻지 말고, 여러분이 텔레비전을 위해 무엇을 해 줄 수 있을까 물으십시오."

열광하는 군중 : "만세! 만세!"

대통령 : "우리는 어떤 대가라도 치르고, 어떤 부담이라도 지고, 어떤 고난이라도 맞서고……"

폰 트라프 가족 합창단** (열광적으로) : "모든 산을 오르라!"

대통령 : "……텔레비전의 생존과 성공을 보장하기 위해 친구를 지원하고, 원수와 맞서고……"

열광하는 군중 : "만세! 만세!"

대통령 : "지금 이 시간, 이곳에서 그 말이 퍼져 나가게 하십시오, 이제 횃불은 미국의 신세대에게 넘겨졌습니다. 이번 세기에 태어나 전쟁을 거치며 단련되고, 어렵고 쓰라린 평화의 시기를 거치며 훈련되고, 고대로부터 현재에 이르는 평화의 유산을

---

*   원문의 turn on은 전기 기구를 '켜는 행위' 외에 (특히 성적인) '흥분 또는 자극을 주는 무엇'을 뜻하기도 한다.

**   영화 〈사운드 오브 뮤직〉의 실제 모델.

자랑스러워하고, 텔레비전을 보는 것 외에는 아무것도 하지 않으려는 신세대에게."

"그래, 맞아, 그거야, 텔레비전이야." 패트릭은 바닥을 기어가며 생각했다.

텔레비전 (받침대 한쪽 바퀴에서 다른 쪽 바퀴로 쉴 새 없이 무게 중심을 옮기며) : "나를 자극해 봐요, 난 그게 필요해요."

시청자 (냉랭하게) : "뭐가 있는데?"

텔레비전 (알랑거리며) : "〈백만 달러의 영화〉, 〈10억 달러의 사나이〉, 〈1조 달러의 퀴즈 쇼〉가 있습니다."

시청자 : "됐고, 지금은 뭐가 있지?"

텔레비전 (죄진 듯이) : "미국 성조기 사진, 하늘색 나일론 양복을 입고 세상의 종말에 대해 이야기하는 어떤 정신병자를 볼 수 있죠. 〈농업 보도〉는 곧 시작될 겁니다."

시청자 : "좋아, 그럼 성조기로 하지. 하지만 재촉하지 마!" (권총을 꺼내며) "그러면 네 화면을 날려 버리겠어."

텔레비전 : "알았어요, 진정하세요, 네? 수신 상태가 별로 좋지 않지만 정말 좋은 성조기 사진이에요. 내가 개인적으로 보장합니다."

패트릭은 텔레비전을 껐다. 이 끔찍한 밤이 언제나 샐까? 패트릭은 침대에 기어올라 그대로 뻗어 눈을 감고, 고요에 열심히 귀를 기울였다.

론 잭 (눈을 감고 상냥하게 웃으며) : "그 고요에 귀를 기울이십시오. 그 소리가 들립니까?" (잠시 멈춘다.) "그 고요의 부분이 되십시오. 그 고요는 당신의 내면의 목소리입니다."

정직한 존 : "이크, 저런, 아직 끝나지 않았네? 이 론 잭은 또 누구야? 솔직히 이름이 좀 멍청이 같군."

론 잭 : "모두 그 고요와 하나가 되었습니까?"

학생들 : "네, 고요와 하나가 되었습니다."

론 잭 : "좋아요." (잠시 멈춘다.) "이제 지난주에 배운 시각화하는 법을 써서 중국의 파고다를 마음에 그리십시오. 바닷가의 별장이 산속에 있다고 생각하면 됩니다." (잠시 멈춘다.) "좋아요. 정말 아름답지 않아요?"

학생들 : "와, 정말 멋있어요."

론 잭 : "파고다의 지붕은 금빛으로 아름답게 빛나고, 정원에는 부글부글 물이 솟는 둥근 연못들이 서로 연결되어 있습니다. 그 연못에 들어가세요─음, 기분이 좋습니다─문지기들이 여러분의 몸을 닦아 주고, 비단이나 다른 훌륭한 천으로 만든 산뜻한 새 가운을 가져오게 하세요. 감촉이 좋죠?"

학생들 : "네, 네, 아주 좋아요."

론 잭 : "좋아요. 그럼 이제 파고다에 들어가세요." (잠시 멈춘다.) "그 안에 누가 있죠?"

학생들 : "네, 지지난 주에 배운 걸가이드 단원이 있어요."

론 잭 (약간 짜증스럽게) : "아니, 걸가이드 단원은 다른 방에 있어요." (잠시 멈춘다.) "거기 있는 건 여러분의 어머니와 아버지예요."

학생들 (그들을 알아보고 깜짝 놀라며) : "어머니? 아버지?"

론 잭 : "자, 이제 어머니에게 가서 '어머니, 정말 사랑해요'라고 말하세요."

학생들 : "어머니, 정말 사랑해요."

론 잭 : "이제 어머니를 껴안아요." (잠시 멈춘다.) "기분이 좋죠?"

학생들 (비명을 지르고, 기절하고, 수표를 쓰고, 서로 포옹하고, 울음을 터뜨리고, 주먹으로 베개를 친다) : "기분이 정말 좋아요!"

론 잭 : "자, 이제 아버지한테 가서 '하지만 아버지, 아버지는 용서할 수 없어요'라고 말하세요."

학생들 : "하지만 아버지, 아버지는 용서할 수 없어요."

론 잭 : "권총을 꺼내 그놈의 머리를 쏴서 박살 내요. 탕. 탕. 탕. 탕."

학생들 : "탕. 탕. 탕. 탕."

쾨니히 스푸크 (갑옷의 삐걱거리는 끔찍한 소리가 난다) : "Omlet! Ich bin thine Popospook^{나는 네 아버지 유령이다!}"*

---

* 독일어와 영어를 우스꽝스럽게 섞어 쓰고 있다. Omlet은 햄릿, thine은 고어체로 '너의', Popospook는 '아버지 유령'이라는 뜻의 조어.

"아, 젠장, 정말이지, 그 생각은 그만해!" 패트릭은 일어나며 자기 뺨을 철썩 때렸다.

조롱하는 메아리 : "그 생각은 그만해!"

주사기로 코카인에 물을 찍 쏠 때 바늘이 수저 가장자리에 부딪치는 맑은 울림소리가 났다. 가루가 물에 잠겨 녹았다.

정맥은 저녁 때 맞은 주사의 잔인한 공격으로 움츠러들기 시작했다. 그런데 팔뚝 아랫부분의 한 줄기는 자극하지 않아도 여전히 잘 보였다. 굵고 퍼런 그 핏줄은 손목 쪽으로 구불구불하게 연결되었다. 그 부위의 피부는 좀 더 단단해서 바늘이 들어갈 때 아팠다.

유모 (꿈결처럼 정맥에게 노래하며) : "거기서 나와, 나와, 어디 있든지!"

주사기 안에 가느다란 한 줄기 피가 보였다.

클레오파트라 (숨이 막힐 정도로 놀라며) : "오, 그래, 그래, 그래, 그래."

훈족의 아틸라왕 (이를 악문 소리로 독살스럽게) : "적을 몰살하라!"

패트릭은 정신을 잃고 방바닥에 쓰러졌다. 몸이 갑자기 물에 갠 시멘트로 가득 채워진 느낌이 들었다. 침묵이 흘렀고 패트릭은 천장에서 자기 몸을 내려다보았다.

피에르 : "네 몸을 봐. 씨팔 저건 쓰레기야. Tu as une conscience

totale년 완전히 의식이 있어. limites한계가 없지.” (패트릭의 몸이 신속히 속도를 높인다. 공간은 파란색에서 짙은 파란색으로, 짙은 파란색에서 검은색으로 바뀐다. 구름은 조각 그림 맞추기의 조각들 같다. 패트릭은 아래를 본다. 한참 아래에 호텔 방 창문이 보인다. 그 방 안에 강렬하게 푸른 바다에 둘러싸인 홀쭉한 백사장이 있다. 백사장의 아이들이 패트릭의 몸을 모래에 파묻고 있다. 머리만 보인다. 패트릭은 간단한 동작으로 모래 상자를 깰 수 있다고 생각한다. 그러나 한 아이가 양동이에 든 질퍽한 콘크리트를 패트릭의 얼굴에 붓는다. 입과 귀에서 콘크리트를 닦아 내려고 하는데, 양팔이 콘크리트의 무덤 속에 묻혀 꼼짝하지 못한다.)

‘제니퍼의 일기’ : “패트릭 멜로즈의 관이 다소 거칠게 땅속에 내려질 때 무덤 옆을 지키는 사람은 아무도 없었다. 그러나 모든 게 허비되지는 않았다. 항상 인기 있고, 상냥하고, 매혹적이고, 지칠 줄 모르는 칠리 윌리 부부, 그 알파벳 시티의 마약쟁이들이 드물게 시가지로 와서 그 현장에 아슬아슬하게 때맞춰 나타났다. ‘묻지 마, 묻지 마, 그 사람은 내 고객이야.’ 슬픔을 가누지 못하는 칠리 윌리가 외쳤다. ‘이제 약은 어디서 얻어야 하나!’ 칠리는 울부짖었다. ‘나한테 유산으로 남긴 건 없을까?’ 칠리의 아내가 슬픔에 젖어 물었다. 화려하게 얼룩덜룩한 꽃무늬 천으로 만든, 잘 디자인된 적정 가격의 드레스 차림이었다. 아일랜드

개 훈련소의 소장 베리디안 그라발록스그라발락스 경과 경의 매우 매력적인 사촌 로위나 키츠셀리 양은 고인에 대해서는 들어 본 바가 없다며 참석하지 않았다.

정직한 존 : "솔직히 말해서 패트릭은 이번에는 살아남지 못할 거야."

분개한 에릭 (믿기지 않는다는 듯 머리를 흔들며) : "사람들이 그냥 아무렇지도 않게 나타나서는, 에, 사람을 그냥, 에, 산 채로 묻을 수 있다고 생각한다는 게 나로서는 정말 놀라워."

시간 여사 (커다란 모래시계를 들고 너덜너덜하고 오래된 무도회 가운을 입고 있다) : "휴우, 정말이지 수요가 있어서 기뻐! 『겨울 이야기』 4막 이후로는 배역을 전혀 맡지 못했지." (열렬히) "물론 그건 빌 셰익스피어의 극이지. 여담이지만, 빌은 아주 너그러운 사람이야, 내 친한 친구이기도 하지. 몇 세기가 흘러가는 동안 나는 '그래, 그러라고, 그냥 나를 무시해, 나도 내가 필요 없을 때를 알아'라고 생각했어." (팔짱을 끼고 고개를 끄덕인다.) "사람들은 나를 성격파 배우로 생각하지. 그런데 내가 견딜 수 없는 게 한 가지 있다면, 그건 고정된 유형의 배역을 맡는 거야." (작게 한숨 쉬며) "그건 그렇고 이제 내 대사를 말할 때인 거 같군." (얼굴을 찡그린다.) "솔직히 나는 내 대사들이 좀 구식이라고 생각해. 사람들은 내가 현대 여성이란 걸 인식하지 못하는 듯해." (수줍은 웃음.) "한 가지만 더 말하고 싶어요." (심각해져서) "팬 여러분 모두에게 심심한 '감사'의 말씀을 드립니다. 여러분 덕분에 제가 외로운 세월을 지나올 수 있었어요. 여러분의 소네트와 편지, 이야기는 소중합니다, 정말 그래요. 여러분의 잇몸이 검어지고 사람들이 이름을 기억하지 못할 때 가끔 저를 생각해 주세요." (관객에게 키스를 불어 날린다. 그러고 나서 마음을 가라앉히고, 구겨진 드레스를 펴고, 무대 앞쪽으로 걸어간다.)

"그의 죽음은 정정될 수 없으니

우리의 모든 잔치는 이제 끝이 났습니다.*

우리의 연극을 가혹하게 생각하지 마시고

후일 다시 왕래해 주십시오."

훈족의 아틸라왕 (우리의 쇠창살 사이로 쑤석임을 당하는 표범이 성이 나 쉭쉭거리며 으르렁거리는 것과 같은 소리를 지르며 관 뚜껑을 주먹으로 쳐서 벗겨 낸다) : "으라아아아아!"

패트릭은 벌떡 일어나다가 의자 다리에 머리를 부딪혔다. "젠장, 망할, 우라질, 빌어먹을!" 패트릭은 마침내 자기 목소리로 말했다.

*   셰익스피어의 희곡 『템페스트』에서 프로스페로의 대사 (4막 1장 161).

8

패트릭은 침대에 죽은 듯이 누워 있었다. 잠깐 커튼을 벌리고 이스트강 위로 뜨는 해를 본 뒤 혐오와 자책감에 휩싸였다.

별수 없이 해는 새로운 것 없는 세상에 비쳤다.* 이것은 다른 책의 첫 문장이었다.

다른 사람들의 말이 머릿속에 떠돌았다. 사막에서 바람에 굴러다니는 마른 잡초 덩어리처럼. 이 생각을 한 적이 있던가? 이미 이 말을 했던가? 패트릭은 텅 비고 부푼 느낌이 들었다.

지난밤에 그를 사로잡았던 생각의 흔적이 천천히 끓는 생각의 거품 속에서 이따금 표면으로 떠올랐다. 정말 철저히 그리고

***

*   사뮈엘 베케트의 1938년작 소설 『머피Murphy』의 첫 문장.

자주 추방되는 경험을 하고 난 패트릭은 멍들고 외로웠다. 거의 죽기 직전까지 가지 않았던가.

"그건 다시 또 되풀이하지 말자." 과거의 무분별했던 행동을 잊지 못해 계속 시달리는 애인처럼 중얼거렸다.

패트릭은 침대 머리맡의 시계를 잡으려고 팔을 뻗다가 얼굴을 찡그렸다. 팔이 아프고 말을 잘 안 들었다. 5시 45분이었다. 즉시 냉육이나 훈제 연어를 시킬 수 있을 테지만, 몸에 좋은 아침 식사가 실린 손수레의 달각거리는 소리가 주는 그 짧은 긍정의 순간을 찾으려면 45분은 더 있어야 할 것이다.

그러면 설탕 탄 차를 들이켜고, 주사기에 든 천상의 자양분을 섭취하는 동안, 과일 주스 잔에 물기가 서리고, 잔을 덮은 종이 덮개에 맺힌 물방울이 떨어질 것이다. 역시 너무나 위협적으로 육감적인 베이컨과 달걀은 식어서 냄새를 풍기기 시작하고, 홀쭉한 유리 화병의 한 송이 장미꽃은 흰 식탁보에 꽃잎 한 장을 흘릴 것이다.

밤을 지새우고 나면 5시부터 8시까지 점차 커지는 떠들썩한 삶의 소리를 피해 웅크리고 시간을 보냈다. 런던에 있을 때는 창백한 새벽빛이 커튼 봉 위의 천장에 얼룩을 내면 빛을 보고 당황하는 흡혈귀처럼 멀리서 들려오는, 날카롭고 때론 묵직한 대형 트럭들의 소리에 귀를 기울이며 몸을 웅크리곤 했다. 가까이에서는 끽끽거리는 우유 배달차 소리가 나다가 이윽고 이웃

아이들이 학교에 가는 차를 타거나, 남자들이 공장이나 은행에 출근하기 위해 차를 타고 문 닫는 소리가 났다.

영국은 지금 거의 11시였다. 아침을 먹기 전까지 전화 몇 통화로 시간을 죽일 수 있을 것이다. 패트릭은 조니 홀에게 전화를 해야겠다고 생각했다. 조니라면 자기의 정신 상태에 동정할 것 같았다.

하지만 다시 활동을 개시하려면 먼저 약이 좀 필요했다. 헤로인 주사를 맞아야 헤로인을 끊을 생각을 할 수 있듯이, 코카인을 더 흡입해야만 코카인으로 황폐한 상태에서 회복할 수 있었다.

자극을 줄 정도에는 조금 못 미치지만 그래도 인상적인 강도로 절제된 양의 약을 투입한 뒤, 패트릭은 전화기 옆에 베개를 받치고 편안히 기댔다.

"조니?"

"응." 조니 쪽에서 긴장된 속삭임이 들려왔다.

"나 패트릭이야."

"지금 몇 시야?"

"11시."

"그럼 겨우 세 시간 잤군."

"나중에 다시 걸까?"

"아니, 엎질러진 물이야. 잘 있었어?"

"응. 간밤에 좀 세게 놀았더니 좀."

"죽을 뻔했다던가 그런 거야?" 조니가 놀란 듯이 말했다.

"응."

"나도. 펑이 아주 안 좋은 스피드를 주사했어. 화학과를 나온 어떤 낙오자가 염산을 가지고 수전증 있는 손으로 만든 거였지. 주사기 피스톤을 누를 때 불에 탄 시험관 냄새가 나는 그런 종류야. 주체할 수 없이 마구 재채기가 나고, 심장은 불규칙적인 리듬으로 미친 듯이 뛰지. 그러면 파운드의 『칸토』 중에서 제일 형편없는 시구가 생각나."

"네 중국어* 수준이 훌륭하면 괜찮을 거야."

"나한텐 그게 없어."

"나한텐 있어. 의약이야, 의약."

"내가 그리 갈게."

"뉴욕에?"

"너 뉴욕에 있구나! 난 너 말하는 게 머뭇머뭇하고 속삭이는 소리 같아서, 너의 그 악명 높은 게으름과 내 환각이 겹친 건가 했지. 그게 **진짜** 이유가 아니라니 실망스럽네. 근데 거긴 어쩐 일이야?"

"아버지가 여기서 돌아가셨어. 그래서 유해를 모셔 가려고 왔

★   에즈라 파운드의 『칸토』에서 한자가 사용되어 중국 칸토로 분류되는 52~61편을 빗대면서 헤로인을 가리킨다.

지."

"축하해. 이제 절반의 고아 신분을 획득했으니 말이야. 거기서 아버지 시신을 안 주려 하지는 않아? 그 귀중한 화물을 확보하려면 그것과 똑같은 무게의 금을 저울 반대쪽 접시에 올려놓으라고 하지는 않아?"

"아직 청구서는 받지 못했어. 하지만 조금이라도 바가지 쓴다는 느낌이 들면 그냥 그 썩은 건 여기 두고 갈 작정이야."

"좋은 생각이야. 그런데, 마음이 조금이라도 심란하지는 않아?"

"그보다는 눈앞에 유령이 출몰하는 느낌이야."

"그래. 난 보통 때보다 더 발밑의 땅이 견고하지 않은 것 같은 느낌이 들었던 기억이 나, 그런 게 가능한지 모르지만. 그리고 죽고 싶다는 마음은 그전보다 훨씬 더 커졌다는 걸 알았지, 그런 게 가능한지 모르지만."

"그래, 나도 그런 마음은 굴뚝같아. 게다가 간의 통증이 심해. 마치 무덤 파는 사람이 내 갈비뼈에 삽을 대고 발로 세게 내려박는 느낌이야."

"간은 그러라고 있는 거야, 몰랐어?"

"너 어떻게 나한테 그렇게 말해?"

"사실이야. 미안해. 그럼 우리 둘 올림피아의 신들은 언제 만날까?"

"응, 나는 내일 저녁엔 돌아갈 거야. 너 약 좀 준비해 둘래? 그
럼 내가 재수 없는 브라이언한테 들를 것 없이, 공항에서 곧장
너한테 갈게."

"물론이지. 재수 없는 인간들 얘기가 나왔으니 말인데, 내가
얼마 전에 어쩌다 어떤 이탈리아인들 아파트에 가게 된 일이 있
었어. 바보 같은 애들인데 분홍색 코카인 결정을 가지고 있지
뭐야. 그걸 스푼에 떨어뜨리니까 글로켄슈필 악기 소리가 나더
군. 아무튼, 내가 그걸 몽땅 훔쳐 가지고 화장실에 들어가 문을
잠갔어. 너도 알다시피 저 이탈리아인 마약 중독자들의 멍청한
평온은 어지간해선 깨지지 않는데, 정말 단단히 화가 났던 모양
이야. 문을 두드리고 소리를 지르고 난리가 났어. '야, 나와, 이
개 같은 놈아, 안 나오면 죽여 버릴 거야. 알레산드로, 쟤 좀 나
오게 해!' 하면서."

"맙소사, 진짜 웃긴다."

"유감스럽게도 그들과 주고받은 '차오'가 마지막 인사가 된
거 같아. 그렇지만 좀 구할 수 있을 거야. 우리의 불타는 홀쭉한
범선을 잿빛 물에 마지막으로 밀어 띄우기 전에 반드시 맞아야
할 약이야."

"샘나는걸."

"샘은 무슨, 어쩌면 내일 밤에 마침내 우리 둘이 같이 죽을 수
있을지 모르지."

"암, 많이 구해 놓기나 해."

"알았어."

"그래, 그럼 내일 저녁에 보자."

"들어가."

"그래, 너도."

패트릭은 입가에 희미한 웃음을 띠고 전화를 끊었다. 조니와 이야기를 하고 나면 언제나 기분이 나아졌다. 패트릭은 곧바로 다른 전화번호를 돌리고 베개에 편안히 기댔다.

"여보세요?"

"케이?"

"자기야! 좀 어때? 잠깐만, 음악 소리 좀 줄일게."

첼로의 격앙된 솔로 연주 소리가 갑자기 줄어들었다. 케이가 다시 수화기를 들었다. "그래 좀 어때?" 케이가 다시 물었다.

"잠을 별로 못 잤어."

"그럴 만도 하지."

"내가 생각해도 그럴 만해. 코카인을 4그램 정도 했으니까."

"어머, 세상에, 끔직해. 헤로인도 한 건 아니겠지?"

"아니, 아니, 아니. 그건 끊었지. 그냥 신경안정제 몇 알만 했어."

"그래도 없는 거보다야 낫지. 근데 웬 코카인? 자기는 코가 시원찮잖아. 코가 뭉개지면 어떡하려고."

"내 코 걱정은 마, 괜찮을 거야. 그냥 좀 울적해서 그랬어."

"아이, 가엾어라, 왜 안 그랬겠어, 아버지가 돌아가신 인생 최악의 일이 벌어졌는데. 아버지와 화해할 기회도 없었고."

"어차피 화해하지 않았을 거야."

"아들들은 다 그렇게 느껴."

"음……"

"자기가 거기 혼자 있는 걸 생각하니 내 마음이 안 좋아. 오늘 괜찮은 사람 좀 만나? 아니면 그냥 장의사만 보는 거야?"

"장의사는 괜찮은 사람일 수 없다는 말이야?" 패트릭이 침울하게 물었다.

"아니, 그런 말이 아냐. 난 그 사람들이 참 훌륭한 일을 한다고 생각해."

"난 사실 모르겠어. 난 아버지 유골을 찾아야 해. 그 일 말고는 바람처럼 자유로워. 자기가 여기 있으면 좋을 텐데."

"나도. 하지만 우리 내일 볼 거잖아, 아니야?"

"물론이지. 공항에서 곧장 갈게." 패트릭은 담배에 불을 붙이고, 빠르게 말을 이었다. "나는 밤새 이런 생각이 들었어—그걸 생각이라고 할 수 있을지는 모르겠지만—사상은 가끔 다른 사람들이 있을 때 마비되는 듯한 상황에서 해소되는, 말하고 싶은 끊임없는 욕구에서 오는 건가, 아니면 우리가 이미 생각한 걸 단순히 말로 구현하는 건가 하는 생각." 패트릭은 그런 질문으로 케이의 주의를 다른 데로 돌려서 귀국한 뒤의 자세한 일정을 말하지 않게 되기를 바랐다.

"그런 걸 생각하느라 밤을 샜을 리 없지." 케이는 웃었다. "그 대답은 내일 밤에 해 줄게. 공항에 몇 시에 도착해?"

"10시쯤." 패트릭은 도착 시간에 몇 시간을 보탰다.

"그럼 11시쯤 보겠네?"

"그렇지."

"그럼, 그때 봐. 사랑해."

"나도 사랑해. 안녕."

패트릭은 수화기를 내려놓았다. 현재 상태를 유지하기 위해 다시 코카인 주사를 준비했다. 마지막으로 주사를 맞고 시간이 얼마 지나지 않아서 다음 전화를 걸기 전에 땀을 흘리며 얼마간 더 누워 있어야 했다.

"여보세요? 데비?"

"자기구나. 난 자기가 자고 있을까 봐 전화하지 못했어."

"그게 내 문제였던 적은 없어."

"나 참, 미안해, 그건 몰랐어."

"비난하는 게 아냐. 그렇게 방어적일 필요 없어."

"방어가 아니야." 데비는 웃었다. "그냥 자기가 걱정됐다는 말이었어. 그건 말도 안 돼. 난 그저 자기가 어떤지 밤새 걱정했다고 말하려던 거였어."

"어이가 없으시다, 그거지?"

"아아, 우리 논쟁하지 말자. **자기가** 말도 안 되는 사람이란 말이 아니었어, 논쟁하는 게 어이없다는 거였지."

"근데 난 논쟁하는 거였어. 논쟁하는 게 어이없다면, 내가 말도 안 된다는 얘기지. 이걸로 내 변론은 끝."

"무슨 변론? 자기는 언제나 내가 자기를 공격한다고 생각하는구나. 우리는 법정에 있는 게 아냐. 난 자기의 소송 상대나 적이 아니라고."

침묵. 패트릭은 데비의 말을 반박하지 않으려고 애를 쓰느라 머리가 지끈거렸다. "그래서 간밤에 뭐했어?" 패트릭은 마침내 물었다.

"응, 한참 동안 자기가 어디 있는지 연락하다가, 그레고리와 레베카의 집에 저녁 초대를 받아서 갔어."

"음식을 먹는 동안에도 다른 누군가는 고통을 겪고 있다. 누가 한 말이더라?"

"거의 누구나 할 수 있는 말이지." 데비는 웃었다.

"그냥 그 말이 머릿속에 떠올랐어."

"음. 그냥 머릿속에 떠오르는 말들은 좀 편집해서 내보내는 게 좋을 거야."

"그건 그렇고, 간밤에 관한 얘기는 관두고, 내일 밤 뭐해?"

"우리, 중국 관련 행사에 초대받았어. 하지만 자기는 음식을 먹는 동시에 고통을 겪고 싶지 않겠지." 데비는 언제나 그렇듯 자기가 한 농담에 웃었다. 패트릭은 데비가 한 말에는 절대로 웃지 않는다는 잔인한 방침을 악착같이 지켰다. 그러나 이번 경우에는 비열한 감정을 전혀 느끼지 않았다.

"정말 멋진 말이군." 패트릭은 건조하게 말했다. "난 안 가겠지만, 자기가 혼자 가겠다면 안 말릴게."

"말도 안 돼, 계획 취소할게."

"말도 안 되는 말을 그만두지 않으면 나를 못 알아보겠다는 소리로 들리는군. 공항에서 곧바로 자기한테 가려고 했는데, 그러지 말고 그냥 자기가 중국 어쩌고 하는 데에 갔다 왔을 때 갈게. 12시나 1시에."

"그럼 뭐, 알았어, 하지만 자기가 원하면 취소할게."

"아니, 아니, 그런 건 꿈도 꾸지 않아."

"아니, 안 가는 게 좋겠어. 가면 갔다고 나중에 또 날 괴롭힐 테니."

"우리는 법정에 있는 게 아냐. 난 자기의 소송 상대나 적이 아니라고." 패트릭은 데비의 말을 조롱하듯 그대로 되풀이했다.

침묵. 데비는 패트릭의 어처구니없이 모순된 요구를 무시하려고 애쓰면서 이야기를 새로 시작할 수 있을 때까지 기다렸다.

"피에르 호텔에 있어?" 데비는 밝은 목소리로 물었다.

"내가 어느 호텔에 있는지도 모르면서 나한테 어떻게 전화를 하려고 했을까?"

"피에르 호텔에 있을 거라고 짐작했어. 하지만 자기가 나한테 말해 줄 가치가 있다고 생각하지 않았기 때문에 확신은 없었지." 데비는 한숨을 쉬었다. "방은 좋아?"

"자기가 좋아할 거야. 화장실에 향주머니가 많아. 전화기가 변기 옆에도 있어서, 가령 중국 관련 저녁 초대로 중요한 전화가 걸려 와도 놓치지 않을 거야."

"왜 그렇게 깐죽거려?"

"내가?"

"내일 계획 취소할래."

"아냐, 아냐, **제발** 취소하지 마. 그냥 농담한 거야. 내가 지금 좀 제정신이 아니야."

"자기는 언제나 미칠 것 같은 기분이잖아." 데비는 웃었다.

"그런데, 아버지가 마침 돌아가셔서, 특히 더 미칠 것 같은 기분이란 거지."

"알아, 자기야, 미안해."

"게다가 코카인을 대량으로 했으니까."

"그거 좋은 생각이었어?"

"그야 물론 아니지!" 패트릭은 분개한 목소리로 날카롭게 소리쳤다.

"아버지가 돌아가셨으니 자기가 아버지를 덜 닮을까?" 데비는 다시 한숨을 쉬었다.

"이제 내가 두 사람 몫을 해야겠지."

"어머나, 정말 그 모든 걸 잊지 않겠다는 거야?"

"그야 물론 모든 걸 잊고 싶지!" 패트릭은 딱딱거렸다. "하지만 그건 선택할 수 있는 게 아니야."

"그래, 누구한테나 져야 할 십자가가 있으니까."

"정말? 자기 십자가는 뭔데?"

"자기." 데비는 웃었다.

"그럼 조심해, 누군가 그걸 훔쳐 갈지 모르니까."

"그러려면 나랑 싸워 이겨야 할걸." 데비는 애정을 담아 말했다.

"좋아, 좋아." 패트릭은 달콤한 목소리로 말하면서 어깨와 귀 사이에 수화기를 끼고 일어나 침대 가장자리에 걸터앉았다.

"아아, 자기야, 우리는 왜 항상 논쟁할까?" 데비가 물었다.

"그야 우리가 그만큼 사랑에 빠졌으니까." 패트릭은 아무렇게나 말하면서 침대 옆 탁자 위에 놓인 헤로인 봉지를 열고, 새끼손가락에 가루를 조금 떠서 코로 들이마셨다.

"그 설명은 누구한테 들어도 이상하게 들릴 거야."

"다른 사람에게 그런 말을 듣지 않기를 바랄게." 패트릭은 아기처럼 굴며 몇 번 더 손가락에 가루를 찍어 코로 들이마셨다.

"내가 자기니까 봐주지, 다른 누가 자기처럼 행동한다면 어림도 없어." 데비가 웃었다.

"난 그냥 자기가 아주 많이 필요하단 거야." 패트릭이 속삭이듯 말하면서 다시 베개를 등에 받치고 기댔다. "나처럼 자립에 중독되는 건 겁나는 일이야."

"그렇구나, 자기가 중독된 게 그거구나."

"응. 다른 모든 건 환상이야."

"나도 환상이야?"

"아니! 그러니까 우리가 그렇게 뻔질나게 논쟁하지. 이제 알겠어?" 이 말은 패트릭 자신에게도 유효하게 들렸다.

"내가 자기의 자립에 **실질적** 장애이기 때문이란 거야?"

"자립을 바라는 나의 어리석고 그릇된 마음에 그렇다는 거지." 패트릭은 당당하게 데비의 말을 정정했다.

"이거 원, 여자를 칭찬하는 법 하나는 확실히 아는군." 데비는 웃었다.

"자기가 여기 있으면 좋겠는데." 패트릭은 침울하게 말하면서 다시 손가락으로 흰 가루를 떴다.

"나도. 거기서 보내는 시간이 끔찍한가 보네. 메리앤이나 만나 보지 그래? 자길 잘 돌봐 줄 텐데."

"정말 좋은 생각이야. 이따가 전화해 볼게."

"이제 전화 끊어야겠어." 데비는 한숨을 쉬었다. "어떤 유치한 잡지사에서 나를 인터뷰하러 올 거야."

"왜?"

"응, 파티에 많이 다니는 사람들에 관해서. 내가 왜 인터뷰에 응했는지 몰라."

"자기가 굉장히 친절하고 도움이 되기 때문이겠지."

"음…… 나중에 전화할게. 난 자기가 지금 아주 용감하게 대처하고 있다고 생각해. 사랑해."

"나도 사랑해."

"안녕, 들어가."

"그래, 안녕."

전화를 끊고 시계를 보았다. 6시 30분. 패트릭은 캐나다산 베이컨과 달걀 프라이, 토스트, 오트밀, 찐 과일과 오렌지 주스, 커피와 차를 주문했다.

"두 분이 드실 건가요?" 주문을 받는 여직원이 명랑한 목소리로 물었다.

"아뇨. 한 사람이에요."

"우아, 손님. 아침을 정말 많이 드시는군요." 여직원은 킥킥 웃었다.

"하루를 시작하는 데 그보다 좋은 건 없죠, 안 그래요?"

"그럼요!" 여직원은 동의를 표했다.

9

부식되기 시작한 음식 냄새가 놀랍도록 빨리 방 안에 꼭 찼다. 패트릭의 아침 식사는 별로 먹지도 않았는데 완전히 파괴되었다. 회색 반죽 같은 오트밀에는 먹다 만 찐 배 한 조각이 박혀 있었다. 달걀노른자로 범벅이 된 접시 가장자리에는 베이컨 조각들이 널려 있었다. 커피로 흥건한 받침 접시에는 담배꽁초 두 개가 흠뻑 젖어 있었고, 반원 모양의 이빨 자국이 난 삼각형 토스트 한 조각이 버려져 있었다. 식탁보에는 온통 설탕이 떨어져 반짝였다. 패트릭은 오렌지 주스와 차만 다 마셨다.

텔레비전에서는 와일 E. 코요테가 올라탄 로켓이 가속하다 산허리에 부딪쳐 폭발하고, 로드 러너*는 터널 속으로 사라졌다가 반대편에서 나와 먼지구름을 일으키며 멀어져 갔다. 로드 러너와 로드 러너가 뒤에 남긴 둥글둥글한 먼지구름을 보고, 마약을 시작하던 시기의 순진했던 때가 생각났다. 그때만 해도 패트릭은 LSD 환각제가 의식에 미치는 약효 자체의 횡포 외에 무언가를 더 드러내 보일 것으로 생각했다.

패트릭은 에어컨을 몹시 싫어해서 꺼 놓았기 때문에 방이 점점 더 후텁지근해졌다. 음식 손수레를 문밖에 내놓고 싶었지만, 복도에서 누군가와 마주칠까 봐 증가하는 악취를 감수할 수밖에 없었다. 패트릭은 객실 정비원 여자 둘이 자기 얘기를 하는 것을 엿들었다. 스스로 그건 환각일 뿐이라는 이론적인 설명을 받아들였지만, 그 이탈 상태의 효용을 시험하기 위해 문을 열 정도로 정신력이 강하지 못했다. 어쨌든 한 여자가 다른 여자에게 이렇게 말하지 않았던가. "내가 그 손님에게 그랬어, '이봐요, 그 마약을 계속해서 하면 죽어요'라고." 그러자 다른 여자가 이렇게 대답하지 않았던가. "경찰을 불러 보호를 받아, 계속 그렇게 살 수는 없잖아"라고.

패트릭은 어슬렁어슬렁 화장실에 가면서 어깨뼈 밑의 통증을 완화시키려고 어깨를 빙빙 돌렸다. 회의적이지만 저항하지 못하고 거울 앞에 다가가 보니 한쪽 눈꺼풀이 다른 쪽보다 두드러지게 더 늘어져 있었다. 그 눈은 충혈되고 눈물이 고였다. 아래

---

*   애니메이션 <루니 툰>에 등장하는 캐릭터. 와일 E. 코요테가 로드 러너를 잡기 위해 온갖 애를 쓰지만, 결국 자기 꾀에 넘어가 어이없는 실패를 맛보는 이야기.

눈꺼풀을 당겨 보니 안구가 익숙한 황갈색이었다. 혀에는 누렇고 두터운 설태가 꼈다. 눈 아래 푹 팬 부분에 자줏빛이 돌지 않았더라면 새하얀 안색이 죽은 사람 같았을 것이다.

아버지가 죽었으니 정말 잘된 일이다. 부모의 상을 당하지 않았더라면 그렇게 끔찍한 몰골을 변명할 길이 없을 테니까. 패트릭은 아버지가 평생 간직한 좌우명 하나를 생각해 냈다. "절대로 사과도, 해명도 하지 말아라."

"그럼 도대체 어떡하란 거야?" 패트릭은 투덜거리며 욕조에 물을 틀고, 향주머니 한 개를 이로 잡아 뜯었다. 소용돌이치는 물에 향주머니의 초록색 점액을 쏟아 넣었을 때, 전화벨 울리는 소리가 들렸다, 아니 들린 것 같았다. 호텔 측에서 경찰이 올라오는 길이라고 경고해 주는 전화일까? 어디서 걸려 오는 전화든 바깥세상이 패트릭이 처한 상황 속에 들이닥치고 있었고, 패트릭은 두려움에 휩싸였다. 물을 잠그고 방해 없이 울리는 전화벨 소리에 귀를 기울였다. 뭐 하러 받아? 하지만 받지 않고 배길 수 없었다. 어쩌면 구출될지도 모른다.

패트릭은 자기 목소리를 신뢰하지 않으면서도 변기에 앉아 전화 수화기를 들었다. "여보세요?"

"여보게, 패트릭." 상대방의 느릿한 말소리가 들려왔다.

"조지!"

"지금 전화받기 괜찮나?"

"그럼요."

"자네와 점심이나 같이 먹으면 어떨까 해서 걸었네. 물론 자네는 그럴 마음이 전혀 없겠지만 말일세. 지금 아주 참담한 심정일 테니. 굉장히 충격적인 일 아닌가, 패트릭, 우리 모두 같은 심정이야."

"제 기분이 좀 불안정하긴 하지만, 점심 식사, 좋습니다."

"미리 말해 두지만, 다른 사람들도 초대했어. 물론 호감 가는 사람들이네, 아주 좋은 미국인들이지. 그중 한 친구인가 둘 다인가 모르겠네만, 자네 아버지와 인사를 나눈 사이인데 자네 아버지를 무척 좋아했다네."

"완벽한 거 같군요." 패트릭은 눈을 치켜뜨며 눈살을 찌푸렸다.

"그들을 키 클럽에서 만나기로 했는데, 그게 어딘지 아나?"

"아뇨."

"자네도 거기가 나름 재미있다고 생각할 거야. 뉴욕시의 소음과 공해 속에 있다가 그리로 들어가면 별안간 영국의 어떤 시골 저택에 온 것 같아. 누가 어떤 가문 사람인지 모르겠지만—아마 회원들이 거기에 걸도록 빌려줬을 거야—아무튼 벽이 온통 초상화로 도배되어 있다시피 하지. 그 효과가 정말 아주 멋져. 거기엔 우리가 기대하는 일상적인 것들이 다 있네. 가령 젠틀맨의 렐리시* 같은 것 말이야. 이상하게도 요즈음 영국에서는 찾기

---

*   Gentleman's Relish. 안초비 페이스트의 일종으로 파테 또는 치즈처럼 빵 같은 데다 발라 먹는다.

어려운 것들도 거기엔 있지. 맛있는 불샷* 칵테일 같은 거 말일세. 자네 아버지도 나도 그걸 맛보고 그런 맛있는 불샷을 마신 게 몇 년 만인가 했지."

"천국 같군요."

"밸런타인 모건도 오라 그랬네. 자네가 만난 적이 있는지 모르겠어. 아무래도 지독히 따분한 사람인 거 같은데, 세라가 아주 마음에 들어 하지. 그 친구를 여기저기서 보다 보니 익숙해져서 함께 식사나 하자고 불렀네. 참 이상하지, 전에 모건 밸런타인이라는 아주 호감 가는 사람과 알고 지낸 적이 있거든. 그 두 사람은 어떻게 연결되든 분명 친척일 거야. 하지만 아직 그들 관계를 알아내지는 못했어." 조지는 생각에 잠겨 말했다.

"오늘 한번 알아보죠 뭐."

"글쎄, 밸런타인한테 또 물어보기가 좀 그렇네. 내 느낌에 전에도 언젠가 물어본 거 같거든. 그렇지만 확신하기는 어려워. 그 친구의 대답에 귀를 기울이는 게 아주 힘들거든."

"몇 시까지 갈까요?"

"1시 15분 전쯤에 바에서 보세."

"좋습니다."

"그럼, 이따 보세."

★   Bullshot. 보드카에 진한 소고기 육수, 레몬 즙 등 여러 재료가 들어가는 칵테일의 일종. 이름의 bull은 '황소'를 뜻한다.

"네, 들어가세요. 1시 15분 전에 뵐게요." 패트릭의 목소리가 점점 작아졌다.

패트릭은 욕조의 물을 다시 틀어 놓고, 어슬렁어슬렁 침실로 가서 버번위스키 한 잔을 따랐다. 술이 없는 목욕은 마치—마치 술 없는 목욕과 같다. 이 말을 다듬거나 비유할 필요가 있을까?

텔레비전에서 흥분된 목소리로 고급 식칼 세트에 대해 떠드는 소리가 났다. 중국 요리 냄비, 샐러드 그릇, 먹음직스러운 조리법이 담긴 요리책도 소개되었다. 그것으로는 충분치 않기라도 한 듯, 채소를 각종 모양으로 자르는 기계도 그 뒤를 따랐다. 패트릭은 기계로 당근을 얇게 썰고, 잘게 네모로 자르고, 채썰기 하고, 크게 네모로 자르는 시범을 게슴츠레한 눈으로 바라보았다.

오렌지 주스 잔 속의 분쇄한 얼음 더미가 완전히 녹았다. 그러자 갑자기 욕구 불만이 치밀어 손수레를 걷어찼다. 손수레는 벽에 가서 쿵 부딪쳤다. 패트릭은 술에 넣을 얼음이 없으리라는 예상을 하자 좌절감에 압도되었다. 더 살아서 무엇 하겠는가? 모든 게 잘못되었다, 모든 게 걷잡을 수 없이 개판이었다. 패트릭은 속수무책으로 패배하여 침대에 걸터앉았다. 한 손에는 버번위스키 병이 느슨하게 쥐어져 있었다. 욕조 옆에 놓은 차가운 버번위스키 잔에 김이 잔뜩 서리는 것을 상상했는데, 그것에 모든 희망을 걸었는데, 그 계획이 위태롭게 되자 그와 완전한 파탄 사이를 가로막는 게 아무것도 없었다. 패트릭은 병에 입을 대고 한 모금 꿀꺽 마시고, 병을 침대 옆 탁자에 놓았다. 목구멍이 얼얼하고 몸이 오싹했다.

시계를 보니 11시 20분이었다. 활동을 개시해서 볼일 볼 준비를 해야 한다. 지금이야말로 스피드와 알코올이 필요한 시간이다. 코카인은 두고 가야 한다. 안 그러면 늘 그렇듯 점심 식사를 하는 동안 화장실에 들어가 코카인 주사를 맞을 것이다.

패트릭은 침대에서 일어나다 느닷없이 탁자 전등의 갓을 주먹으로 쳐서 카펫 바닥에 떨어뜨렸다. 여전히 버번위스키 병을 쥔 채, 화장실로 가 보니 물이 욕조 밖으로 조용히 넘쳐흘러 바닥을 적시고 있었다. 패트릭은 허둥대거나 놀란 기색을 애써 보이지 않고 천천히 물을 잠근 다음, 물에 흠뻑 젖은 욕조 앞 매트를 발로 이리저리 움직여 아직 젖지 않은 바닥에 물을 골고루 흩뜨렸다. 그리고 옷을 벗어 화장실 문밖으로 던졌다. 바지는 벗다가 젖었다.

욕조의 물은 터무니없이 뜨거웠다. 패트릭은 배수구 마개를 빼서 물을 조금 흘려보내고 냉수를 틀어 채운 다음 욕조에 들어갔다. 그런데 물속에 눕고 보니 이번에는 물이 너무 찬 듯했다. 패트릭은 욕조 옆 바닥에 놓아둔 버번위스키 병을 집어 들고, 뚜렷한 이유 없이 병을 높이 쳐들어 얼굴 전체에 뿌리면서 입안으로 흘러드는 것을 마셨다.

병은 금방 비었다. 패트릭은 빈 병을 물속에 집어넣고, 병에서 기포가 보글보글 나오는 것을 물끄러미 보고 나서, 적선에 몰래 접근하는 잠수함처럼 병을 욕조 바닥에 놓고 이리저리 움직였다.

패트릭은 아래를 보다 팔뚝을 보고 자기도 모르게 숨을 헉 들이쉬었다. 희미해지는 누런 멍 자국들과 가느다랗고 오래된 분홍빛의 흉터들 가운데 새로 생긴 자줏빛 상처들이 팔뚝의 주요 정맥을 따라가며 군데군데 어색한 곳들에 모여 있었다. 이 건강하지 못한 화폭의 중심에 간밤에 주사를 잘못 놓아서 검게 부어오른 자국이 있었다. 그것이 다름 아닌 자기 팔이라는 생각이 엄습하자 패트릭은 울고 싶었다. 눈을 감고 물속으로 들어가 코로 거칠게 숨을 내쉬었다. 생각할 수조차 없이 끔찍했다.

머리를 좌우로 흔들며 수면 위로 나오는데 또 전화벨이 울려서 깜짝 놀랐다.

패트릭은 욕조에서 나와 변기 옆의 전화 수화기를 들었다. 화장실의 전화기는 정말 유용한 것이었다. 어쩌면 저녁을 같이 먹자고, 다시 생각해 보라고 애원하는 '중국'일지도 모른다.

"네에?" 패트릭은 모음을 길게 빼며 느릿하게 말했다.

"여보세요, 패트릭?" 모를 수가 없는 목소리였다.

"메리앤! 전화를 해 주다니 정말 고마워."

"너희 아버지가 돌아가셨다니, 어떻게 **위로의 말을** 해야 할지 모르겠어." 머뭇거리면서도 자신감 있고, 작지만 허스키한 목소리였다. 그것은 세상을 향해 던져지지 않고 세상을 몸속으로 끌어당기는 듯했다. 누구든 메리앤의 말소리를 들으면 길고 부드러운 목구멍과 더불어 우아한 S자형 몸매를 상상하지 않을 수 없었다. 그 놀라운 등뼈의 곡선 탓에 젖은 더 앞으로 솟았고 엉덩이는 더 뒤로 내밀어졌다.

패트릭은 왜 한 번도 메리앤과 자지 않았을까? 거기에는 메리앤이 패트릭을 원한다는 신호를 보낸 적이 없다는 사실이 한몫했다. 하지만 메리앤과 데비가 친구 사이이기 때문인지도 모를 일이었다. 그렇지 않고서야 어떻게 나를 거부하겠는가, 패트릭은 거울을 흘긋 보며 생각했다.

제기랄! 패트릭은 메리앤의 동정심에 의존할 수밖에 없을 것 같았다.

"응, 상을 당한다는 게 어떤 건지 너도 알잖아." 패트릭은 발음을 길게 늘이며 빈정대는 투로 말했다. "죽음아, 네 독침은 어디에 있느냐?"

"악한 특징 때문에 비난을 받는 세상의 모든 악 중에 그 비난을 받기에 가장 억울한 건 죽음이야."

"이 경우에 아주 딱 들어맞는 말인데. 근데 그건 누가 한 말이야?"

"테일러 주교의 『거룩한 죽음의 올바른 법칙』*에 나오는 말이

★   등장인물이 제러미 테일러 주교(1613~1667)의 『거룩한 죽음의 법칙과 훈련The Rule and Exercises of Holy Dying』(1651) 제목을 잘못 인용하고 있는 것으로 생각된다.

야." 메리앤이 출처를 밝혔다.

"네가 좋아하는 책이야?"

"아주 좋은 책이야." 메리앤은 숨이 넘어갈 듯이 쉰 소리로 말했다. "하느님에게 맹세코 정말이야, 그렇게 아름다운 산문은 본적이 없어."

메리앤은 똑똑하기까지 했다. 정말 참을 수 없었다. 메리앤을 가져야 했다.

"나랑 저녁 같이 먹을래?" 패트릭이 물었다.

"아, 어쩌지, 그러고 싶은데……" 메리앤은 숨이 막힌 듯이 말했다. "오늘 저녁은 부모님과 같이 먹기로 했어. 너, 올래?"

"그럼 좋지." 패트릭은 메리앤과 단둘이 있지 못하게 되어 약이 올랐다.

"좋아. 그럼 부모님께도 그렇게 말씀드릴게." 메리앤은 아양떨듯 말했다. "7시쯤 부모님 아파트로 와."

"알았어." 패트릭은 그러고 나서 무심코 "난 네가 아주 좋아"라고 말했다.

"야!" 애매모호한 반응이었다. "그럼 이따 봐."

패트릭은 전화를 끊었다. 메리앤을 가져야 했다. 단연코 가져야만 했다. 메리앤은 구출되고자 하는 패트릭의 탐욕스러운 욕망이 빌붙을 대상으로서 단순히 가장 최근에 나타난 것에 불과한 건 아니었다. 그렇다, 메리앤은 패트릭을 구해 줄 여자였다.

그 여자는 뛰어난 지력과 깊은 동정심과 훌륭한 몸으로, 그렇다, 바로 그 훌륭한 몸으로, 우울한 감정의 우물을 들여다보고 과거를 응시하지 못하게 패트릭의 시선을 다른 데로 잘 돌려 줄 것이다.

메리앤을 가진다면 영원히 마약을 끊을 것이다. 아니, 그러면 마약을 해도 정말 매력적인 누군가와 할 수 있게 되는 것이다. 패트릭은 미친 듯이 낄낄 웃으면서 타월을 몸에 감고 새로운 활기에 넘쳐 성큼성큼 침실로 돌아갔다.

패트릭은 꼴이 말이 아니었다, 사실이 그랬다. 하지만 여자들이 정말 중요시하는 것은 돈 다음으로 친절과 유머임을 모르는 사람은 없다. 패트릭은 친절 전문도 아니고, 특별히 웃기게 굴기분도 아니었다. 그러나 이것은 운명의 문제였다. 메리앤을 가져야 했다, 그렇지 않으면 죽을 것 같았다.

실리적으로 생각할 때였다. 블랙 뷰티를 한 알 먹고 코카인은 여행 가방에 잘 넣어 두기로 했다. 패트릭은 재킷 호주머니에서 캡슐을 찾아내 보란 듯이 능숙하게 입에 넣어 삼켰다. 그리고 코카인을 치우다가 마지막으로 한 번 더 하지 못할 까닭이 없다는 생각이 들었다. 어쨌든 거의 지난 40분 동안 코카인을 못하지 않았던가. 게다가 앞으로 두어 시간 동안은 코카인 주사를 맞지 못할 터였다. 패트릭은 귀찮아서 모든 의례적인 절차를 생략하고, 쉽게 찌를 수 있는 손등 혈관에 바늘을 꽂아 주사를 놓왔다.

패트릭은 약의 강도가 뚜렷하게 줄어들고 있다는 것을 의식했다. 귀와 나란할 정도로 어깨를 높이 웅크리고 이를 꽉 악문채, 조금 휘청거리기는 해도 아직 걸어 다닐 수 있었다.

그렇게 오랫동안 코카인과 떨어져 있을 생각을 하니 정말 견딜 수 없었다. 그러나 그걸 소지하면 자제할 수 없을 것이다. 따라서 두 번 맞을 주사를 준비해 가는 게 현명할 것이다. 하나는 밤새도록 사용해서 고무 피스톤이 주사기 측면에 들러붙는 약간 낡은 헌 주사기에, 다른 하나는 아직 한 번도 쓰지 않은 소중한 주사기에 각각 준비하는 것이다. 재채기를 하거나 여자가 눈물을 흘릴 비상사태에 대비해 양복 가슴주머니에 손수건을 꽂아 가지고 다니는 남자들이 있는 것처럼 패트릭은 끊임없이 갱신되어 엄습하는 공허에 대비해 자주 그 주머니에 주사기 두 개를 넣어 가지고 다녔다. 삐! 삐! 준비해!

또 다른 환청이 패트릭을 괴롭혔다. 경찰과 호텔의 다른 직원이 말하는 소리가 들렸다.

"이 사람, 단골이었습니까?"

"아뇨. 여기에서 자는 게 생애 최고의 휴가일 것 같은 사람이었죠."

"허, 웃기고 있네." 패트릭은 성급히 중얼거렸다. 그렇게 쉽게 겁먹지 않았다.

깨끗한 흰 와이셔츠를 입고, 그 위에 진회색 헤링본 무늬의 다른 양복을 서둘러 입는 동시에 신발을 신었다. 은색과 검은색으로 된 넥타이는 피가 좀 묻어 있었지만, 유감스럽게도 그것밖에 없었다. 그래도 짧게 매면 너무 깡뚱해져도 얼룩을 가릴 수는 있었다. 그렇게 해서 넓은 쪽보다 더 길어진 좁은 쪽 끝을 셔츠 안으로 밀어 넣었다. 넥타이를 그렇게 매는 걸 경멸했지만 어쩔 수 없었다.

왼쪽 눈 문제는 그렇게 쉽게 해결할 수 없었다. 가끔 신경의 자극으로 실룩거릴 때 말고는 왼쪽 눈이 이제 완전히 감겨 있었다. 무진 애를 쓰면 뜰 수는 있었지만, 몹시 분개한 것처럼 눈썹을 높이 추켜올려야만 가능했다. 키 클럽에 가는 길에 약국에 들러 안대를 사야 할 것 같았다.

양복 가슴주머니는 피스톤을 반쯤 뽑은 주사기 두 개를 넣어도 안 보일 만큼 충분히 깊었다. 뽕이 든 봉지는 재킷의 안주머니에 딱 들어맞았다. 땀을 많이 흘리고, 무언가 중대한 것을 깜박한 느낌을 떨칠 수 없다는 것 말고는 만사가 순조로웠다.

커튼은 아직 쳐져 있고, 침대는 정돈되지 않았고, 베개와 옷은 방바닥에 널렸고, 전등은 뒤집어졌고, 손수레의 음식은 더운 공기 속에서 부패되고 있었고, 화장실 바닥에는 물이 흥건했고, 여전히 깜박거리는 텔레비전에서는 "크레이지 에디로 오세요! 가격이 미치게 쌉니다"라고 외치는 소리가 흘러나왔다.

문을 열고 복도에 발을 디딘 순간, 옆방 문 앞에 서 있는 경찰관을 의식하지 않을 수 없었다.

외투! 패트릭이 깜박한 건 바로 그것이었다. 하지만 도로 들어가면 죄를 진 사람처럼 보이지 않을까?

패트릭은 문지방에서 머뭇거리다 큰 소리로 중얼거렸다. "아, 참, 그렇지, 그걸……" 하며 방으로 도로 들어갔다. 간담이 서늘했다. 경찰이 왜 거기에 있었을까? 사람들이 패트릭이 무슨 짓을 하고 있었는지 밀고한 걸까?

외투는 무겁게 느껴졌고, 그것을 입었을 때 평소만큼 든든한 마음이 들지 않았다. 너무 오래 지체하면 안 된다. 그들은 패트릭이 무엇을 하는 걸까 궁금해할 것이다.

"그 외투를 입으면 쪄 죽을 겁니다." 경찰관이 웃으며 말했다.

"불법은 아니죠?" 패트릭은 의도한 것보다 더 공격적으로 말했다.

"보통 그러면 체포해야겠지만 일손이 달려서 말이죠." 경찰관은 짐짓 진지한 체하고 체념한 듯 어깨를 들썩했다.

"여기 무슨 일 있어요?" 패트릭이 선거구민을 대하는 하원 의원의 태도로 물었다.

"누가 심장 마비로 죽어서요."

"이제 파티는 끝났군요." 패트릭은 내심 기뻤다.

"간밤에 여기서 파티가 있었어요?" 경찰이 갑작스러운 호기심을 보였다.

"아뇨, 아뇨, 난 그냥 다른 뜻이 아니라……" 패트릭은 많은 생각이 한꺼번에 몰리는 느낌이 들었다.

"무슨 소음이나 비명이나 이상한 소리 들은 게 있습니까?"

"아뇨, 아무 소리도 듣지 못했는데요."

경찰은 긴장을 풀고 털이 거의 없는 자기 머리를 손으로 쓱 훑었다. "영국인이죠?"

"네."

"억양으로 그런 줄 알았어요."

"머잖아 수사관이 되실지 모르겠군요." 패트릭은 활기차게 말하고, 손을 흔들며 복도를 따라 걸었다. 지나치게 감상적인 분홍색과 초록색의 꽃이 넘쳐 나는 단지 무늬의 카펫이 깔린 긴 복도를 걸어가는 동안 경찰관의 눈총이 등에 작렬하는 상상을 했다.

IO

패트릭은 일상적이지 않은 열의를 가지고 키 클럽의 계단을 뛰어 올라갔다. 패트릭의 신경이 구더기 떼가 그들을 보호하는 돌을 치우자 탁 트인 하늘의 습격에 노출된 것처럼 꿈틀거렸다. 안대를 착용한 패트릭은 감사한 마음으로 어둑한 현관으로 서둘러 들어갔다. 등에 땀이 흘러 와이셔츠가 들러붙었다.

현관의 사환이 조용히 나타나 놀라게 하더니 곧 외투를 받아 좁은 복도를 따라 패트릭을 안내해 갔다. 양쪽 벽은 온통 개와 말, 고용인을 기념하는 그림들, 오래전에 잊힌 몇몇 죽은 회원들의 미미한 기행을 입증해 주는 풍자화 한두 점이 진열되어 있었다. 조지가 장담한 대로 그곳은 실로 영국적 가치의 전당이었다.

패트릭은 사환을 따라 벽을 장식 패널로 꾸민 커다란 방으로 들어갔다. 빅토리아조 양식으로 디자인된 초록색과 갈색의 가죽 의자로 채워져 있었다. 광택이 나는 대형 그림들이 걸려 있었다. 주인의 말을 잘 듣는 개들이 새를 물고 있는 그림이었다. 패트릭은 구석에서 누군가와 대화를 하고 있는 조지를 발견했다.

"여보게, 패트릭, 잘 있었나?"

"안녕하세요, 조지?"

"눈은 왜 그래?"

"염증이 좀 생겼어요."

"에이, 저런, 뭐, 괜찮을 거야." 조지는 진정으로 말했다. "자네 밸런타인 모건 아나?" 조지는 시력이 약한 파란색 눈, 단정한 흰 머리, 잘 다듬어진 수염을 가진 작은 체구의 남자에게 몸을 틀며 물었다.

"안녕하세요?" 밸런타인은 패트릭의 손을 꼭 잡고 굳게 악수했다. 패트릭은 밸런타인이 검은색 실크 넥타이를 맨 것을 보고, 어떤 이유로 애도하는 걸까 하고 생각했다.

"고인에 대해 들었는데, 정말 안됐네." 밸런타인이 말했다. "고인을 개인적으로 알지는 못했지만, 조지의 말을 종합해 보면 훌륭한 영국 신사셨던 것 같더군."

이런, 우라질! 패트릭은 생각했다.

"이분에게 무슨 말을 하셨어요?" 패트릭은 조지에게 비난하듯 물었다.

"자네 아버지가 얼마나 특출한 사람이었는지 말했을 뿐이야."

"네, 저도 아버지가 특출하셨다고 말할 수 있어 기쁩니다. 지금까지 아버지 같은 사람은 보질 못했거든요."

"데이비드는 타협을 거부했지." 조지는 발음을 길게 늘이며 말했다. "자네 아버지가 항상 하던 말이 뭐더라? '최고가 아니면 차라리 없이 산다'였잖아."

"나도 항상 그런 생각을 했는데." 밸런타인이 얼간이처럼 말했다.

"한잔하겠나?" 조지가 물었다.

"아까 아침에 전화로 열렬히 칭찬하신 불샷으로 하겠습니다."

"열렬히!" 밸런타인은 실없이 껄껄거렸다.

"그야 뭐, 나도 어떤 것들에 대해선 열렬하지." 조지는 웃으면서 바텐더를 바라보고 잠깐 집게손가락을 꼽아 보였다. "난 자네 아버지가 없어서 그 상실감이 크다네." 조지는 말을 이었다. "묘하게도 바로 여기서 그날 자네 아버지와 점심 약속이 있었는데, 그만 이렇게 됐지 뭔가. 우리가 마지막으로 만난 날엔 아주 놀라운 곳에 갔었네. 파리의 트래블러스와 모종의 협약—그게 호혜적인 협약이라니 믿을 수 없지만—을 맺은 곳이라네. 초상화들은 적어도 네 배는 더 크더군—우리는 그걸 보고 한참 웃었네—데이비드는 원기가 아주 충만했어. 물론 자네 아버지에게는 언제나 실의의 저류가 흘렀지만 말일세. 거기에 마지막으로 간 날 내 생각에 데이비드는 정말 즐거워했지. 패트릭, 절대로 잊지 말게, 아버지가 자네를 굉장히 자랑스럽게 생각했다는 것을. 자네도 물론 그걸 알겠지. 정말 자랑스러워했어."

패트릭은 토할 것 같았다.

밸런타인은 일반적으로 사람들이 자기가 모르는 사람에 대한 이야기에 그렇듯이 따분해하는 표정이었다. 지극히 당연히 자기 이야기가 하고 싶었지만 조금 잠자코 있는 게 적절하다고 생각했다.

"그래, 불샷 두 잔하고……" 조지는 웨이터에게 말하다가 밸런타인에게 어떻게 하겠느냐고 물어보듯이 몸을 기울였다.

"마티니 한 잔 더." 밸런타인이 말했다. 잠시 침묵이 흘렀다.

"충실한 사냥개가 참 많군요." 패트릭이 방 안을 둘러보며 지친 듯이 말했다.

"회원들 중에 명사수가 많을 거야. 밸런타인은 천하에 최고지."

"워, 워, 워, **전에는** 그랬지만, 지금은 아니야." 밸런타인은 이의를 제기했다. 자화자찬의 흐름을 저지하기라도 하는 듯 손을 내저었지만, 그 효과는 거대한 자연력을 마주한 크누트왕*이나 마찬가지였다. "내가 잃지 않은 것은 아마도 천하제일일 총기

---

* 자연의 흐름 앞에서는 제왕의 권력도 아무 소용이 없다고 설파한 크누트왕의 이야기로, 자연의 흐름 또는 대세에 거스르는 행위의 무용함을 말할 때 비유된다.

컬렉션이지."

웨이터가 술을 가지고 왔다.

"『모건 총기 컬렉션』이란 책을 좀 가져다주겠나?" 밸런타인이 웨이터에게 부탁했다.

"네, 모건 선생님." 웨이터의 목소리는 전에도 이 부탁을 받은 적이 있음을 암시했다.

패트릭은 불샷을 맛보고 웃음을 참지 못했다. 절반을 한입에 넘긴 다음 잔을 잠시 내려놓았다가 다시 들더니 조지를 바라보고 "불샷이 말씀하신 그대로입니다" 하고는 마저 들이켰다.

"한 잔 더 하겠나?" 조지가 물었다.

"그래야겠습니다, 정말 맛이 좋군요."

웨이터는 의자 사이를 이리저리 누비며 하얀 표지의 거대한 책을 가지고 돌아왔다. 표지는 은을 상감한 권총 두 자루의 사진이란 것을 조금 떨어진 거리에서도 알아볼 수 있었다.

"여기 있습니다, 모건 선생님." 웨이터가 말했다.

"아하!" 밸런타인이 책을 받으며 말했다.

"불샷 한 잔 더." 조지가 말했다.

"네, 선생님."

밸런타인은 자부심의 웃음을 억누르려 했다. "여기 이 두 자루는 스페인제 결투용 권총일세." 밸런타인은 책 표지를 탁탁 두드리며 말했다. "세상에서 가장 귀중한 총들이지. 방아쇠를 교

체하는 데 100만 달러가 드니까, 대충 어느 정도인지 짐작할 수 있겠지."

"결투할 가치가 있는지 생각할 만한 금액이군요." 패트릭은 말했다.

"청소용 솔만 해도 정품은 25만 달러 이상을 호가하지." 밸런타인은 낄낄 웃었다. "그러니까 총을 너무 자주 쓰지 않는 게 좋아."

조지는 듣기가 괴로운 듯 생각이 딴 데 가 있는 표정이었다. 하지만 엄청난 슬픔을 겪고 있는 패트릭의 기분을 전환시켜 주는 귀한 임무를 수행하는 인생 승리자로서의 자기 역할에 충실한 밸런타인을 막을 길이 없었다. 밸런타인은 반달 렌즈의 거북 딱지 테 안경을 쓰고, 머리를 뒤로 약간 젖히고는 거들먹거리는 태도로 책장을 툭툭 넘겼다.

"여기 이것 좀 보게나." 밸런타인은 훌훌 넘기다 한 책장을 펼친 채 패트릭 앞에 들이밀었다. "이건 최초로 생산된 윈체스터 연발 소총이지."

"놀랍습니다." 패트릭은 한숨을 쉬었다.

"아프리카로 사냥을 갔을 때 이 총으로 사자를 잡았네." 밸런타인은 자백했다. "여러 발을 쏴야 했어―총의 구경이 최신 무기와 같지 않아서."

"연발 장치가 그만큼 감사하게 생각되었겠군요."

"그런데 믿을 만한 사냥꾼 두 명이 나를 엄호했다네." 밸런타인은 흐뭇한 듯이 말했다. "그 일은 내가 아프리카 사냥 여행에 관해서 쓴 책에 설명돼 있지."

웨이터가 패트릭의 두 번째 불샷과 함께 다른 큰 책 한 권을 겨드랑이에 껴서 가지고 왔다.

"해리가 그러는데 이 책도 필요하실 거라고 해서 가져왔습니다, 모건 선생님."

"어! 이거 정말 놀랍군." 콧소리가 섞인 말이었다. 밸런타인은 머리를 뒤로 돌려 빼고 바텐더를 향해 환히 웃었다. "내가 이 책 얘기를 꺼내는 순간 이게 코앞에 굴러 들어오다니. 서비스란 바로 이런 거지!"

밸런타인은 새로 가져온 책을 전처럼 즐겁게 펼쳤다. "내 친구들이 친절하게도 내 문체가 아주 좋다고 말해 주더라고." 어리둥절해하는 말로 들리게 하려 했지만 듣는 사람들에게는 그렇게 전달되지 않았다. "난 그걸 그렇게 보지 않지, 사실을 있는 그대로 적었을 뿐인걸. 내가 아프리카에서 사냥한 방식은 이제는 더 이상 존재하지 않는 생활 방식이지. 그래서 그런 걸 사실대로 말했을 뿐이야, 다른 건 없어."

"그래." 조지가 느릿하게 말했다. "언론인이나 그런 종류의 일을 하는 사람들은 그들이 '해피 밸리 사회'*라고 부르는 것에 대

---

* Happy Valley Set. 1920~1940년대 케냐와 우간다의 완조히 계곡에 정착해 살던, 주로 영국의 귀족들로 이루어진 쾌락주의자들을 일컫는다.

해 많은 헛소리들을 쓰지. 나도 당시 거기에 오랫동안 가 있었지만, 사실 거기에 있으나 런던, 뉴욕에 있으나, 여느 때와 마찬가지로 불행해하는 것도, 술에 취해 사는 것도 매한가지야, 거기 있으나 여기 있으나 다들 행동하는 건 똑같지."

조지는 몸을 구부려 올리브를 한 개 집었다. "우리가 파자마를 입은 채 저녁을 먹었다는 건 **좀 정상이 아니긴 했지.**" 조지는 생각에 잠기며 말을 이었다. "하지만 우리 모두가 다 이 사람 저 사람 아무하고나 잠을 자고 싶어서 그런 건 아니야. 물론 어디서나 늘 그렇듯 그런 일이 많이 있긴 했지만. 사실은 그저 그다음 날 사냥을 나가러 새벽에 일어나야 했기 때문이었지. 오후에 사냥에서 돌아오면 '얼근하게 한잔'하곤 했네. 보통 소다를 탄 위스키였는데, 그때그때 아무거나 마시는 거지. 그리고 나면 하인들이 '목욕하세요, 부아나*, 목욕할 시간이에요'라고 하고는 물을 받아 주지. 그런 다음 '한잔' 더 마시고 파자마 차림으로 저녁을 먹는 거야. 사람들은 다른 데 있을 때와 다름없이 행동했어, 거기선 술을 많이, 정말 아주 많이 마시긴 했지만 말이야."

"말씀을 듣고 보니 천국이 따로 없군요." 패트릭이 말했다.

"그런데, 음주는 그곳 생활 방식과 잘 어울렸잖아, 조지. 술이 들어가면 다 땀으로 배출됐으니까." 밸런타인이 말했다.

---

* 스와힐리어로 '주인님'을 뜻한다.

"그야, 그렇지." 조지가 말했다.

땀을 뻘뻘 흘리러 아프리카까지 갈 필요가 뭐 있어, 패트릭은 생각했다.

"여기 이 사진은 탕가니카 산양과 찍은 것이지." 밸런타인은 그 두 번째 책을 패트릭에게 건넸다. "이 종자로는 교배가 가능한 마지막 수컷이었기 때문에 생각이 착잡해지지 않을 수 없었지."

어럽쇼, 예민하기까지 하네, 패트릭은 생각했다. 사진 속의 젊은 밸런타인은 카키 모자를 쓰고 죽은 산양 옆에 무릎을 꿇고 앉아 있었다.

"내가 직접 찍은 사진이라네." 밸런타인은 무심하게 들리도록 말했다. "전문 사진가들이 내 '비결'이 뭔지 알려 달라고 사정을 했지만, 난 그들을 실망시킬 수밖에 없었네. 단 하나 비결이 있다면 대단히 흥미로운 대상을 가지고 자기가 아는 최선의 방법으로 사진을 찍는 것이니까."

"놀랍습니다." 패트릭은 웅얼거리듯 말했다.

"간혹 어리석게도 우쭐해서 나 자신을 사진 속에 포함시켰지. 카메라를 맞춰 놓고 다른 사람한테 셔터만 누르도록 한 걸세—그 정도는 다들 충분히 잘하니까."

"아, 톰이 왔네." 조지가 그답지 않게 활기를 띠고 말했다.

키가 유난히 크고 푸른 시어서커 양복 차림의 사내가 테이블

사이를 지나 다가왔다. 머리가 숱은 많지 않은데 좀 정신 사나운 백발이고, 축 처진 눈은 블러드하운드의 눈 같았다.

밸런타인은 그 두 권의 책을 덮어 무릎에 놓았다. 거대한 허영심의 순환이 한차례 완료되었다. 자기의 엄청난 컬렉션에 포함된 총에 맞아 죽은 동물들의 사진에 대해 쓴 책과 그 컬렉션의 사진(어쩌나, 그것들은 자기가 직접 찍지 않아서!)이 실린 그 다음 책 이야기를 다 마친 것이다.

"여긴 톰 찰스고, 여긴 패트릭 멜로즈." 조지가 말했다.

"르네상스적 인물과 이야기를 하고 있었군." 톰의 목소리는 건조하고 깔깔했다. "밸런타인, 그간 잘 지냈나? 자네 여기 멜로즈 씨한테 자네의 업적에 대해 최근 소식까지 전해 주고 있었나?"

"아니 뭐, 이 젊은 친구가 총에 관심이 있을 거 같아서." 밸런타인은 얄밉게 말했다.

"밸런타인은 남들은 총에 관심이 **없을지도** 모른다는 생각은 전혀 하지를 못해." 톰이 힘없이 말했다. "자네 아버지에 대해 어떻게 위로의 말을 해야 할지 모르겠네. 자네 상심이 크겠네."

"네, 그런 것 같습니다." 패트릭은 당황해서 말했다. "누구에게나 끔찍한 시간이죠. 무엇이든 예민하게 느껴지고, 거의 모든 게 느낌을 자극하죠."

"한잔하겠나, 아니면 바로 점심을 먹겠나?" 조지가 물었다.

"점심을 먹겠네." 톰이 말했다.

네 사람은 자리에서 일어섰다. 패트릭은 불샷 두 잔으로 한층 더 속이 든든한 느낌이 들었다. 스피드의 지속적이고 명료한 고동이 감지되기도 했다. 어쩌면 점심을 먹기 전에 재빨리 한 번 주사해도 되겠다 싶었다.

"화장실이 어디죠?"

"응, 저 구석에 있는 문이야." 조지가 대답했다. "우리는 식당에 가 있겠네. 계단을 올라가서 오른쪽이야."

"그럼 거기서 뵙겠습니다."

패트릭은 혼자 떨어져 조지가 알려 준 문 쪽으로 갔다. 문을 열고 들어가니 흑백의 대리석이 깔리고 내부 장식과 시설이 반짝이는 금속으로 되어 있고 마호가니 문들이 달린 커다랗고 시원한 방이었다. 끝에 있는 세면대 옆에는 풀 먹인 리넨 천이 가지런히 쌓였는데, 그 귀퉁이에는 '키 클럽'이라고 쓰인 초록색 면 조각이 부착되어 있었다. 그리고 그 옆에는 사용한 타월을 넣는 커다란 고리버들 바구니가 있었다.

패트릭은 별안간 능률적이고 은밀한 동작으로 타월 한 장을 집어 들고, 컵에 물을 채워 가지고 마호가니 문이 달린 칸으로 들어갔다.

허비할 시간이 없었다. 패트릭은 잔을 놓고, 타월을 떨어뜨리고, 재킷 벗는 것을 모두 한 동작으로 해치우는 듯했다.

패트릭은 변기에 앉아 무릎에 타월을 얹고, 그 위에 조심스럽게 주사기를 놓았다. 임시변통으로 지혈대 대신 와이셔츠 소매를 걷어 올려 이두박근이 꽉 죄도록 했다. 미친 듯이 주먹을 쥐었다 폈다 하면서 다른 쪽 엄지손가락으로 주사기 바늘 뚜껑을 벗겼다.

혈관이 상당히 겁을 내며 움츠러들었지만, 소매를 걷어 올린 자리 바로 밑에 운 좋게 제대로 찔러, 주사기 안에 붉은 버섯구름이 피어올라 퍼지는 만족스러운 광경을 볼 수 있었다.

패트릭은 피스톤을 세게 누른 다음, 주사액이 혈관을 따라 막힘없이 흐르도록 조금도 지체하지 않고 얼른 셔츠 소매를 풀어내렸다.

그리고 팔뚝에 약간 흐른 피를 닦고, 주사기 속을 헹군 다음 피스톤을 눌러 분홍빛 도는 물을 타월에 뿜어냈다.

그 쾌감은 실망스러웠다. 손은 떨리고 심장은 두근거렸지만, 기쁨에 차서 기절하는 느낌도, 물에 빠져 죽는 사람의 머릿속에 떠오르는 자서전처럼 압축된, 그러나 꽃향기처럼 포착하기 어려우면서 친밀한 그 애달픈 순간도 없었다.

제대로 된 황홀감을 느끼지 못한다면 코카인 주사는 젠장 왜 놓는다는 말인가! 견딜 수 없는 노릇이었다. 분한 마음에, 그리고 한편으론 결과를 걱정하면서 두 번째 주사기를 꺼내 다시 변기에 앉아 소매를 걷어 올렸다. 그런데 이상하게도 쾌감이 점점 커지는 것 같았다. 셔츠 소매에 조여 막혀 있던 약이 흐르기 시작해 뇌에 닿기까지 유별나게 오랜 시간이 걸리기라도 한 듯이. 어쨌든 패트릭은 이제 두 번째 주사를 놓겠다는 생각에 전념했다. 그리고 장이 비는 듯한 흥분과 두려움을 느끼며 똑같은 자리에 바늘을 꽂았다.

이번에는 소매를 내릴 때 심각한 실수를 저질렀다는 것을 깨달았다. 이건 과했다. 그저 크게 과하기만 한 정도면 충분했다. 그런데 이건 충분한 정도를 넘어섰다.

약 기운에 너무 압도되어 주사기를 씻어 내지는 못하고, 소중한 새 주사기의 바늘에 간신히 뚜껑을 씌웠지만 그것을 그만 바닥에 떨어뜨렸다. 패트릭은 뒷벽에 털썩 기대앉았다. 머리는 한쪽으로 힘없이 기울어졌다. 결승점을 통과했지만 경주에서 이기지 못한 선수처럼 숨을 몰아쉬며 얼굴을 움찔거렸다. 전신의 피부를 뚫고 새로 솟는 땀이 뜨끔거렸다. 눈을 꼭 감았지만 내면의 눈앞에 연이은 장면들이 빠르게 획획 지나갔다. 꿀벌이 술에 취한 듯 꽃가루를 잔뜩 품은 암술에 돌진해 들어가고, 붕괴되는 콘크리트 댐에 균열이 퍼져 나가고, 긴 칼이 죽은 고래의 몸에서 살점을 죽죽 잘라 내고, 커다란 통에서 쏟아 낸 눈알들이 포도즙 압착기의 맞물린 실린더 사이로 말려 들어가며 끈적였다.

패트릭은 억지로 눈을 떴다. 정신생활이 확실히 **쇠퇴**했다. 이

불연속적이고 난폭한 영상의 저수지에 더 깊이 가라앉기보다는, 위층으로 가서 사람들의 혼란스러운 영향에 직면하는 것이 더 신중한 행동일 것 같았다.

벽을 따라 더듬더듬 세면대 쪽으로 갈 때, 패트릭을 괴롭힌 환청은 아직 언어로 조직되지 않았다. 그것은 숨 쉬는 소리가 증폭된 것 같다고나 할까, 끈을 꼰 것 같은 소리와 괴상한 공간 감각으로 이루어져 있었다.

패트릭은 수건으로 얼굴을 닦고 피가 섞인 물 잔을 비웠다. 두 번째 주사기가 기억나자 그것을 씻어야겠다고 생각했다. 누가 들어올지 모르므로 세면대 위의 거울을 보며 주사기를 씻으려 했지만 손을 심하게 떨어 바늘을 수도꼭지 아래 가만히 대고 있기가 힘들었다.

화장실에 들어온 지 한참 되었을 것이다. 그들은 이미 식사를 마치고 계산을 하고 있는지도 모른다. 숨이 가쁘지만 미친 듯이 급하게 가슴주머니에 젖은 주사기를 넣고 나가서 바를 지나 현관을 통해 중앙 계단을 올랐다.

식당에 가 보니 조지와 톰, 밸런타인은 아직 메뉴를 들여다보고 있었다. 그들은 얼마나 오래 기다렸을까? 패트릭에 대한 예의를 차리느라 얼마나 오랫동안 주문하는 것을 미루고 있었을까? 패트릭은 테이블 쪽으로 터덜터덜 움직였다. 구부러지고 꼬인 소리의 끈이 주위의 공간을 잡아 휘었다.

조지가 고개를 쳐들어 바라보았다.

"왜 그렇…… 왜 그렇…… 왜 그렇……" 조지가 물었다.

"촉, 촉, 촉, 촉." 밸런타인의 말은 헬리콥터 소리 같았다.

"지아뇌에. 지아뇌에." 톰이 무언가를 권했다.

빌어먹을 뭐라는 거지? 패트릭은 자리에 앉아 연분홍색 냅킨으로 얼굴의 땀을 닦았다.

"그러어면." 패트릭은 길고 탄력 있는 속삭임 같은 소리로 말했다. "촉, 촉촉." 밸런타인이 대답했다.

조지는 빙긋 웃고 있었지만, 패트릭은 사진 속 젖은 도로에 비치는 브레이크 등의 빛처럼 다가왔다 지나가는 소리들을 속수무책으로 듣고 있어야 했다.

"왜 그렇…… 왜 그렇…… 왜 그렇…… 지아뇌에. 지아뇌에. 촉, 촉, 촉."

패트릭은 메뉴를 보고 마치 그런 건 생전 처음 본 것처럼 깜짝 놀랐다. 여러 장에 걸쳐 소, 새우, 돼지, 굴, 양과 같은 죽은 것들이 사상자 명단처럼 늘어서 있었다. 그리고 그것들이 죽은 뒤에 어떤 취급을 받았는지—꼬챙이에 꿰었는지, 불에 구웠는지, 훈제했는지, 끓였는지—간략한 설명이 곁들여졌다. 염병할, 내가 이런 것들을 먹을 것으로 알았다면 그들은 돈 게 틀림없다.

패트릭은 양의 목에서 뿜어 나오는 짙은 피가 마른 풀을 적시는 것을 보았다. 분주한 파리 떼. 내장의 악취. 땅에서 당근을 뽑아낼 때 뿌리가 끊어지는 소리를 들었다. 산 사람은 다 부패와 잔인과 오물과 피의 무더기 위에 앉아 있었다.

몸이 유리창이라면, 두 공간 사이에서 양쪽을 다 알지만 어느 쪽에도 속하지 않는다면, 자연에 진 비대하고 야만적인 빚에서 자유로워질 텐데.

"왜 그렇…… 왜 그렇…… 떤가?" 조지가 물었다.

"음…… 전…… 음, 어 그냥, 음, 어…… 그냥…… 불샷…… 하나 더…… 아침을…… 늦게 먹어서…… 어…… 별로 배가 안 고파서."

패트릭은 이 몇 마디 하는 것만도 힘이 들어 숨이 찼다.

"촉, 촉, 촉, 촉." 밸런타인이 이의를 제기했다.

"정말. 지아뉘에 왜 그렇?" 톰이 물었다.

톰은 왜 '왜 그렇'이라고 하는 걸까? 몽롱한 상태의 푸가는 갈수록 더 복잡해졌다. 그러다간 조만간 조지가 '촉'이나 '지아뉘에'라는 말을 할 것이다. 그러면 조지는 어떤 관계에 있게 될까? 그들 모두는 어떤 관계에 있게 될까?

"그냥한잔만더." 패트릭은 숨이 막히는 듯이 말했다. "정말이에요." 다시 이마의 땀을 닦으면서 와인 잔의 가는 받침을 뚫어지게 응시했다. 그 받침에 비친 햇살이 부러진 손가락 엑스레이처럼 흰 식탁보에 골절된 빛을 드리웠다. 주위에서 꼬이는 메아리 소리는 주파수가 맞지 않는 텔레비전의 약한 잡음이 되어 잦

아들기 시작했다. 주위에서 벌어지는 상황에서 패트릭을 단절시키는 것은 이제 더 이상 몰이해가 아니라, 성교 후의 우울이 크게 증폭된 것 같은 일종의 비애였다. "마사 보잉이 그러는데 뉴포트에 가는 길에 어지럼증을 겪었다더군." 밸런타인이 말했다. "그래서 의사한테 갔더니 길을 떠날 때는 프랑스산 작은 치즈를 가지고 가라고 했다는데, 아무래도 어떤 단백질 부족 현상이었던가 봐."

"마사의 영양 결핍이 정말 심하다니 상상이 안 되는군." 톰이 말했다.

"그야 뭐, 모든 사람이 마사처럼 자주 차를 타고 뉴포트에 가야 하는 건 아니니까." 조지의 외교적인 논평이었다.

"내가 이 얘기를 하는 건, 나도 똑같은 증상을 겪었기 때문이야." 밸런타인이 상당히 우쭐거리며 말했다.

"같이 갔었나?" 톰이 물었다.

"같이 갔었지." 밸런타인이 확인해 주었다.

"뉴포트에 간다는 게 그렇지 뭐." 톰이 말했다. "사람의 단백질을 아주 쏙 빼 놓지. 운동을 하는 사람들은 의사의 도움 없이 거기에 잘 다닐 수 있겠지만."

"한데 내 주치의는 땅콩버터를 권하더라고." 밸런타인은 참을성 있게 말했다. "마사는 좀 의심쩍어 했지만 말씀이야. 그 프랑스산 치즈는 그냥 껍질만 까서 입에 쏙 집어넣기만 하면 돼서 아주 좋다는 거였지. 나더러 어떻게 땅콩버터를 먹느냐는 거야. 그래서 내가 '스푼으로 먹지, 캐비아처럼'이라고 했지." 밸런타인은 혼자서 재미있어 했다. "그런데 그 말에는 아무런 대꾸도 못 하더라고." 밸런타인은 의기양양했다. "난 마사가 치즈에서 땅콩버터로 바꿀 거라고 생각하네."

"누군가 선팻사社에 미리 알려 주는 게 좋겠군." 톰이 말했다.

"그래, 자네 조심해야 할 거야." 조지는 느릿하게 말했다. "자칫하면 자네의 그 버터가 날개 돋친 듯 팔릴 테니. 일단 이 뉴포트 사람들이 뭔가를 좋아하기 시작하면 아무도 못 말리니까. 브룩 리버스가 언젠가 내게 셔츠를 어디서 해 입냐고 물은 적이 있지. 그런데 내가 다음에 셔츠를 주문하려고 보니 2년이나 기다려야 한다는 거야. 미국에서 들어오는 주문량이 폭주했다더군. 물론 난 그게 누구 탓인지 알았지."

웨이터가 주문을 받으러 왔다. 조지는 패트릭에게 '무언가 든든한 것'을 먹지 않아도 정말 괜찮겠냐고 물었다.

"그럼요. 든든하지 않은 걸로 하겠습니다." 패트릭이 대답했다.

"난 자네 아버지가 식욕을 잃는 걸 보지 못했는데." 조지가 말했다.

"네, 아버지에게 믿음직한 게 있다면 그게 유일했죠."

"에이, 그렇게 말할 것까지야." 조지는 항변하고, 다른 사람들을 보고 해명했다. "데이비드는 아주 훌륭한 피아니스트였네. 연주가 너무 황홀해서 밤새도록 잠도 안 자고 듣곤 했지."

혼성곡과 패러디, 늙은 포도나무 그루터기처럼 뒤틀린 손, 패트릭은 속으로 생각했다.

"네, 피아노 연주가 인상적이긴 했죠." 패트릭은 이번엔 소리 내어 말했다.

"대화도 그랬어." 조지가 덧붙였다.

"음……" 패트릭이 말했다. "인상적인 게 무엇이냐에 달린 문제죠. 끊임없이 무례하게 구는 걸 좋아하지 않는 사람들도 있어요, 아니 적어도 그렇다고 들었어요."

"그 사람들이 **누구지**?" 톰이 짐짓 놀란 체하며 주위를 휘둘러 보았다.

"나도 한두 번 데이비드에게 논쟁 좀 그만하라고 한 적이 있긴 하지." 조지가 말했다.

"그랬더니 뭐라던가?" 밸런타인은 물으면서 꼭 끼는 칼라에서 목을 조금 더 빼고 턱을 앞으로 내밀었다.

"나더러 꺼지라고 하더군." 조지가 퉁명스레 말했다.

"허!" 밸런타인이 말했다. 지혜와 외교 수완을 발휘할 기회를 보았다. "사람들은 터무니없이 아무것도 아닌 거 가지고 다투지. 웬걸, 난 뉴욕으로 돌아오는 날 저녁은 모티머 레스토랑에 가서 식사를 하자고 우리 집사람을 주말 내내 설득해야 했어. '난 모티머 사리가 나오겠어. 우리 딴 데 가면 안 돼?' 집사람이 계속해서 그렇게 조르는 거야. 물론 어디에 가면 좋을지 말하지도 못하면서."

"물론 말하지 못했겠지. 15년 동안 다른 레스토랑엔 가 보지 못했으니." 톰이 말했다.

"모티머 사리가 나오겠어." 밸런타인은 같은 말을 되풀이하면서 그렇게 독창적인 여성과 결혼했다는 약간의 자부심이 섞인 분노를 느꼈다.

바닷가재와 훈제 연어, 게살 샐러드, 불샷이 나왔다. 패트릭은 술잔을 턱석 들어 입으로 가져가다 말고 멈추었다. 뿌연 술이 든 잔 속에 도살장이 있기라도 한 것처럼 소가 미친 듯이 크게 우는 소리가 들렸기 때문이다.

"에라, 모르겠다." 패트릭은 웅얼거리며 한 모금 꿀꺽 마셨다.

이 도전은 곧 짐승이 발굽을 치며 배에서 나오려고 하는 생생한 환상의 보상을 받았다. 열여덟 살 때의 일이 생각났다. 정신병원에 있었을 때 왜 그곳에 있는지 설명하는 편지를 보냈는데 아버지는 아주 짧은 답장을 보내왔다. 패트릭이 이탈리아어를 모른다는 것을 알면서 이탈리아어로 쓴 편지였다. 그게 무슨 내용인지 조사해 본 결과 단테의 『신곡』에 나오는 구절이었다. '네 혈통을 생각하라 / 너는 미덕과 지식을 추구하라고 만들어졌지 / 짐승들 가운데 살라고 만들어지지 않았다.' 당시에는 불만스럽지만 장엄한 것 같았던 답장이 지금 새삼 적절하게 생각되었다. 그는 소가 울부짖고 쿵쿵거리는 소리에 귀를 기울였는데, 위벽에 콧김이 한 번 더 느껴졌기, 아니, 느껴졌다는 생각이 들었기 때문이다.

심장이 다시 빨리 뛰기 시작하고 온몸에 새로 솟는 땀이 뜨끔거리자, 패트릭은 속이 메스꺼웠다.

"실례하겠습니다." 패트릭이 느닷없이 일어섰다.

"자네 괜찮아?" 조지가 말했다.

"속이 메스꺼워서요."

"의사를 불러야 할까 본데."

"내 주치의는 뉴욕에서 최고야. 내 이름을 대기만 하면……" 밸런타인이 말했다.

패트릭은 위에서 역류한 담즙의 쓴맛을 느꼈다. 목구멍으로 넘어온 것을 꾹 삼키고, 밸런타인의 친절한 제의에 감사할 여유도 없이 식당에서 뛰쳐나갔다.

계단을 내려갈 때 다시 입 안 가득 치밀어 올라온, 첫 번보다 알맹이가 더 느껴지는 토사물을 도로 삼켰다. 시간이 없었다. 욕지기할 때마다 속이 뒤틀리며 점점 더 빨리 위에 든 것들이 입으로 밀고 올라왔다. 어지러운 데다 눈물이 맺힌 눈에 시야가 흐려져 복도를 따라 더듬거리며 지나가다 벽에 걸린 사냥 그림 하나가 어깨에 부딪혀 비뚤어졌다. 대리석이 깔린 시원한 피신

처, 화장실에 도착했을 때는 이미 양쪽 볼이 트럼펫 연주자처럼 부풀어 있었다. 한 회원이 거울 앞에서만 보일 그런 모습으로 열심히 스스로에게 감탄하고 있었다. 그는 방해를 받고 언짢은 얼굴을 짓다가 가까이에 있는 패트릭이 금방 토할 것 같자 금세 깜짝 놀란 얼굴이 되었다.

패트릭은 변기까지 가는 걸 단념하고 가까운 세면대에 토하는 동시에 물을 틀었다.

"맙소사, 변기에다 하지 않고!" 그 회원이 말했다.

"너무 멀어서요." 그리고 패트릭은 다시 한번 더 게워 냈다.

"맙소사!" 그 회원은 서둘러 밖으로 나갔다.

패트릭은 간밤에 먹은 저녁 식사의 흔적을 알아보았다. 속을 비워 냈으니 이제 곧 구토에 오명을 씌우는 시고 누런 담즙이 올라올 것을 알았다.

패트릭은 토사물이 더 빨리 씻겨 내려가도록 손가락으로 배수구 구멍을 빙빙 후비며 다른 손으로 물을 더 세게 틀었다. 또 토하기 전에 아무도 못 보게 좌변기 칸에 들어가고 싶었다. 속이 느글거리고 더웠다. 그러자 세면대가 완전히 깨끗해지지 않았지만 그대로 두고 비틀거리며 마호가니 문이 달린 한 좌변기 칸으로 들어갔다. 황동 자물쇠를 옆으로 밀어 문을 잠글 여유도 없이 변기 위로 몸을 굽히고 욕지기했지만 아무것도 나오지 않았다. 숨을 쉬지도 침을 삼키지도 못하는 가운데 패트릭은 자기가 몇 분 전에 토하지 않으려고 했을 때보다 한층 더 굳은 마음으로 토하려고 애쓰고 있다는 것을 의식했다.

산소 부족으로 정신을 잃기 직전, 패트릭은 두려워하며 기다리던 그 누런 담즙을 가까스로 게워 냈다.

"빌어먹을!" 패트릭은 벽에 기대어 주저앉으며 저주했다. 아무리 자주 해도 토악질은 패트릭을 놀라게 하는 힘을 잃지 않았다.

질식할 수도 있었다는 충격 속에 담배에 불을 붙였다. 입 안에 온통 묻은 쓴 점액을 의식하며 담배 연기를 빨아 들였다. 이제 문제는 물론 마음을 가라앉히기 위해 헤로인을 하느냐 마느냐 하는 것이었다.

그럴 경우 위험 요소는 욕지기가 더 심해질 수도 있다는 것이었다.

패트릭은 손의 땀을 닦고 조심스럽게 헤로인 봉지를 열고 손가락으로 가루를 퍼서 양쪽 콧구멍으로 들이마셨다. 즉각적인 부작용이 느껴지지 않자 한 차례 더 들이마셨다.

마침내 평온이 찾아들었다. 패트릭은 눈을 감고 한숨을 쉬었다. 모두 뒈지라지. 그 자리로 돌아갈 생각은 없었다. 날개를 접고 (패트릭은 헤로인을 한 번 더 들이마셨다) 느긋이 쉴 생각이었다. 패트릭에게는 뽕을 하는 곳이 집이었고, 대개 그곳은 낯선 사람의 집 화장실이었다.

너무 피곤했다. 정말이지 잠을 좀 자야 했다. 잠을 자자. 날개를 접자. 그런데, 만일 조지와 그 일행이 패트릭을 찾으러 사람을 보냈는데, 토사물이 튄 세면대를 발견하고 문을 두드리면 어떡하지? 세상에 평온은, 안식처는 없단 말인가? 물론 그런 것은 없었다. 바보 같은 소리였다.

II

"데이비드 멜로즈의 유해를 가지러 왔습니다." 패트릭은 윤기 나는 밤색 더벅머리에 턱이 큰 청년에게 말했다.

"데이비드…… 멜로즈라……" 청년은 커다란 가죽 장정 장부를 들추며 혼잣말했다.

패트릭은 책상이라기보다는 좌초된 설교단 같은 카운터 모서리 너머로 몸을 구부렸다. 장부 옆에 '거의 죽은 사람들'이라고 쓰인 값싼 공책이 있었다. 저 파일에 올라야 한다, 지금 바로 신청하는 게 좋을지도 모르지.

키 클럽에서 탈출하자 이상하게 기분이 좋았다. 화장실에서 정신을 잃고, 한 시간 뒤에 상쾌한 기분으로 깨어났지만, 차마 일행을 마주 볼 수 없었다. 범죄자처럼 도망치듯 도어맨 앞을 지나 밖으로 나왔다. 그리고 급히 모퉁이를 돌아서 술집에 들른 다음, 장의사 건물까지 걸었다. 조지에게는 나중에 사과해야 할 것이다. 누구든 다른 사람과 만난 뒤에는 늘 그랬던 것처럼, 또는 늘 그러고 싶었던 것처럼, 거짓말도 하고 사과도 해야 할 것이다.

"아, 여기 있네요. 데이비드 멜로즈 님." 해당 페이지를 찾은 접수원의 얼굴이 환해졌다.

"난 그 사람을 칭송하러 온 게 아니라 묻으러 왔어요."* 패트릭은 연극조로 카운터를 탕 치며 선언했다.

"묻는다…… 고요?" 접수원은 말을 더듬었다. "우리는 저 사람을 화장해야 하는 걸로 알았는데요."

"은유적으로 말한 거예요."

"은유적으로." 청년은 반복했다. 안심되지 않았다. 이 고객이 소송할 것이란 말인지 아닌지 알 수 없었다.

"유골은 어디 있습니까?" 패트릭이 물었다.

"가서 가져오겠습니다. 고객님의 유해는 상자에 담았습니다." 처음처럼 확신에 찬 목소리가 아니었다.

"좋아요. 단지에 돈을 허비할 필요가 없죠. 어차피 재는 뿌려

---

*   셰익스피어의 『줄리어스 시저』 3막 2장 중. "친구들이여, 로마 시민들이여, 동포 여러분, 내 말을 들어 보십시오. / 나는 시저를 묻으러 왔지, 칭찬하러 온 게 아닙니다. / 사람이 저지르는 악행은 죽은 뒤에도 남습니다."

버릴 거니까."

"네." 접수원은 명랑하면서도 반신반의하는 표정이었다.

"그럼 지금 바로 처리하겠습니다, 손님." 접수원은 부자연스럽게 크고 단조로운 말투로 상냥하게 말하고, 즉시 벽에 숨겨진 문으로 향했다.

패트릭은 무엇이 이 새로운 열의를 자극했는지 알기 위해 어깨 너머로 고개를 돌려 보았다. 얼굴은 알아보겠는데 누구인지 금방 생각나지 않는 키 큰 사람이 서 있었다.

"이 업계는 수요와 공급이 똑같지 **않을 수가 없죠.**" 어디에선가 본 것 같은 사내가 신랄하고 재치 있는 말을 했다.

그 사내의 뒤에 서 있는 사람은 콧수염이 있는 대머리 장의사로, 그 전날 오후에 패트릭을 아버지에게 안내해 준 사람이었다. 장의사는 움찔하고 놀라는 동시에 웃는 듯했다.

"우리에게는 절대로 고갈되지 않을 자원이 있죠." 키 큰 사내가 말했다. 그런 말을 즐기는 게 분명했다.

장의사는 눈썹을 추켜올리고 패트릭이 서 있는 쪽으로 눈을 흘긋흘긋 돌렸다.

아, 그렇지, 패트릭은 생각했다. 비행기 안에서 만난 바로 그 기분 나쁜 사람이었다.

"빌어먹을! 홍보에 대해 아직도 더 배워야 할 거 같군." 얼 해머는 속삭이듯 말하고는 패트릭을 알아보고 체크무늬 대리석

바닥의 현관 저편에서 크게 외쳤다. "바비!"

"패트릭." 패트릭이 말했다.

"아, 그래, 패디! 그 안대 때문에 잠깐 못 알아봤네. 근데 무슨 일이 있었나? 여자한테 맞아서 멍이라도 든 건가?" 얼은 너털웃음을 치면서 패트릭 옆으로 힘차게 다가왔다.

"염증이 좀 생겨서요. 이쪽 눈은 제대로 뜰 수가 없죠."

"저런, 딱하게 됐군. 근데 여기는 어쩐 일인가? 자네는 내가 비행기에서 사업을 다변화한다고 했을 때 뉴욕 최고의 장의업체를 인수하는 중이었다고는 꿈에도 생각하지 못했겠지?"

"꿈에도 생각하지 못했죠. 당신도 내가 아버지의 유해를 가져가려 뉴욕 최고의 장의업체에 가고 있었다고는 꿈에도 생각하지 못했겠죠?"

"저런! 그것 참, 안됐군. 분명히 훌륭하신 분이셨을 거야."

"아버지 나름대로는 완벽하셨죠."

"애도의 뜻을 표하는 바네." 얼은 갑작스럽게 엄숙한 태도를 보였다. 패트릭은 그 모습을 해머 양의 배구 국가대표팀 후보 전망에 대해 이야기할 때 본 기억이 났다.

접수원은 길이가 30센티미터에 높이는 20센티미터 정도 되는 단순한 나무 상자를 들고 돌아왔다. "관보다는 훨씬 더 간편한 크기네요, 안 그래요?" 패트릭이 한마디 꺼냈다.

"그걸 부인할 길은 없지." 얼이 대답했다.

"봉지 있어요?" 패트릭이 접수원에게 물었다.

"봉지요?"

"네, 쇼핑백이라든가 갈색 종이봉투라든가, 그런 거요."

"한번 확인해 보겠습니다, 손님."

"패디, 장례비를 10퍼센트 할인해 주고 싶은데." 얼은 그사이에 그 문제를 숙고한 듯했다.

"감사합니다." 패트릭은 진심으로 기뻤다.

"천만에."

접수원이 약간 구겨진 갈색 종이봉투를 가지고 돌아왔다. 패트릭은 접수원이 고용주를 실망시키지 않으려고 자기가 장 본 것을 급히 비웠나 보다고 상상했다.

"딱 됐군요." 패트릭이 말했다.

"우리가 이런 봉투도 돈을 받나?" 얼은 접수원에게 묻고 대답이 떨어지기도 전에 이렇게 덧붙였다. "이건 내가 내는 걸로 하지."

"무슨 말을 해야 할지 모르겠습니다."

"뭘, 아무것도 아닌 거 가지고. 그런데 내가 지금 회의에 들어가 봐야 하거든. 혹시 나중에 만나서 나랑 한잔하면 영광이겠네."

"우리 아버지랑 같이 가도 될까요?" 패트릭이 봉투를 들어 올리며 물었다.

"그야 물론이지." 얼은 웃으며 말했다.

"하지만 농담이 아니라, 아무래도 갈 수가 없겠습니다. 오늘은 저녁 약속이 있고 내일은 영국으로 돌아가야 해서요."

"매우 유감스럽군."

"그거 참, 저로서도 정말 유감스럽습니다." 패트릭은 힘없이 웃어 보이며 얼른 문으로 향했다.

"안녕히 계세요." 패트릭은 외투의 옷깃을 탁 세우고 러시아워의 거리로 나갔다.

엘리베이터 문이 열리면 바로 검은색 옻칠이 된 현관이었고, 맞은편 벽에 바싹 댄 테이블에는 얼빠진 표정의 아프리카 원주민 가면이 놓여 있었다. 패트릭은 메리앤의 쇠약한 어머니 뱅크스 부인을 만나기 전, 금박을 입힌 새장 모양의 치펀데일 거울을 잠깐 들여다보고 굉장히 고약해 보이는 자기 얼굴에 경악했다. 뱅크스 부인은 뱀파이어처럼 우아하게 음울한 분위기를 풍기며 서 있었다.

부인이 양팔을 벌려 환영했다. 그러자 패트릭은 부인의 검정실크 드레스가 박쥐의 날개처럼 손목과 무릎이 연결된 것임을 알 수 있었다. 부인은 머리를 갸우뚱하고 괴로움에 젖은 조의를 표했다. "오, 패트릭, 우리도 소식을 듣고 애도했어."

"인생이란 그런 거잖아요. 재는 재로, 흙은 흙으로. 주시는 이도 주님이요, 거두시는 이도 주님이라. 제 생각에는 아버지의 경우, 자연 법칙에 반하여 많이 지연되었죠."

"그럼 그게……?" 뱅크스 부인이 눈을 동그랗게 뜨고 갈색 종이봉투를 보았다.

"저희 아버지입니다." 패트릭이 확인해 주었다.

"그럼 오길비한테 저녁 손님이 한 분 더 있다고 말해야겠네!" 뱅크스 부인은 간드러진 웃음을 터뜨렸다. 과연 낸시 뱅크스였다. 그 집 거실 사진을 찍어 가는 잡지들이 흔히 언급하듯이, 굉장히 대담하고 굉장히 **정확**했다.

"뱅쿠오*는 고기를 먹지 않습니다." 패트릭은 단호한 동작으로 현관 테이블에 상자를 놓으며 말했다.

왜 뱅쿠오라고 했을까? 낸시는 허스키한 내면의 목소리로 자문했다. 그것은 아무도 모르게 깊이 속으로 생각할 때에도 넋을 잃고 바라보는 많은 관객을 향해 돌아서서 말하는 듯한 목소리였다. 좀 미친 생각이지만, 혹시 아버지의 죽음이 자기 탓이라고 생각하는 걸까? 환상 속에서 아버지의 죽음을 그렇게도 많이 바랐기 때문이라서? 어쩜! 17년 동안 정신 분석을 받았기 때문에

---

*   셰익스피어 희곡 『맥베스』의 등장인물. 마녀들이 맥베스가 왕이 될 것이라고 예언하고, 뱅쿠오에게는 뱅쿠오 자신은 왕이 되지는 못해도 그의 자손이 왕이 될 것이라고 예언한다. 맥베스는 왕위에 대한 위협을 제거하기 위해 암살자를 시켜 뱅쿠오를 죽이고, 뱅쿠오의 아들은 도피한다. 뱅쿠오는 나중에 유령이 되어 나타나 맥베스를 괴롭힌다.

그런 추측에 능했다. 모리스 박사는 그들의 불륜 관계를 분석할 때, 정신 분석의란 달리 할 일을 생각해 내지 못한 과거의 환자일 뿐이라고 하지 않았던가? 뱅크스 부인은 간혹 제프리가 그리웠다. 모리스는 '비움의 과정'이 경과함에 따라 자기를 제프리로 부르라고 했다. 그런데 그 과정은 제프리의 자살로 갑작스럽게 끝이 났다. 유서도 남기지 않고! 그녀는 제프리가 약속한 대로 과연 인생의 도전에 잘 대처하고 있는 것일까? 어쩌면 제프리의 '분석이 불완전했는지' 모른다. 너무 끔찍해서 생각하기 싫었다.

"메리앤이 자네를 무척 보고 싶어 해." 뱅크스 부인은 위로하듯 중얼거리며 아무도 없는 거실로 패트릭을 안내했다. 패트릭은 폭음, 폭식하는 큐피드 조각 장식으로 넘치는 바로크 양식의 여닫이 책상을 응시했다.

"자네가 도착했을 때 전화가 왔는데 바로 끊을 수가 없었나 봐."

"저녁 내내 함께 있을 건데 뭐……" 그리고 또 밤새도록. 낙관적인 생각이었다. 거실은 분홍색 백합꽃 천지였다. 빛나는 암술들은 패트릭의 욕정을 꾸짖는 듯했다. 위태로운 집착이었다, 정말 위태로운 집착이었다. 그 생각의 진로는 얼음 벽 사이로 달리는 봅슬레이처럼 충돌 사고를 일으키거나 결승점에 이르기 전에는 바뀌지 않을 것이다. 패트릭은 바지에 손을 문질러 땀을 닦았다. 마약보다 더 강력한 집착의 대상이 있다니 놀라웠다.

"아, 에디가 오네." 낸시가 외쳤다.

에디 뱅크스는 두꺼운 체크무늬 셔츠에 헐렁한 바지 차림으로 성큼성큼 들어왔다. "여, 패트릭." 뱅크스의 말은 빠르고 발음이 약간 흐리멍덩했다. "자네 부친 소식을 듣고 정말 안타까웠네. 메리앤이 그러던데, 비범한 분이셨다고."

"그 비범함이 어떤 건지는 못 들으셨겠죠." 패트릭이 말했다.

"부친과 사이가 안 좋았나?" 낸시가 말해도 괜찮다는 듯 물었다.

"네." 패트릭은 대답했다.

"언제 불화가 시작됐어?" 에디가, 활 모양 다리가 달리고 색이 바랜 주황색 벨벳의 마키스 의자에 앉으며 물었다.

"네, 1906년 6월 9일, 아버지가 태어난 날 시작됐죠."

"그렇게 빨리?" 낸시는 빙긋 웃었다.

"저희 아버지 문제가 선천적인 것이었는지 아닌지의 여부를 적어도 저녁 먹기 전에는 가릴 수는 없겠지만, 선천적인 게 아니라 해도, 아버지는 시간을 지체하지 않고 그 문제를 습득했죠. 사람들 말에 의하면, 아버지는 말을 배우기 시작한 순간부터 그 새로운 기술을 사람들의 마음을 아프게 하는 일에 쏟아부었어요. 열 살쯤 되었을 때는 아버지의 할아버지 집에 출입을 금지당했어요. 집안 식구들을 이간질시키고, 사고를 일으키고, 남이 원하지 않는 일을 억지로 하게 만들었기 때문이죠."

"옛날식으로 사탄의 자식이란 말이 있는데, 자네가 그렇게 말하니 마치 아버지가 악한 사람이었던 것처럼 들리네 그래." 낸시는 패트릭의 말을 의심했다.

"하나의 관점입니다. 아버지와 어울린 사람들은 언제나 암벽에서 떨어지거나 익사할 뻔하거나 울음을 터뜨렸죠. 아버지의 인생은 악의에 희생될 사람들을 모으고, 다시 잃고 하는 과정의 연속이었죠."

"그렇다면 매력적이기도 하셨겠네." 낸시가 말했다.

"아주 귀여우셨죠."

"하지만 지금은 자네 부친에게 심한 신경증이 있었다고 말할 수 있지 않을까?" 에디가 물었다.

"그렇게 말한들 뭐 달라지는 게 있을까요? 누군가가 끼치는 영향이 파괴적이라면, 그 원인은 이론상의 호기심이 될 뿐이에요. 세상에는 아주 고약한 사람들이 있는데, 그런 사람을 아버지로 둔 자식에게는 참 애석한 일이죠."

"난 그 시절엔 부모들이 자녀 양육법을 잘 알았다고 생각하지 않아. 자네 부친 세대의 부모들은 많은 경우 단지 사랑을 표현하는 법을 알지 못했던 거야."

"잔인은 사랑의 반대이지, 무슨 표현되지 않은 사랑의 변형은 아니죠." 패트릭이 말했다.

"내가 듣기엔 맞는 말 같은걸." 입구 쪽에서 허스키한 목소리가 들렸다.

"어, 왔어?" 패트릭은 의자에 앉은 채 몸을 홱 돌렸다. 메리앤이 오자 갑자기 수줍음을 탔다.

메리앤은 범선처럼 당당한 자태로 어스레한 거실을 가로질렀다. 마룻바닥이 삐걱거리는 소리가 났다. 가까이 온 메리앤은 뱃머리의 선수상船首像처럼 아슬아슬한 각도로 몸을 앞으로 구부렸다.

패트릭은 일어서며 탐욕스럽게, 결사적으로 메리앤을 부둥켜안았다.

"야아, 패트릭." 메리앤도 패트릭을 따뜻이 안았다. "야아." 메리앤은 패트릭이 포옹을 풀지 않으려는 듯하자 달래듯이 반복해 말했다. "내 마음이 아파. 정말, 정말 아파."

오, 하느님! 여기가 바로 내가 묻히고 싶은 곳입니다, 패트릭은 생각했다.

"우리는 방금 부모들이 간혹 사랑을 표현할 줄 모른다는 얘기를 하고 있었어." 에디가 혀짤배기소리로 말했다.

"어머나, 그럼 나는 잘 모를 얘기겠네요." 메리앤이 귀엽게 웃으며 말했다.

등의 곡선이 흑인 여자 같은 메리앤은 발을 가지게 된 지 얼마 되지 않는 인어인 양, 멈칫멈칫 어색한 듯하면서도 우아한 걸음으로 술 쟁반이 있는 곳으로 가서 샴페인 한 잔을 따랐다.

"샴페인 드실 분?" 메리앤은 목을 앞으로 빼고 얼굴을 약간 찡그리면서 이 물음에 깊이 숨겨진 의미가 있기라도 한 듯 말을 좀 더듬었다.

낸시는 거절했다. 코카인이 더 좋았다. 그것에 대해 누가 무어라 해도 그것으로는 살이 찔 염려가 없었다. 에디는 샴페인을 마시겠다고 하고, 패트릭은 위스키를 청했다.

"에디는 사실 **자기** 아버지 죽음에서 아직도 벗어나지 못했어." 낸시는 대화를 조금 더 진행시키고자 했다.

"난 내가 어떻게 느끼는지를 아버지께 말하지를 못했거든." 에디는 샴페인을 건네주는 메리앤에게 미소를 지어 보이고 설명했다.

"저도요. 제 경우엔 오히려 다행인 거 같지만." 패트릭이 말했다.

"무슨 말을 했을 것 같아?" 메리앤의 짙은 파란색 눈이 패트릭을 뚫어지게 쳐다보았다.

"나는…… 아니, 말할 수 없어……" 패트릭은 그 질문을 심각하게 받아들인 게 당황스럽고 짜증스러웠다. "신경 쓸 거 없어." 패트릭은 웅얼거리며 직접 위스키를 따랐다.

낸시는 패트릭이 이 대화에서 자기 역할을 다하지 않는 것으로 생각했다.

"부모는 자식의 신세를 망쳐 놓지. 그럴 뜻이 없어도 결국은 그래." 낸시는 한숨을 쉬었다.

"그럴 뜻이 없이 그런다고 누가 그래요?" 패트릭은 성난 목소리로 말했다.

"필립 라킨이." 낸시는 작고 흐릿하게 웃었다.

"그런데 무엇 때문에 부친의 죽음에서 벗어나지 못하셨어요?" 패트릭은 에디에게 공손히 물었다.

"선친은 내게 영웅 같은 존재였지. 어떤 상황에 놓여도 반드시 무엇을 해야 할지, 아니 적어도 자신이 무엇을 원하는지 알았어. 돈과 여자를 다루는 법도 알았고, 낚시를 해도 무언가 미끼를 물면 그게 300파운드짜리 청새치인지 뭔지 알았고, 한 번도 그걸 놓친 적이 없지. 그리고 경매에서 어떤 그림에 값을 부르면 언제나 그걸 가졌어."

"그런데 **당신은** 그걸 되팔았고, 또 언제나 판매에 성공했지." 낸시는 익살을 부렸다.

"아빠는 **내** 영웅이야." 메리앤이 아버지에게 말을 더듬으며 말했다. "난 그 생각에서 벗어나고 싶지 않아."

염병할, 지랄하네! 패트릭은 생각했다. 도대체 이 사람들은 하루 종일 뭘 할까, 〈브래디 번치〉 연속극 대본이라도 쓰나? 패트릭은 서로 격려해 주고, 애정을 노골적으로 드러내고, 남보다 자기들을 서로 더 귀하게 여긴다는 인상을 주는 행복한 가정을 증오했다. 그런 건 정말 역겨웠다.

"저녁 먹으러 나갈 거야?" 패트릭이 느닷없이 메리앤에게 물었다.

"여기서 다 같이 먹어도 돼." 메리앤은 침을 꿀꺽 삼켰다. 얼굴이 약간 난색이 되며 어두워졌다.

"나가서 먹으면 대단한 결례가 될까? 얘기 좀 하고 싶어서." 패트릭은 고집을 세웠다.

낸시에 관한 한 그 대답은 의심할 여지없이 '그렇다'였다. 그것은 대단한 결례가 될 것이다. 콘수엘라는 바로 이 순간 조개관자 요리를 하고 있었다. 연예와 마찬가지로 실생활에서도 융통성을 발휘하고 품위를 지킬 줄 알아야 한다. 뿐만 아니라 이경우, 패트릭이 상을 당한 사람이란 점을 참작해야 할 것이다. 이 상황을 서툴게 처리한다는 암시에 모욕당하지 않기 어려웠다. 그러나 결국 패트릭의 정신 상태가 일시적인 광기에 가깝다는 점을 고려했다.

"물론 괜찮지." 메리앤은 아양 떨듯 말했다.

"어디 갈까?" 패트릭이 물었다.

"응…… 내가 정말, 정말, 좋아하는 작은 아르메니아 식당이 있는데."

"작은 아르메니아 식당이라." 패트릭은 심드렁하게 말했다.

"아주 근사한 데야." 메리앤은 침을 꿀꺽 삼켰다.

12

둥근 하늘색 천장에 흐린 금색 별들이 점점이 박혀 있었다. 메리앤과 패트릭은 파란 벨벳 천으로 칸막이가 된 자리에 앉아 비닐 코팅된 비잔티움 그릴 메뉴판을 들여다보았다. 발바닥에 지하철이 지나가는 둔탁한 진동이 느껴졌다. 이랑 진 튼튼한 컵의 얼음물이 바르르 떨렸다. 얼음물은 어디를 가나 정말 넘쳐나고 정말 빨리 나왔다. 모든 게 흔들리고 있구나, 패트릭은 생각했다. 식탁의 분자들은 춤추고, 전자는 공전하고, 신호와 음파는 몸속 세포에 파상을 이루며 지나가고, 세포들은 컨트리 음악과 경찰 무전기 소리, 쓰레기 트럭의 굉음과 병이 깨지는 소리에 일렁거리고, 두개골은 벽에 구멍을 뚫듯이 전율하고, 모든 느낌이 타바스코 소스를 뿌리듯 창백하고 부드러운 살갗에 와 닿았다.

패트릭의 유해 상자가 지나가던 웨이터의 발부리에 차였다. 웨이터는 뒤돌아 사과했다. 패트릭은 "그것을 보관해 드릴까요" 라는 웨이터의 제의를 거절하고, 상자를 발로 밀어 식탁 밑으로 더 깊숙이 넣었다.

죽음은 새로운 역할을 맡게 되는 계기의 상징이기보다는 더 깊은 존재를 나타내는 것이리라. 누가 한 말이더라? 망각의 두려움. 그렇지만 웨이터에게 발길질을 당하고 있으니 아버지를 잊을 길이 없다. 아버지의 새로운 역할, 분명 새로운 역할이었다.

어쩌면 메리앤의 몸을 탐해 아버지의 시체를 잊을 수 있을지 모른다. 어쩌면 메리앤의 몸에는 접속점이 있을지 모른다. 바로 그 접속점에서 아버지의 죽음과 자기도 죽어 간다는 사실에 대한 집착이 철로를 변경해서 새로운 육욕을 목적지로 삼아, 이전의 그 모든 병적인 활기를 띠고 돌진할 수 있을 것이다. 무슨 말을 해야 할까? 무슨 말을 할 수 있을까?

물론 천사들은 거추장스러운 손발이나 음경의 방해를 받지 않고 사랑을 나눌 수 있겠지만, 성관계의 흐느끼는 좌절 속에, 침투 대신 간지러움을 주는 짜증스러운 일 속에, 하구河口를 지나, 인간이 잉태되는 잔잔한 호수에 이르려는, 부단히 갱신되는 그 충동 속에, 아버지의 죽음에 뒤이어 느낀 혼돈과 긴장을 나타낼 말을 찾지 못한 데 대한 적절한 표현이 있을지도 모른다고 패트릭은 생각했다. 그러면서 메뉴를 읽는 체했지만, 사실은 메리앤의 젖을 간신히 가리고 있는 초록색 벨벳에서 시선을 떼지 않았다.

그뿐만 아니라 메리앤과 교합하지 않았다는 것은 『일리아드』를 읽지 않은 것과 같았다. 오랫동안 읽으려는 마음은 늘 가지고 있었지만 아직 읽지 않은 또 하나의 책이었다.

어떤 무자비하고 잘 이해되지 않는 기계에 낀 소매처럼, 이해되고 싶어 하는 패트릭의 욕구는 희열에 찬, 그러나 위태롭게 무관심한 메리앤의 몸에 끼어 꽂혀 있었다. 패트릭은 질질 끌려 치명적인 집착을 지나 다른 쪽 끝에서 내뱉어질 것이다. 그러면 메리앤의 맥은 실룩거리지도 않을 것이다. 또는 메리앤의 생각은 그들의 선택된 길에서 벗어나지 않을 것이다.

메리앤의 몸은 패트릭을 아버지의 시체로부터 구출해 주기는커녕 그들의 비밀이 뒤얽히기만 할 것이다. 그 시야의 절반은 패트릭의 갈라진 입술로, 나머지 절반은 메리앤의 갈라지지 않은 입술로 형성된 채. 이 현기증 나는 시야는 휘도는 폭포수처럼 패트릭을 안전한 곳에서 빨아들여 삼킬 것이다. 마치 좁다란 돌기둥 위에 서서 강바닥을 훑은 물이 주위를 감돌며 흐르지 않고 고이는 듯 잔잔해지다 폭포가 되어 사방에 떨어지는 광경을 내려다보는 기분이었다.

아이고, 메리앤은 생각했다. 내가 왜 이 남자와 저녁을 먹기로 했지? 높은 다리에서 협곡을 내려다보듯 메뉴를 읽고 있네! 패트릭에게 도저히 아버지에 대한 질문을 더 할 수는 없었다. 하지만 다른 이야기를 하게 하는 건 또 옳지 않은 듯했다.

저녁이 통째로 역대급 지겨운 시간이 될지 모른다. 패트릭은 지금 혐오와 욕망 사이의 어떤 침 흘리는 상태에 있었다. 그것은 여자로 하여금 자신이 무척 매력적인 것에 대해 죄의식을 느끼게 하기에 충분했다. 메리앤은 그런 상태를 피하려고 했지만, 이미 처량한 남자들 맞은편에 앉아 있느라 인생의 많은 시간을 보냈다. 메리앤은 자기와 공통점이 하나도 없는 그런 남자와 있으면, 눈은 비난으로 불타고, 대화는 냉장고에 아주, 아주, **아주** 오래전에 넣어 둔 무엇처럼, 미치지 않은 다음에야 애초에 사지 말았어야 했을 무엇처럼 응고되어 곰팡내가 난 지 오래된 듯 느껴졌다.

포도 잎과 후무스*, 양 구이, 쌀밥, 레드 와인. 어쨌든 메리앤은 음식을 먹을 수는 있었다. 이 음식점의 요리는 정말 맛있었다. 메리앤을 처음 이곳에 데려온 것은 사이먼이었다. 사이먼은 세계 어느 도시를 가든 그곳에서 가장 잘하는 아르메니아 음식점을 찾아내는 재능을 가졌다. 사이먼은 아주, 아주 똑똑했다.

---

* 이집트콩을 익혀 으깨서 조미한 것으로 빵에 찍어 먹는다.

백조와 얼음과 별을 소재로 시를 썼지만, 그다지 암시하는 것도 없이 매우 간접적이라서 무슨 말을 하려는 건지 알기는 힘들었다. 하지만 사이먼은 특히 아르메니아 음식점 분야에서는 모르는 게 없는 천재였다. 희미하게 브루클린 억양이 있는 사이먼은 언젠가 말을 더듬으며 메리앤에게 이렇게 말했다. "어떤 사람들은 확실한 감정을 느끼지. 난 안 그래." 그게 전부였다. 백조도, 얼음도, 별도, 아무것도 없었다.

그들은 성관계를 한 번 가졌다. 메리앤은 사이먼에게 있는 무례하고 규정하기 힘든 천재성의 정수를 흡수하고자 노력했다. 그러나 사이먼은 일을 치르고 난 뒤 화장실에 들어가 시를 썼다. 메리앤은 전前 백조가 된 기분으로 침대에 누워 있었다. 물론 사람들을 바꾸려는 것은 옳지 않지만, 사람들을 가지고 달리 할 게 무엇이 있을까?

패트릭은 융단 폭격에 가까운 개혁의 열의를 자극했다. 그 째진 눈과 삐죽거리는 입술, 한쪽 눈썹을 추켜올리는 오만한 태도, 거의 태아처럼 구부정한 자세, 자기 파괴적인 그 멍청한 인생의 멜로드라마—이 가운데 기분 좋게 버릴 수 없을 게 뭐가 있을까? 하지만 썩은 것을 다 버리고 나면 무엇이 남을까, 하는 의문이 들었다. 그것은 반죽 없는 빵을 상상하려는 것과 같았다.

패트릭은 또 군침을 흘리고 있다. 초록색 벨벳 드레스가 크게 성공적인 게 분명했다. 메리앤은 데비를 생각하자 화가 났다.

데비는 이 비열한 놈에 대한 애정으로 피폐하고 제정신이 아니었다(메리앤은 처음에 패트릭을 '일시적 일탈의 대상'이라고 부르는 실수를 저질렀지만, 데비는 이제 그게 사실이길 바라기 때문에 메리앤을 용서했다). 그리고 앞으로 있을지 모를 배신으로 보상받을 것을 생각하니 또 화가 났다. 패트릭에게 그 배신은 마약을 향한 한없는 욕구처럼 광범한 것임이 분명했다.

무언가 하기 싫은 것을 할 때의 문제는 차라리 그 시간에 했으면 좋을 일들을 의식하게 된다는 것이다. 오후 첫 영화 상영을 보러 가도 바로 지금처럼 긴급한 느낌은 들지 않았다. 찍어야 할 사진들, 암실의 부름, 써야 할 감사의 편지가 주는 쑤시는 듯한 불편함, 그런 것들은 조금 전까지만 해도 불안감을 주지 않았는데, 이제 한꺼번에 밀려와 패트릭과의 대화에 한층 더 필사적인 느낌을 주었다.

남자들을 버리는 것이 일상이 된 메리앤은 (특히 오늘 밤은) 상대방에게 자기가 충족시켜 줄 수 없는 감정을 불러일으키고 싶지 않았다. 물론 마음 한구석 **아주 작은** 부분은 그들을 구해 주고 싶었다, 아니 적어도 그렇게 애를 쓰는 짓을 그만두게 해 주고 싶었다.

패트릭은 대화가 잘되고 있지 않다는 것을 인정해야 했다. 부두에 정박하려고 던진 줄은 모두 도로 미끄러져 더러운 물에 철퍼덕 빠졌다. 메리앤은 등을 돌리고 있는 것이나 마찬가지였지만, 사실 돌린 등보다 더 패트릭을 자극하는 것은 없었다. 패트릭은 상상할 수 있는 모든 진부한 말로 위장한 무언의 호소를 할 때마다 더욱 자기가 의미하는 것을 말하는 경험이 얼마나 부족한지 의식하게 되었다. 다른 목소리로, 또는 다른 의도를 가지고 말할 수 있다면—가령, 속이기 위해서든 놀리기 위해서든—말이 잘 안 나오는 이 악몽에서 깨어날 수 있을 듯했다.

걸쭉하고 시커멓고 달콤한 커피가 나왔다. 시간이 얼마 남지 않았다. 메리앤은 지금 어떤 상황인지 알지 못하나? 언외의 뜻을 알지도 못하나? 만일 알고 있다면? 그렇다면 어쩌면 패트릭이 괴로워하는 것을 보고 싶어 하는 건지 모른다. 어쩌면 패트릭의 그런 면을 아예 좋아하지 않는 건지도 모른다.

메리앤은 하품을 하더니 피곤을 호소했다. 지금 이 순간의 모든 징후가 좋다, 패트릭은 냉소적인 생각을 품었다. 메리앤은 그것을 하고 싶어 죽을 지경이다, **죽을** 지경이야. '응'은 '응'을 뜻한다, 어쩌면 '응'을 뜻한다, 아마 '응'을 뜻할 것이다. '아니'도 물론 '응'을 뜻한다. 패트릭은 여자들의 속을 훤히 들여다볼 줄 알았다.

메리앤은 길가에서 패트릭에게 잘 가라며 키스했다. 데비에게 안부 전해 달라고 하고 택시를 잡아탔다.

패트릭은 매디슨가를 따라 질풍처럼 앞으로 내달았다. 한쪽 손에는 아버지를 들고 있었다. 간혹 패트릭을 피하지 못한 우둔

한 행인들이 갈색 종이봉투에 부딪쳤다.

패트릭은 61번가에 이르렀을 때, 10분 이상 아버지와 단둘이 있으면서 항문을 침범당하거나, 매 맞거나, 모욕당하지 않은 것은 이번이 처음이라는 것을 깨달았다. 돌아가신 아버지는 지난 14년 동안은 폭행과 모욕을 행사했지만, 그중 마지막 6년은 모욕만을 행세할 수밖에 없는 처지에 처했다.

너무 약해져서 자기 자식을 때릴 수 없는 노년의 비극. 그러니 아버지가 죽은 것도 놀랄 일은 아니었다. 아버지의 무례함마저 말년에 가까워지면서 시들해졌다. 아버지는 모든 반격을 물리치는 수단으로 역겨운 자기 연민의 말투를 차용하지 않을 수 없었다.

"아버지의 문제는 정신 장애가 있다는 거예요." 패트릭은 호텔 도어맨 옆을 휙 스쳐 지나갔다.

"불쌍한 아버지한테 그런 말을 하다니!" 패트릭은 가상의 심장병 약통을 흔들어 주름지고 뒤틀린 손바닥에 알약을 꺼내 주며 중얼거렸다.

개자식. 사람이 사람에게 그런 짓을 해서는 안 되지!

아무것도 아니니, 아무 말도 하지 마.

그런 생각은 당장 그만해!

"당장!" 패트릭은 크게 소리 내어 말했다.

죽음과 파괴. 길옆에는 화염 속에 사라지는 건물들. 흘긋 보앉을 때 박살 나는 유리창들. 귀에 들리지는 않지만 경정맥을 파열시키는 비명. 포로 없는 몰살.

"죽음과 파괴." 패트릭은 중얼거렸다. 제기랄! 이제 정말 걱정되었다, 정말 **굉장히 걱정되었다.**

패트릭은 전기톱으로 엘리베이터 운전자의 목을 자르는 상상을 했다. 수치심과 난폭한 감정, 통제할 수 없는 수치심과 난폭한 감정의 물결이 연이어 밀려왔다.

네 머리가 너로 하여금 실족하게 하거든 찍어 내버리라. 그것을 태워서 밟아 뭉개 재로 만들라. 포로 없는 몰살, 동정은 금물이다. 탬벌레인의 검은 천막.* 내가 좋아하는 색! 아주 멋진 색이다.

"몇 층에 가십니까, 손님?"

뭘 빤히 봐, 이 얼간아!

"39층"

응급조치. 지나치게 연상적임. 지나치게 촉진되었음. 진정제 투여. 메스. 패트릭은 손을 홱 내밀었다. 물론 마취부터 할 거죠, 의사 선생님?

물론. 이의 없는 사람이 쓰는 부사副詞. 메스 먼저, 마취는 나중에. 사망 의학박사의 방식. 이치가 그렇잖아.

★   '탬벌레인의 검은 천막'은 영국 극작가 크리스토퍼 말로(1564~1593)의 희곡 『탬벌레인 대왕』에서 '죽음'과 '어둠'을 상징한다.

이렇게 높은 39층 방을 준 건 누구의 생각이지? 무슨 생각으로 그랬을까? 나를 미치게 하려고? 소파 밑에 숨자. 소파 밑에 숨어야 해.

그 밑에 들어가면 아무도 나를 찾을 수 없다. 아무도 그 밑에 있는 나를 찾지 못하면 어쩌지? 찾으면 어쩌지?

패트릭은 방에 뛰어 들어가 갈색 종이봉투를 떨어뜨리고 바닥에 몸을 던졌다. 그리고 몸을 굴려 소파로 가서 바닥에 등을 대고 누워 소파 가장자리 턱밑으로 몸을 욱여넣으려 했다.

무슨 짓을 하고 있는 거지? 미쳐 가고 있다. 더 이상 소파 밑에 들어갈 수 없잖아. 이제 너무 커. 키도 188이고. 더 이상 어린 아이가 아니잖아.

우라질. 패트릭은 소파를 쳐들고 천천히 그 밑으로 들어가 소파를 도로 내렸다. 소파 밑이 가슴에 닿았다.

패트릭은 외투와 안대를 벗지도 않은 채 그렇게 누워 있었다. 소파는 턱 아래까지 패트릭을 덮어 가렸다. 그것은 더 작은 사람을 위해 만든 관 같았다.

사망 의학박사 : "이건 우리가 피할 수 있기를 바랐던 바로 그런 증상의 발현이군. 메스. 마취." 패트릭은 손을 홱 내밀었다.

또 그거야! 빨리, 빨리, 뿅 주사. 스피드 캡슐이 배 속에서 더 많이 녹고 있는 게 틀림없다. 모든 것에는 이유가 있다.

"세상에 너를 무료로 받지 않을 정신병원은 없어." 패트릭은 다정하지만 정직하지 않은 수간호사의 목소리로 말하면서 몸을 비틀어 소파 밑에서 나와 천천히 무릎을 꿇고 한숨을 쉬었다.

패트릭은 온통 솜털이 묻고 구겨진 외투를 벗고, 유해 상자가 있는 데로 엉금엉금 기어갔다. 그게 달려들기라도 할 듯 경계를 늦추지 않았다.

어떻게 하면 상자 속에 들어갈 수 있을까? 상자 속에 들어가서, 재를 꺼내 가지고 변기에 모두 털어 넣자. 아버지에게 뉴욕 하수도의 알비노 야생 동물과 엄청난 오물 속보다 더 좋은 안식처가 어디 있겠는가?

모서리가 둥근 삼나무 상자를 열 수 있는 틈이나 나사가 있는지 살펴보았다. 그러나 이음매 없는 아랫부분에 테이프로 붙인 작은 비닐봉지에 얇은 금색 명판을 발견했을 뿐이다.

패트릭은 분노와 불만에 휩싸여 벌떡 일어나 상자 위에 뛰어올라 쿵쿵 내리찧었다. 생각보다 더 튼튼한 나무로 만들어져서 그렇게 맹렬히 공격해도 삐걱거림도 없이 멀쩡했다. 룸서비스에 전기톱을 주문할 수 있을까? 패트릭은 메뉴에 그런 것이 없음을 기억했다.

길에 떨어져 부서지게 창밖으로 던질까? 그래 봤자 아마 누군가 그것에 맞아 죽을 뿐 상자는 흠 없이 멀쩡할지도 모른다.

마지막으로 패트릭은 그 난공불락의 작은 관을 걸어찼다. 그것은 방 저쪽에 있는 철제 쓰레기통에 가서 속이 빈 금속성 소리를 내고 멈추었다.

패트릭은 기막히게 민첩하고 능률적인 동작으로 헤로인 주사를 준비해 팔뚝에 놓았다. 눈이 짤까닥 감겼다. 그리고 반쯤 뜨자 그 눈은 생기가 없이 차분했다.

항상 이 가운데 머물러 있을 수 있다면 얼마나 좋을까, 첫 주사를 맞았을 때의 이 평온 가운데. 하지만 이 향락적인 카리브 해의 평온 가운데조차 부러진 나무와 벗겨진 지붕이 너무 많아서 느긋이 쉴 수 없었다. 이겨야 할 논쟁이나 싸워 물리쳐야 할 기분이 항상 따라다녔다. 패트릭은 상자를 흘긋 보았다. 모든 걸 관찰해. 항상 스스로 생각해. 너를 위한 중요한 결정을 남이 내리게 하지 마라.

패트릭은 게으르게 가려운 데를 긁었다. 그래, 그래도 최소한 그는 별로 개의치 않았다.

13

패트릭은 잠을 청했지만, 다 헤져 너덜너덜한 스피드가 아직도 의식 속을 질질 끌며 돌아다녔다. 패트릭은 강박적으로 눈을 비볐다. 눈을 깜박일 때마다 안구가 근질거리는 데 모든 주의를 기울였다. 약국에서 산 연고는 물론 전혀 쓸모가 없었다. 그런데도 눈에 듬뿍 짜 넣었다. 그러자 기름 낀 카메라 렌즈처럼 시야가 흐려졌다. 안대 때문에 이마를 가로질러 대각선으로 자국이 생겼다. 똑같이 필사적으로 짜증스럽게 그 자국을 긁을 때만 비로소 눈을 비비던 손을 뗐다. 눈을 긁어서 뽑아 버리고 싶었다. 잠을 이루지 못한 데서 분출한 이 끔찍한 가려움을 끝내기 위해 얼굴 껍질을 벗기고 싶었다. 하지만 그것은 더 근본적인 불편함의 영향—처음으로 찬 기저귀에 든 가려움증을 유발하는 가루,

병원의 아기 침대 주위에서 낄낄거리는 얼굴들―이 표면적으로 드러나는 현상일 뿐임을 패트릭은 잘 알고 있었다.

침대에서 몸을 돌려 일어나면서 넥타이를 잡아당겨 느슨하게 했다. 방이 숨 막히게 더웠지만, 에어컨이 주는 고기 냉장고 같은 차가움은 정말 싫었다. 나를 무엇으로 알고? 갈고리에 걸린 날고기? 시체 보관소의 시체? 묻지 않는 게 좋겠다.

이제 마약을 점검해야 했다. 병력을 검열해서 하룻밤을 보내고 이튿날 아침 9시 30분 비행기를 탈 가망이 있는지 확인해야 했다.

패트릭은 외투 주머니에서 헤로인과 알약을, 여행 가방의 봉투에서 코카인을 꺼내 가지고 책상 앞에 앉았다. 코카인 7그램 중에서 1.5그램 정도 남았다. 헤로인은 5분의 1그램, 퀘일루드는 한 알, 블랙 뷰티도 한 알 남았다. 잠을 자지 않고 코카인 주사에 몸을 맡긴다면, 고작 두세 시간을 때울 분량이었다. 현재 시간 11시였다. 모범적 자제력을 발휘한다 해도―그게 뭔지 모르지만―한밤중에 약 기운이 떨어졌을 때의 괴로움과 맞닥뜨리게 될 것이다. 헤로인은 아슬아슬하지만 충분했다. 저녁 식사 후에 한 번 주사했기 때문에 아직은 괜찮았다. 새벽 3시에 한 번 더, 그리고 비행기에 오르기 직전에 한 번 더 놓으면 조니 홀에게 갈 때까지는 버틸 수 있을 것 같았다. 한편, 코카인을 더 많이 하면, 심장 마비와 광기의 위험을 통제하기 위해 뽕을 더 해야 할 것이다. 따라서 코카인을 더 구하는 건 피하는 게 좋을 것이다. 안 그러면 약에 취해 정신이 없어서 세관을 통과할 때 문제가 될 것이다.

그렇다면 남은 코카인을 반으로 나누어 지금 절반을 주사하고 나머지는 나이트클럽이나 바에 갔다가 호텔에 돌아와서 마저 주사하는 게 현명할 것이다. 새벽 3시까지 밖에서 시간을 보내고 호텔로 돌아오기 전에 암페타민을 복용하면, 그 스피드의 힘이 두 번째 맞을 코카인 주사의 약 기운이 떨어질 무렵의 괴로움을 완화시켜 줄 것이다. 블랙 뷰티는 약효가 약 열다섯 시간 간다. 어쩌면 두 번째 날에는 열두 시간으로 줄지 모른다. 그렇다면 뉴욕 시간으로 오후 3시 ―런던 시간으로는 8시 ―정도면 약효가 떨어질 것이다. 그때쯤이면 조니네 집에 도착해서 약을 더 얻을 수 있을 것이다.

아주 좋은 생각이다! 패트릭은 정말이지 다국적 기업이나 참전 군대를 맡아서 이렇게 작전 짜는 기술을 발휘할 창구로 삼음이 마땅하다. 퀘일루드는 아무 데도 매이지 않는 독립적인 약이다. 비행하는 동안의 무료함을 달래거나 머드 클럽에 가서 계집애에게 줘서 침대에 데려가는 데 쓸 수 있을 것이다. 패트릭은 메리앤과의 일로 상처받았다. 형편없는 드라이 마티니를 마신 기분이었다. 여성에게 반격을 가하고 싶었다. 메리앤이 자극한 욕정을 채우고 싶기도 했다.

그러니까 결국 패트릭은 지금 코카인 주사를 놓을 수 있는 것이었다. 옳지, 옳지, 옳지. 축축한 손을 바지에 문질러 닦고, 용액을 준비하기 시작했다. 그 생각에 장이 편해졌다. 남자가 자기를 배신하는 여자에게 부여하는 모든 갈망이 그를 엄습했다. 그 배신은 정절로는 이루지 못할 정도로 남자의 갈망을 심화하고 그를 노예로 만든다. 또한 손에 든 꽃이 시드는 것을 보며 여자를 기다릴 때의 조급함과 절망이 그를 엄습했다. 그것은 사랑이었다, 그것을 표현할 적절한 말은 달리 없었다.

칼을 들고 소를 죽일 각도를 찾지 못하는 미숙한 투우사처럼, 패트릭은 혈관을 겨냥해 바늘을 찔렀지만 주사기 안에 피가 보이지 않았다. 마음을 진정시키려 애쓰며 심호흡을 하고, 다시 팔뚝에 바늘을 찔렀다. 그리고 혈관을 관통하지 않고 찌르기만 할 각도를 찾아서 주사기를 시계 방향으로 천천히 돌렸다. 그러면서 엄지손가락으로 피스톤을 위로 약간 올렸다.

마침내 가는 핏줄기가 주사기 안으로 질주해 빙글 원을 그렸다. 패트릭은 주사기가 움직이지 않게 단단히 잡고 피스톤을 내리눌렀다. 내려가는 느낌이 뻑뻑하자 패트릭은 얼른 피스톤을 도로 뺐다. 팔뚝에 날카로운 통증을 느꼈다. 혈관을 놓쳤다! 우라질 혈관을 놓쳤다. 바늘 끝이 근육에 박혀 있었다. 약 20초만 있으면 주사기 안에 흘러든 피가 엉긴다. 그런 용액을 주사하면 엉긴 피로 심장이 멎을 것이다. 하지만 그대로 주입하지 않고 주사기를 빼면 그 약은 못 쓰게 될 것이다. 방이 덥기 때문에 헤로인 용액에 섞어 기적적으로 다시 피를 용해시킬 수 있을 테지만, 그러면 코카인을 망칠 것이다. 좌절감이 엄습하자 거의 울 지경이 되어 바늘을 더 깊이 찌를지 도로 뽑아야 할지 헷갈렸다. 도박을 하기로 하고, 주사기 바늘을 약간만 후퇴시키면서 비스듬히 뉘었다. 더 많은 피가 주사기 안으로 흘러들었다. 그것을 신호로 광란에 가까운 감사한 마음과 함께 피스톤을 있는 힘껏 내리눌렀다. 그렇게 빨리 약을 주사하는 것은 미친 짓이었지만, 피가 엉기는 위험을 감수할 수는 없었다. 주사기에 아직 남은 코카인이 있는지 보려고 피스톤을 다시 약간 뽑아 보려 했지만, 피스톤이 뻑뻑해서 잘 뽑히지 않는다 싶은 순간, 바늘이 혈관에서 다시 빠져 나왔다는 것을 깨달았다.

패트릭은 얼른 주사기를 뺐다. 불규칙한 맑은 정신의 폭주와 씨름하며 피가 마르기 전에 주사기에 물을 채우려 했다. 손을 너무 떨어서 주사기가 유리잔 옆에 부딪쳐 쨀랑 소리를 냈다. 이크! 다행히 주사기는 튼튼했다. 주사기에 물을 빨아들였지만, 헹궈 내기에는 약 기운에 너무 취해, 그것을 그대로 내려놓았다.

주먹이 턱 아래 닿은 상태로 팔을 끌어안고 의자에 걸터앉아 앞뒤로 흔들거리며 통증을 쫓으려 했다. 바늘을 제대로 찌르지 못할 때마다 따르는 은밀한 침해의 느낌을 떨칠 수 없었다. 패트릭이 찌른 가는 바늘은 거듭거듭 혈관의 벽을 뚫고 정신의 만족을 위해 몸을 고문했다.

코카인이 늑대 떼처럼 패트릭의 전신을 약탈하며 공포와 파괴감을 퍼뜨렸다. 약 기운이 퍼질 때의 짧은 도취감마저 엉긴 피를 혈관에 주사했을지 모른다는 두려움에 빛을 잃었다. 다음번에는 아직 혈관을 분명히 볼 수 있는 손등에 주사해야겠다고 생각했다. 그 거친 피부를 뚫고 작고 섬세한 뼈의 주위를 탐사할 때의 그 비난하는 듯한 아픔은 보이지 않는 혈관을 놓쳤을 때의 공포보다는 덜 무시무시했다. 패트릭은 최소한 사타구니는 찌르지 않았다. 잘 잡히지 않는 혈관들 사이를 이리저리 찌르다 실패할 때는 정맥 주사로 마약을 하는 방식에 의문을 품지 않을 수 없다.

혈관을 잡지 못하거나 약을 과다 투여하고, 가벼운 심장 마비나 실신과 같은 일을 겪고 나면, 사실 마약과는 별개로 정맥 주사의 잔인한 중독성 때문에 바늘을 구부려서 주사기를 하수구에 버리고 싶었다. 패트릭은 정맥 주사 중독과의 싸움에서 항상 패하고 새 주사기를 찾아다니는 따분한 과정을 되풀이하거나, 쓰레기 봉지를 뒤져 젖은 크리넥스 티슈나 끈적끈적한 요구르트 통이나 흐느적거리는 감자 껍질 아래서 쓰던 걸 찾아내는 면목 없는 짓을 했다. 이번에도 또 그럴 것이 뻔하기 때문에 패트릭은 주사기를 바로 파기하지 않았다.

이 주사 열병은 심리적으로 살아 있기라도 한 듯했다. 몸을 노예로 만들어 정신을 해방시키려 할 때, 동시에 가해자면서 피해자, 주체면서 객체, 과학자면서 실험 대상이 되는 것보다 더 좋은 방법이 어디 있을까? 정맥 주사를 포용하는 것, 한쪽 팔로 다른 팔에 바늘을 꽂는 것, 고통을 쾌감에 복무하게 하는 것, 그리고 반대로 쾌감을 고통에 강제로 복무하게 하는 것보다 더 자기 분할을 잘 나타내는 형식이 달리 무엇이 있을까?

위스키를 주사한 적도 있다. 단순히 주사 열병을 충족시키기 위해 위스키를 주사하고 혈관이 달아올라 검게 변하는 것을 본 적이 있다. 긴급한 욕구를 채우기에는 수돗물이 너무 멀게 느껴져 페리에 탄산수에 코카인을 탄 적도 있다. 뇌는 라이스 크리스피 같았고―탁! 치직! 펑!―심장 판막이 불안감을 줄 정도로 비등하는 느낌이었다. 30시간 동안 기절했다 깨어나 보니 뽕이 아직 절반 정도 남은 주사기가 팔뚝에 꽂혀 달랑거리고 있었던 적도 있다. 그런데도 패트릭은 곧바로 그 냉담한 몰살 의지를 가지고 자기를 거의 죽음에 이르게 했던 의식을 다시 시작했다.

패트릭은 메리앤을 수중에 넣지 못하자 대화보다는 주사기가 더 좋은 중재가 되지 않았을까 생각하지 않을 수 없었다. 그리고 나타샤가 한 말을 생각하고 감상적인 기분이 되었다. 나타샤는 목쉰 소리로 이렇게 속삭였었다. "자기는 정말 잘해, 항상 단번에 혈관을 찌르니 말이야." 그리고 의자 가장자리에 걸쳐져 달랑거리는 파리한 팔뚝에서 검은 피가 한 줄기 흘러내렸다.

패트릭은 첫 만남에서 나타샤에게 정맥 주사를 놓아 주었다.

그녀는 무릎을 올리고 소파에 앉아, 패트릭을 믿고 팔뚝을 내밀었다. 패트릭은 바닥에 앉아서 주사를 놓았다. 나타샤의 다리가 벌어지고 검정 실크 바지의 큰 주름에 불빛이 비쳤다. 나타샤는 뒤로 늘어지면서 눈을 감고 얼굴에 홍조를 띠고, 한숨을 쉬며 말했다. "너무 큰…… 쾌감이야…… 너무 큰." 그러자 패트릭은 애틋한 마음에 휩싸였었다.

이 자비로운 폭력에 비하면 섹스란 얼마나 하찮은가? 오직 이 폭력만이 양심과 허영의 몰래 카메라가 억제하는 세상을 강제로 열어 보일 수 있다.

그런 뒤, 그들의 관계는 주사에서 성교로, 눈부신 인식에서 대화로 쇠퇴했다. 패트릭은 몽환경에서 벗어나 의자에서 일어나며 주위의 단단해 보이는 사물들을 보고 얼떨떨했다. 그래도 어딘가에는 술과 쿼일루드에 기꺼이 몸을 줄 여자가 있을 것이라고 패트릭은 생각했다. 그리고 머드 클럽에서 그 탐색을 시작할 생각이었다. 간단히 한 번 더 주사를 놓은 다음에.

한 시간 뒤, 패트릭은 어렵게 겨우 호텔에서 나왔다. 택시가 번화가를 향해 요란하게 달렸다. 패트릭은 뒷좌석에 팔다리를 펼치고 죽 늘어져 있었다. 연필 같은 강철 건조물들, 금속으로 된 부채꼴 모양의 지붕들, 수정 같은 고층 빌딩들은 얼굴에 끔찍하게 얽은 자국이 있는 프리마돈나의 소프라노 노래처럼 터져 나오는 듯했는데, 이제는 어둠에 감싸여 약해져 있었다. 아무것도 모르고 스쳐 지나가는 사무실 건물의 십자말 풀이 칸 같은 창문들 중에는 불이 켜진 것도 있고 꺼진 것도 있었다. 세로로 불 켜진 창문 두 칸—'no'라고 간주하고—가로로 다섯 칸. 'o'로 시작하는 다섯 글자로 된 단어. Oran…… one…… order. 그러면 order로 간주한다. No order. 그 건물은 뒤창으로 사라졌다. 이 놀이를 하는 사람이 또 있을까? 자유인의 땅, 용감한 자들의 집. 이곳에서 사람들은 무엇이든 다른 사람이 해야만 따라서 했다. 이것은 전에 이미 한 생각인가? 전에 이미 한 말인가?

늘 그렇듯이 머드 클럽 앞에는 많은 사람들이 줄 서 있었다. 패트릭은 줄 앞으로 갔다. 빨간색 밧줄을 치고 서서 누구를 들여보낼지 결정하는 흑인 둘과 수염을 기른 뚱뚱한 백인이 있었다. 패트릭은 지치고 느릿한 말투로 문지기들에게 인사말을 건넸다. 그들은 항상 그를 들여보냈다. 어쩌면 패트릭이 그것을 당연하게 생각했기 때문일 것이다. 아니면 들여보내든 말든 사실 개의치 않았기 때문일 것이다. 아니면 물론 술을 많이 시킬 것 같은 부자로 보였기 때문일 것이다.

패트릭은 아래층의 작은 무대에서 요란하게 쾅쾅 울리는 생음악을 피해 곧장 위층으로 올라갔다. 위층에서는 잘 알려진 극적인 사건들의 영상이 연속적으로 비치는 가운데 녹음된 음악이 흘러나왔다. 꽃들이 개화하는 것을 저속으로 촬영한 영상, 뉘

른베르크에서 연단에 주먹을 내리치고 찬동의 희열 속에 스스로를 포옹하는 히틀러의 영상, 인간이 비행을 시도하던 초기에 충돌하고 분해되어 다리에서 추락하는 영상이 비치는 여남은 대의 텔레비전 화면이 어두운 실내의 모든 각도에서 보였다. 패트릭이 그리로 들어가려는데, 흰 머리에 얼굴이 샐쭉하고 보랏빛 콘택트렌즈를 낀 날씬한 여자가 나와서 패트릭 옆을 지나 아래층으로 내려갔다. 아래위로 검은색 옷을 입고 백색 화장을 한 그 여자는 불만이 가득한 얼굴이었지만 균형 잡힌 용모였다. 마약쟁이 같아 보였다. 심지어 가느다란 팔 이두박근에는 지혈대처럼 검은색 실크 띠가 감겨 있었다. 패트릭은 여자의 뒷모습을 가만히 바라보았다. 그 여자는 클럽을 나가는 게 아니었다. 다른 방으로 가는 것뿐이었다. 패트릭은 나중에 마음을 떠볼 생각이었다.

토킹 헤즈의 음악이 모든 스피커에서 고동쳤다. "중심이 사라졌다." 데이비드 번이 헐떡거리며 노래했다. 패트릭은 그 노랫말에 동의하지 않을 수 없었다. 저들이 어떻게 내 느낌을 정확히 알고 있을까? 섬뜩했다.

아프리카의 수풀을 헤치고 영양을 쫓는 치타의 영상이 모든 화면에 동시에 비쳤다. 패트릭은 빙빙 도는 방의 원심력에 뒤로 밀리기라도 한 듯이 벽에 등을 기댔다. 허약하고 탈진한 느낌이 계속 몰려들었다. 몸의 실제 상태가 마약의 보호를 뚫은 것이다.

마지막으로 취한 코카인의 약 기운이 호텔에서 그곳까지 오는 동안 점차 약해진 것이다. 예정했던 시간보다 빨리 블랙 뷰티를 복용해야 할지도 모른다.

영양이 자욱한 먼지 속에 잡혀 쓰러졌다. 치타가 목을 물자 잠시 영양의 다리가 경련했다. 처음엔 그 장면이 모든 화면에서 조각 나 흩어지는가 싶더니, 촬영 거리가 가까워지고 죽은 영양이 확대되면서 모든 화면에 퍼져 강렬함을 더했다. 그 방은 여전히 패트릭을 뒤로 밀어붙이는 것 같았다. 마치 사회적 접촉의 동반자인 거절과 배제가 물리력으로 바뀌기라도 한 듯이. 뽕의 쾌감이 주는 놀라운 만족감에 휩싸이면 패트릭은 우주가 적대적이라기보다 무심하다고 믿을 때가 있었다. 하지만 그런 감동적인 믿음은 배반당하기 마련이다. 벽에 손바닥을 대고 기댄 지금 그런 믿음은 특히 더 희박한 것으로 생각되었다.

물론 패트릭은 아직 스스로를 3인칭으로, 책이나 영화의 등장인물로 생각했지만, 적어도 그것은 아직 3인칭 단수였다. 오늘밤에는 '그들'—지난밤에 패트릭을 검거했던 그 박테리아 같은 목소리들—이 아직 오지 않았다. 부재의 존재 속에, 존재의 부재 속에, 서로 다를 게 없는 것들. 형편없는 문학 비평을 모방하는 인생. 분열. 탈진과 과열. 여느 때와 다름없는 상황. 여느 때와 다름없는 기묘한 상황.

놀이공원의 회전통을 타는 사람처럼 패트릭은 원심력에 저항해 애써 벽에서 떨어져 나왔다. 가물거리는 텔레비전의 푸른 빛 아래 세련된 손님들이 푹신한 회색 방석이 깔린 벤치에 불편한 자세로 늘어져 있었다. 벤치는 방 가장자리를 따라 빙 둘려 있었다. 패트릭은 경찰관에게 자기는 술에 안 취했다고 믿게 하려는 운전자처럼 조심스럽게 바를 향해 갔다.

"의사가 그러는데 그 친구의 간은 로키 산맥 입체 지도 같대." 바에 기댄, 목이 굵고 익살스러운 한 사내가 말했다.

패트릭은 곧 옆구리가 쑤시는 듯 아파 움찔 놀랐다. 그 따위 암시에 감응하다니 터무니없군. 마음을 진정시키도록 해야 한다. 패트릭은 초연함에 대한 패러디의 일환으로 육식 도마뱀처럼 짧고 단속적으로 눈을 돌려 주위를 둘러보았다.

빨간색과 노란색의 킬트와 군화, 징 박힌 허리띠, 검정 가죽 재킷 차림에 번개 모양의 귀고리를 한 사내가 바에서 가장 가까운 쿠션에 널브러져 있었다. 튜이날*을 너무 많이 복용한 것처럼 보였다. 패트릭은 연마용 분으로 문지르듯 팔을 얼얼하게 하는 튜이날이 주는 쾌감의 흉악한 즉효 작용을 머리에 떠올렸다. 절대적으로 비상시에만 써야 하는 것이었다. 패트릭은 그 청년의 스타일이 유행에 뒤진 것이라고 생각했다. 어쨌든 1976년도 펑크의 여름 이후 6년이 지났지 않았는가. 그해 여름 패트릭

---

* 중독성이 강하고 위험한 진정제의 일종.

은 찌는 듯한 더위 속에 학교 건물 외벽의 비상계단에 나가 앉아 대마초를 피우면서 '화이트 라이엇'*에 대한 뉴스를 듣고, 앞에 보이는 건물 지붕 위로 "파괴하라!"를 목청 높여 외쳤다. 킬트 입은 펑크족 청년 옆에는 뉴저지에서 온 소심한 여비서 둘이 의자 가장자리에 걸터앉아 있었다. 꼭 끼는 바지가 말캉말캉한 뱃살에 파고들었다. 그들은 빨간 립스틱 입술 자국을 필터가 없는 담배 끝에 열심히 전사하듯 묻혔다. 그들에게 접근하면 잘될 것 같았지만, 그들은 메리앤의 냉담한 취급에 대한 위로의 과업에 참여시키기에는 너무 추했다. 그들에게 비스듬히 등을 돌리고 검은 정장 차림의 상품 중개인(아니면 미술상이었을까?)이 있었다. 두개골 뒤 마지막 남은 생산적인 모낭에서 자라난, 성기고 긴 잿빛 머리카락의 커튼으로 대머리 두피를 보정한 어떤 사람과 상품 중개인이 이야기를 나누고 있었다. 그들은 뉴웨이브 청년들을 관찰하고 반항적인 최신 패션의 변화를 발견하기도 하며 젊음의 절망적인 상태에 계속 접속해서 그것을 알고자 하는 듯했다.

그들의 반대편 쪽에는 언제나 인기 있는 허름한 패션으로, 검은 스웨터에 단순한 구제 스커트를 받쳐 입은 예쁜 여자가 티

---

* 1976년 여름, 런던 노팅힐 페스티벌에서 흑인과 경찰이 충돌해 일어난 폭동. 그 이듬해 영국 펑크 록 그룹 더 클래시The Clash가 그 사태에 대한 노래를 만들어 싱글로 발표했다.

셔츠와 청바지 차림의 남자와 손을 잡고 있었다. 그들은 발치에 각각 맥주병을 놓고 텔레비전 화면 하나를 순종적으로 응시했다. 그들 건너편에는 세 사람이 한 무리가 되어 기를 쓰며 떠들고 있었다. 한 사람은 코발트청색 정장에 좁다란 넥타이 차림이었고, 또 한 사람은 빨간색 정장에 역시 좁다란 넥타이를 맸다. 그 두 사람 사이에 있는 여자는 긴 검정 머리에 코는 매부리코이고, 가죽 승마바지를 입었다. 패트릭과는 멀리 떨어져 있는데도 어렴풋이 빛나는 쇠사슬이 보였다.

가망이 없었다, 전혀 가망이 없었다. 그 방에서 그나마 유일하게 조금 예쁜 여자는 다른 남자와 신체적으로 연결되어 있었다. 그들은 말다툼도 벌이지 않았다. 역겨운 정경이었다.

패트릭은 경건하게 성호를 그으며 호주머니를 다시 점검했다. 뽕, 스피드, 현금, 퀘일루드. 피해망상이 좀 있다고 해서 나쁠 건 없다―그런가? 코카인은 신용카드와 함께 호텔에 두고 왔다. 패트릭은 얼음 넣은 버번을 시키고, 블랙 뷰티를 꺼내 처음 한 모금에 목구멍으로 넘겼다. 계획보다 두 시간 앞섰지만 신경 쓸 것 없다. 규칙이란 깨라고 있는 거니까. 그건 다시 말해서 그게 규칙이라면 때론 지켜야 한다는 것을 의미했다. 머릿속으로 아무렇게나 혼란스럽게 지껄이는 소리. 순환론적 생각. 정말 피곤하다.

데이비드 보위가 둑처럼 빽빽하게 쌓인 텔레비전 앞에서 술이 취해 앉아 있는 장면이 클럽의 텔레비전 화면에 깜박이며 들어왔다. 그러더니 오슨 웰스가 찰스 포스터 케인의 플로리다 저택 복도에 있는 거울 앞을 지나가는 유명한 장면으로 대체되었다. 증식의 증식하는 영상들.

"그게 기발하다고 생각하는가 보군." 패트릭이 학생에게 실망한 교사처럼 한숨을 쉬며 말했다.

"뭐라고요?"

패트릭은 돌아섰다. 긴 잿빛 커튼 머리 사내였다.

"그냥 혼잣말하고 있었는데요." 패트릭이 불평하듯 말했다. "화면의 영상들이 공허하고 제멋대로라는 생각을 하고 있었죠."

"어쩌면 공허를 말하기 위한 영상들인지도." 커튼 머리 사내가 엄숙히 말했다. "젊은 사람들이 요즘 깊이 접속해 있는 무엇인지도."

"공허에 접속하다니, 어떻게요?" 패트릭이 물었다.

"그건 그렇고, 내 이름은 앨런. 벡스 두 병." 커튼 머리가 웨이터에게 말했다. "그쪽은?"

"버번."

"아니, 이름 말이야."

"아, 음, 패트릭."

"만나서 반가워." 앨런이 손을 내밀었다. 패트릭은 마지못해 악수했다. "도로에 번쩍이는 전조등이 뭔지 알아?" 앨런은 수수께끼를 내듯 물었다.

패트릭은 어깨를 들썩했다.

"도로에 번쩍이는 전조등이지." 앨런은 감탄스러울 정도로 태연히 대답했다.

"안심이 되는군요." 패트릭이 말했다.

"인생의 모든 건 그 자체가 상징이지."

"난 그게 두려워요. 하지만 다행히도 말은 그걸 전달하기에는 너무 불확실하죠."

"말이 그걸 전달해야 하는데." 앨런은 단언했다. "섹스를 할 때 상대방을 생각해야 하는 것과 같다고나 할까."

"그렇겠네요." 패트릭은 회의적으로 말했다. "말을 다른 상황에 놓는 한은."

"여기에 있는 저 화면들이 다른 방식으로 영상을 보여 주거나, 다른 화면이나 거울, 카메라가 있다면, 우리는 그런 자기 표출을 공허라고 부를 수 있지. 또는 정직이라고 부를 수도 있고."

"하지만 배트맨은요? 그건 텔레비전 매체의 본질과 관련이 없는데요."

"어떤 수준에서는 관련이 있지."

"배트맨의 동굴* 밑 어딘가에서는."

"그렇지." 앨런은 격려하듯 말했다. "배트맨의 근거지 밑 어딘

---

* 배트맨의 동굴, Batcave는 여성의 음부를 암시한다.

가. 많은 젊은이들이 느끼는 게 바로 그거야. 문화적 공허."

"그 말 그대로 믿을게요." 패트릭이 말했다.

"마침 **나는** 아직 언급할 가치가 있는 존재가 있다고 생각하네." 앨런은 벡스 맥주병을 들며 말했다. "휘트먼의 사랑은 돈보다 더 소중하지." 앨런은 밝게 웃었다.

이런 우라질, 패트릭은 생각했다.

"우리랑 합석하겠나?"

"아뇨. 사실 지금 가려던 참이에요. 시차로 너무 피곤해서."

"알았네." 앨런은 동요하지 않았다.

"그럼 이만."

"잘 가게."

패트릭은 진짜로 간다는 것을 믿게 하려고 버번 잔을 비우고 아래층으로 내려가는 계단으로 갔다.

일이 별로 잘되어 가지 않았다. 계집애를 꼬시지도 못했을 뿐 아니라 미친 호모 새끼를 피하기까지 해야 했으니 말이다. "휘트먼의 사랑은 돈보다 더 소중하지"라니, 작업 멘트 꼬락서니하고는! 패트릭은 계단을 내려가며 피식 짧은 웃음을 터뜨렸다. 아래층에서는 적어도 그 보랏빛 눈을 가진 펑크를 찾아낼 수 있을지 모른다. 그 여자를 가져야 했다. 이 나라를 떠나기 전 마지막 몇 시간 동안 운명적으로 패트릭과 같은 침대를 쓸 운 좋은 여자는 바로 그 여자임이 확실했다.

아래층의 분위기는 카펫이 깔린 위층의 바와 많이 달랐다. 무대에는 검정 티셔츠와 찢어진 청바지 차림의 뮤지션들이 쳐 대는 육중한 소리가 장벽을 쌓는 듯했고, 리드 보컬의 목소리는 그 장벽을 오르려 하지만 계속 실패했다. 실내는 아무런 장식이나 현란한 조명이 없이 휑뎅그렁해서 날것의 과장된 느낌만 줄 뿐이었다. 시끄럽고 어두운 가운데서 패트릭은 머리칼을 뾰족하게 세운 파란색과 분홍색의 머리들을 알아보았다. 얼룩말, 표범, 호피 무늬 바지, 꼭 끼는 검정 바지, 코가 뾰족한 구두도 알아보았다. 여러 명의 스트립댄서와 매춘부가 여기저기 벽에 기대어 마약 가루를 들이마셨다. 눈을 감고 고개를 끄덕거리며 혼자 춤추는 사람들, 로봇 춤을 추는 커플들이 있었고, 무대에 더 가까운 곳에는 삼삼오오 무리를 지어 흥청거리며 서로 몸을 부대꼈다.

패트릭은 그 보랏빛 눈을 가진 마약쟁이 여자를 찾으려고 뒤꿈치를 들고 두리번거렸다. 아무리 봐도 없었다. 그렇게 찾는 중에 곧 손수 만든 시폰 원피스에 검정 가죽 재킷을 입은 금발 머리 여자의 뒷모습에 시선이 끌렸다. 패트릭은 그냥 우연히 지나가듯이 가다가 고개를 돌려 금발 여자의 얼굴을 쓱 보았다. "씨팔 장난하나." 패트릭은 격렬히 중얼거리듯 말했다. 그 여자의 얼굴이 깨진 약속이기라도 한 것처럼 화가 나고 배신감이 들었다.

보랏빛 눈을 가진 마약쟁이 여자를 찾다니. 어쩌면 그렇게 불충할 수 있을까? 데비는 언젠가 패트릭과 말다툼하는 중에 "패트릭, 네가 사랑을 알아? 사랑이 뭔지 털끝만큼이나 알아?"라며 소리를 지른 적이 있다. 그 말에 패트릭은 피곤한 듯이 "몇 번에 맞춰야 해?"라고 대답했다.

패트릭은 뒤돌아 좌우를 살피며 반대편으로 가로질러 가서 벽에 기대섰다.

저기 있다! 마치 화형대에 묶인 것처럼 그 여자가 뒷짐을 지고 기둥에 기대서서 호기심 어린 눈으로 뮤지션들을 경배하듯이 올려다보고 있었다. 패트릭은 미친 듯이 정신을 집중해서 자기 가슴과 배의 자기장에 이끌려 그 여자가 미끄러지듯 플로어를 가로질러 오는 모습을 상상했다. 패트릭은 그 여자에게 신경의 그물을 던져 대어를 잡아 올리듯 맹렬히 눈살을 찌푸렸다. 정신의 올가미 밧줄을 던져 기둥과 함께 감아 잡아당기자 그 여자는 결박된 노예처럼 비틀거리며 플로어를 가로질러 왔다. 마침내 패트릭은 눈을 감고 상상의 나래를 폈다. 그리고 플로어를 가로질러 여자에게 욕망을 투사해 목과 젖가슴에 키스를 퍼부었다.

눈을 떠 보니 그 여자는 어디론가 가고 없었다. 정신력 대신 대화를 시도해 볼 것을 그랬다. 패트릭은 주위를 돌아보며 분한 마음이 들었다. 도대체 어디 갔지? 다시 밀려온 스피드의 효력이 패트릭의 무능에 새로워진 힘을 보탰지만 패트릭의 초능력은 작동하지 않았다.

패트릭은 그 여자를 가져야 했다. 그 여자를, 아니면 다른 여자라도 가져야 했다. 피부와 피부, 근육과 근육의 접촉이 필요했다. 무엇보다 삽입이 주는 망각의 순간이 필요했다. 그 순간에는 잠시라도 자신에 대한 생각을 멈출 수 있을 것이다. 단, 너무 자주 그러듯이, 더 나아간 육체 이탈과 더 철저한 은둔 욕구가 성행위의 외양에 의해 촉발되지만 않는다면. 그런 건 신경 쓰지 말자. 섹스가 흔히 있는 우울 외에 다른 사람의 무언의 비난에서 오는 추가적 짜증을 포함하는 추방을 선고한다 해도 그 정복의 순간만큼은 틀림없이 짜릿할 테니까. 그런데 과연 틀림없이 그럴까? 위로할 길 없는 상실을 겪고 위로를 받기 전의 아주 짧은 순간에, 또는 주된 애인과 있다가 곁다리 애인에게 가기 위해 택시를 타고 가다 바깥을 내다볼 때, 우연히 그들이 눈에 띄는 경우 외에, 아름다운 여자들은 항상 누군가와 함께 있었다. 그리고 아름다운 여자를 가졌다 해도 그런 여자는 항상 사람을 기다리고 의심하게 만들었다. 남자가 자기를 생각한다고 확신할 수 있는 시간은 바로 그때뿐이기 때문이다.

분한 마음을 불러일으킨 패트릭은 바를 향해 성큼성큼 걸어갔다.

"잭 다니엘스 온더록스." 패트릭은 바텐더에게 말했다. 그리

233

고 똑바로 서서 왼쪽에 있는 여자를 살펴보았다. 약간 통통하고 가무잡잡하고 예쁠까 말까 했다. 여자는 패트릭을 마주 보고 시선을 피하지 않았다. 좋은 징조였다.

"그 외투, 덥지 않아요? 지금 5월인데." 여자가 물었다.

"무지 덥지." 패트릭은 웃는 둥 마는 둥 대답했다. "하지만 이걸 벗으면 발가벗은 기분이라서."

"일종의 자기 방어 기제지." 여자가 말했다.

"으응." 패트릭은 말소리를 길게 뺐다. 자기의 외투에 대한 미묘한 감정과 통절한 마음을 여자가 충분히 포착하지 못한 듯하다고 생각했다. "이름이 뭐야?" 최대한 무심하게 들리도록 물었다.

"레이첼."

"난 패트릭. 한 잔 살까?" 젠장! 대화하는 누군가를 모방하는 것처럼 들렸다. 모든 것이 위협적이거나 우스운 양상을 띠었기 때문에 관찰자의 위치에서 물러나는 게 한층 더 어려워졌다. 어쩌면 이 여자는 참담하게 단조로운 이 상황을 안심이 되는 의례적인 것으로 느낄지도 모른다.

"좋아. 맥주로 할게. 도스 에퀴스."

"응." 패트릭은 바텐더에게 신호를 보냈다. "그런데, 무슨 일 해?" 패트릭은 평범한 대화를 통해 다른 사람에게 관심을 보이는 체하는 수고를 하며 거의 토 나올 것 같았다.

"갤러리에서 일해."

"그래?" 패트릭은 그것을 대단하게 생각하는 것처럼 들렸기를 바랐다. 패트릭은 자기가 목소리를 제어할 힘을 모두 잃었다는 생각이 들었다.

"응, 하지만 난 사실 내 갤러리를 갖고 싶어."

또 같은 얘기군, 패트릭은 생각했다. 자기가 배우라고 생각하는 웨이터, 자기가 감독이라고 생각하는 배우, 자기가 철학자라고 생각하는 택시 운전사. 현재 모든 조짐이 좋다느니, 거래가 곧 성사될 거라느니, 음반 회사들이 많은 관심을 보이고 있다느니…… 하는 저돌적인 엉터리 몽상가들로 넘쳐 나는 도시. 아, 물론 간혹 힘을 가진 진짜 불쾌한 인간들도 있다.

"다만, 재정 지원이 없을 뿐." 레이첼은 한숨 쉬었다.

"왜 독립해서 갤러리를 차리고 싶어 하지?" 패트릭은 걱정하면서도 권장하는 듯한 투로 물었다.

"신구상주의 미술을 아는지 모르겠는데, 난 앞으로 그게 정말 대세가 될 거라고 생각해. 난 내가 아는 많은 미술가들을 다른 모든 사람들이 외면할 때, 그들의 출세 길을 열어 주고 싶어."

"그들이 그리 오래 외면당할 것 같지는 않네."

"그래서 내가 빨리 행동을 취해야 해."

"신구상주의 작품을 보고 싶군." 패트릭은 진지하게 말했다.

"내가 구경시켜 줄 수 있을 거야." 레이첼은 새로운 눈으로 패트릭을 바라보았다. 이게 레이첼이 기다리던 재정 지원자일까? 외투는 스타일이 이상할지 몰라도 비싸 보였다. 가까이서 늘 감시하지 않을 괴상한 영국인을 후원자로 두는 것도 괜찮을 것 같았다.

"나도 미술품 수집을 좀 하는데." 패트릭은 거짓말했다. "그건 그렇고, 퀘일루드 하나 줄까?"

"사실 난 마약은 안 해." 레이첼이 코를 찡긋하며 말했다.

"나도 안 하는데, 그냥 주머니 속에서 돌아다니는 게 하나 있어서. 오래전에 누가 준 거야."

"약에 취해야만 재미있게 놀 수 있는 건 아니야." 레이첼은 차분하게 말했다.

얘는 그걸 원해, 분명해, 그걸 원해, 패트릭은 생각했다. "맞아. 약은 마법 같은 순간을 망치지─약은 사람들을 비현실적으로 만들어." 패트릭의 심장 박동이 빨라졌다. 이쯤에서 결말짓는 게 좋을 것이다. "내가 있는 호텔에 같이 갈래? 피에르 호텔이야."

피에르 호텔, 레이첼은 생각했다. 모든 조짐이 좋았다. "좋아." 레이첼은 빙긋 웃었다.

14

세인트 크리스토퍼 택시 회사 면허증 옆의 시계가 2시 30분
을 가리켰다. 그것은 앞으로 다섯 시간이 있다는 것을 의미했다.
그 정도면 충분하고도 남았다. 레이첼과 평생 할 대화를 다 하
고도 남을 많은 시간이었다. 패트릭은 레이첼에게 희미한 미소
를 지어 보였다. 레이첼과 무슨 말을 할 수 있을까? 아버지가 돌
아가셨다는 말? 자기는 마약 중독자라는 말? 앞으로 다섯 시간
이면 공항에 가야 한다는 말? 영국에 있는 애인은 사실 개의치
않을 거라는 말? 레이첼에 관해서는 정말 아무것도 더 물어보고
싶지 않았다. 레이첼에게서 니카라과에 대한 견해도 듣고 싶지
않았다.

"배가 좀 고픈데." 레이첼이 거북해하며 말했다.

"배고프다고?"

"응, 갑자기 칠리가 먹고 싶어."

"그렇다면, 룸서비스로 시킬 수 있을 거야." 패트릭은 피에르 호텔 룸서비스의 야간 메뉴에 칠리가 없다는 것을 아주 잘 알고 있었다. 만일 그게 있었더라면 못마땅하게 생각했을 것이다.

"세상에서 칠리를 제일 잘하는 식당이 있는데, 난 거기 **너무** 가고 싶어." 레이첼이 열의를 가지고 바로 앉으며 말했다.

"좋아. 주소가 뭐야?" 패트릭은 참을성 있게 말했다.

"11번가와 38번가 교차점."

"미안하지만, 우리 목적지가 바뀌었는데요. 11번가와 38번가 교차점으로 가 주세요." 패트릭이 운전사에게 말했다.

"11번가와 38번가 교차점이라고요?" 운전사가 반복해 물었다.

"네!"

골이 진 은판을 댄 트레일러에 **유명한 칠리와 타코**라는 붉은색 네온이 붙은 식당이었다. 레이첼이 사족을 못 쓰는 유혹적 메뉴였다. 초록색 고추 모양의 귀여운 네온이 노란색 솜브레로 모자 옆에서 반짝였다.

커다란 타원형 접시에 담긴 요리가 나왔다. 칠리 맛의 다진 고기, 리프라이드 콩, 과카몰레, 사워크림에 밝은 주황색 체더치즈가 얹혔고 얼룩덜룩한 갈색 토르티야가 곁들여졌다. 패트릭은 코를 톡 쏘는 매운 음식 더미에 엷고 파란 연기의 장막을 치고자 담배를 피워 물었다. 풍미 없는 커피를 한 모금 더 마시고, 음식에서 최대한 멀리 떨어져 빨간색의 긴 플라스틱 의자에 등을 기댔다. 패트릭이 아래를 채워 주기 전에 그렇게 배를 채우는 것을 보니 레이첼은 신경과민성 과식자임이 분명했다. 아니, 어쩌면 아주 설득력 있게, 소화기에 문제를 초래해서 치즈와 칠리의 혹독한 악취가 밴 입 냄새로 패트릭의 성욕을 잃게 하려는 것인지도 모른다.

"음! 난 이걸 굉장히 좋아해." 레이첼은 감상하듯 말했다.

패트릭은 한쪽 눈썹을 추켜올렸지만 아무런 말도 하지 않았다.

레이첼은 토르티야에 칠리를 담고, 그 위에 과카몰레를 바른 다음, 포크 등으로 사워크림을 얹어 탁탁 쳤다. 마지막으로 체더 치즈를 손가락으로 집어 그 위에 뿌렸다.

그리고 입으로 가져가 한입 베어 물 때 토르티야가 홱 펼쳐지면서 칠리가 턱에 쏟아졌다. 레이첼은 킥킥 웃으며 집게손가락으로 턱에 묻은 칠리를 쓸어 올려 입에 넣었다.

"아주 맛있네."

"역겨워 보이는데." 패트릭은 뚱했다.

"좀 먹어 봐."

레이첼은 접시 위로 몸을 굽히고, 붕괴하는 토르티야를 물어뜯을 교묘한 각도를 발견했다. 패트릭은 눈을 비볐다. 다시 미치도록 근질근질했다. 창밖을 내다보았지만 시선은 유리창에 비친 실내에 빠져들었다. 카운터를 따라 도열한 빨간 튤립 색의 높고 둥근 의자, 주방으로 통하는 반쪽짜리 문, 커피 잔을 앞에 놓고 구부정하게 앉은 노인, 그리고 물론 여물통에 코를 처박은 돼지 같은 레이첼이 반사되어 보였다. 화가가 누구인지 기억이 안 나는 유명한 그림이 떠올랐다. 소진되고 있는 기억. 모든 것을 잊어버리는 공포. 후퍼…… 호퍼. 그렇지. 늙은 사람의 활력.

"다 먹었어?" 패트릭이 물었다.

"여기 바나나 스플릿이 아주 맛있는데." 레이첼은 마지막 남은 칠리를 한입 가득 물고 뻔뻔스럽게 말했다.

"아니 뭐, 아예 허리끈을 풀지 그래. 하나면 되겠어?" 패트릭이 말했다.

"나만 먹어?"

"응, 난 안 먹어." 패트릭은 거만하게 말했다.

곧 기다란 유리 접시에 담긴 바나나 스플릿이 나왔다. 바나나를 길게 가른 틈에 초콜릿, 바닐라, 딸기 아이스크림을 넣고, 그 위에 물결치듯 생크림을 치고, 분홍색과 초록색 캔디로 장식한 것이었다. 가운데에는 마라스키노 체리가 어릿광대의 단추처럼 일렬로 얹혀 있었다.

패트릭은 레이첼이 밝은색의 크림 더미 속에서 바나나를 조금씩 파내 먹는 모습을 지켜보며 무의식적으로 한쪽 다리를 달달 떨었다.

"난 유제품이 들어가는 건 안 먹는데 가끔 이렇게 폭식해."

"안 그래도 그렇게 보여." 패트릭이 퉁명스럽게 말했다.

혐오하고 경멸하는 마음이 패트릭을 압도했다. 이 여자는 완전히 통제 불능이었다. 이에 비하면 마약은 최소한 광고하기에 적합하기라도 하지. 죽음을 똑바로 노려보며 어둠의 심장 콩고의 깊숙한 곳을 탐험하고, 상처와 영광의 잊지 못할 무엇을 인식하고 돌아오는 그런 위태로운 삶, 콜리지, 보들레르, 리어리*……. 설령 마약을 조금이라도 심각하게 받아들여 온 사람들에게 그런 광고는 지독한 허위로 보일지 몰라도, 섭식 장애에는 영웅적인 무엇이 있다고 상상조차 할 수 없다. 그런데 레이첼의 강박적 식탐과 터무니없는 부정직에는 어딘가 패트릭의 마음을 불안하게 만드는 낯익은 데가 있었다.

"이제 갈까?" 패트릭은 톡 쏘듯 말했다.

"응, 그래." 레이첼은 쭈뼛쭈뼛했다.

패트릭은 계산서를 달라고 하고, 그것을 받기도 전에 식탁에 20달러짜리 지폐를 놓고 자리에서 일어서 나왔다. 또 빌어먹을 택시를 타야 하는구나, 패트릭은 생각했다.

---

* Timothy Leary(1920~1996). 환각제 실험으로 잘 알려진 미국의 심리학자.

"나, 속이 좀 메스꺼워." 레이첼이 호텔 엘리베이터를 타고 올라가는 중에 하소연했다.

"그럴 줄 알았지." 패트릭은 엄한 목소리로 말했다. "난 보기만 했는데도 이렇게 메스꺼운데."

"어! 아주 적대적이셔."

"미안. 굉장히 피곤해서." 이제 와서 여자를 놓칠 수는 없었다.

"나도."

패트릭은 문을 열고 불을 켰다.

"미안, 어질러져 있어서."

"내 아파트를 못 봐서 그래."

"한번 가 봐야겠네. 신구상주의 미술도 보고."

"당연하지. 화장실 써도 돼?"

"물론."

화장실 문이 잠기는 소리가 들리자 패트릭은 지금 응급 주사약을 섞는 게 좋겠다고 생각했다. 여행 가방에서 코카인을 찾은 다음 왼쪽 안주머니에서 뽕을 꺼냈다. 맨 아래 서랍에서 스푼을 꺼내고 물이 반쯤 남은 에비앙 병도 꺼냈다. 그럴 필요가 없는데도 조심스럽게 커튼 뒤에 숨겨 둔 것이었다. 앞으로 별로 많은 기회가 없을 테니까 여러 번 맞을 주사를 최소화해서 강력한 스피드볼 한 방으로 끝내는 게 좋을 듯했다. 패트릭은 뽕과 코카인을 물에 섞어 녹여서 주사기에 담았다.

패트릭은 준비되었다. 레이첼이 나오려면 얼마나 더 있어야 할까? 삐걱거리는 계단의 발소리에 귀를 기울이듯 바짝 귀를 세우고 화장실에서 흘러나오는 소리에 집중했다. 토하는 소리가 둔탁하게 들리더니 곧 캑캑거리는 기침 소리가 들려오자 주사를 놓을 시간이 있을 것 같았다.

패트릭은 도박하지 않겠다는 심정으로 손등의 굵은 혈관에 바늘을 꽂았다. 코카인 냄새가 엄습했다. 그러자 곧 신경이 피아노 줄처럼 당겨지는 느낌이 왔다. 헤로인이 그 뒤를 쫓아 피아노의 펠트 해머로 보슬비처럼 부드럽게 등뼈를 따라 두드리며 올라가 두개골을 울렸다.

패트릭은 만족스러운 신음 소리를 내며 코를 긁적였다. 정말 기분이 좋았다, 정말 지랄 나게 기분이 좋았다. 이런 걸 어떻게 끊을 수 있을까? 이건 사랑이야. 고향에 온 기분이야. 폭풍우에 시달리는 방랑의 세월을 끝내고 이타카에 온 기분이야. 패트릭은 맨 위 서랍에 주사기를 떨어뜨리고 휘청휘청 걸어가 침대에 길게 드러누웠다.

마침내 찾아든 평화. 반쯤 감긴 눈, 맞닿은 속눈썹. 마지못한 듯 접으며 천천히 퍼덕거리는 날개. 몸을 두드리는 펠트 해머, 연주되는 드럼에 떨어진 모래알처럼 춤추는 맥박. 이건 기억하지도 못하고 한시도 잊지 못하는 은둔 속에 사라지는 숨을 느리고 긴 호흡으로 배출하는 사랑이요 독이다. 패트릭의 생각은 어물어물하는 개울처럼 가물거리며 추상적이면서도 생생한 심상의 저수지에 고였다.

패트릭은 축축한 런던 광장을 걷고 있는 자신의 발을 머릿속에 떠올렸다. 젖은 잎들이 신발창에 짓밟혀 검게 노면에 들러붙었다. 광장의 나뭇잎 더미에서는 연기가 오르고, 그 열기는 공기를 시럽처럼 달게 만들었고, 소용돌이치는 누런 연기가 찌그러진 자전거 바퀴처럼 햇살을 구부렸고, 바큇살 같은 햇살은 벌거숭이가 되어 가는 플라타너스 나무들 사이에 흩어졌다. 풀밭은 죽은 나뭇가지들로 너저분했고, 패트릭은 눈이 연기에 따끔거리는데도 철책 밖에서 그 슬프고 매캐한 의식을 구경했다.

패트릭은 눈을 깜박이며 현재로 돌아와 간질거리는 눈을 긁으면서 책상 위에 걸린 노르망디 해변 그림에 시선을 집중했다. 긴 드레스를 입은 여자들과 밀짚모자를 쓴 남자들은 왜 바다에 들어가지 않았을까? 파라솔의 화려함 그 자체가 그들을 해변에 붙들어 두었던 걸까? 아니면 어떤 문장을 완성해야만 저 무심한 물에 들어가 옷을 벗을 수 있었던 걸까?

모든 것은 죽어 가고, 돌을 들추는 곳마다 눈먼 흰 구더기들이 득실거린다. 썩어 가는 축축한 흙과 모든 걸 삼키는 바다를 떠나 산으로 가야 한다. "난 너를 환영한다, 위대한 산이여!" 패트릭은 작은 소리로 노래하듯 말했다. "높도다! 고독하도다! 고요하도다! 뛰어내리기 좋도다!"

패트릭은 힘없이 웃었다. 코카인의 힘은 벌써 떨어졌다. 실제로 상당히 끔찍한 기분이 들기 시작했다. 코카인은 두 번 알맞게 놓을 만큼이 전부였다. 그러고 나면 가속화되는 낙담의 괴로움에 처해질 것이다. 스피드는 어쩌면 일시적으로 헤로인에 빛을 잃은 건지 모른다. 그렇더라도 그것의 효능은 상당히 감소될 수밖에 없다. 사람의 몸이 마약끼리 벌이는 전쟁의 참화로 얼룩진 전쟁터가 되어 버린 이런 상황에서 할 수 있는 현명한 일은, 레이첼이 제법 고고하게 거절한 마지막 퀘일루드를 먹고, 비행기를 타는 동안 잠을 청해 보는 것이다. 잠을 자야 한다는 생각이 확실히 우세했다. 즉, 잠에서 깼을 때 안 잤을 경우보다 약 기운이 더 세게 느껴질 것이기 때문이다.

늘 그렇듯이, 갈비뼈 아래쪽을 럭비공에 맞기라도 한 듯 간이 아팠다. 마약 욕구는 스파르타 소년이 튜닉에 감춘 여우*처럼 패트릭의 내장을 갉았다. 눈을 깜박이지 않으면 물체가 둘로 보이는 현상은 점점 더 심해져서 둘로 보이는 물체는 점점 더 서로 멀리 떨어졌다.

패트릭은 전반적으로 자기 몸을 종이 클립과 옷핀이 하나로 붙들고 있으며 조금만 잡아당겨도 찢겨 나갈 것 같은 느낌이 들었고, 눈의 질환 때문에 후회스러운 마음과 두려움에 사로잡혔

---

* 『플루타르크 영웅전』에 나오는 이야기. 스파르타 훈련을 받는 어린 소년이 여우를 튜닉 속에 넣어 들키지 않게 훔쳐 가다 여우에게 내장을 물어뜯겨 죽는다는 이야기.

다. 항상 이맘때, 즉 사흘째 되는 날 새벽이면 넌더리를 내며 마약을 끊고 싶다는 마음이 굴뚝같다가도 정신이 맑아지고 금단 증상이 나타나기 시작하면 마약이 없을 경우의 공포가 더 끔찍하게 느껴졌다.

패트릭은 레이첼이 침대 발치에 비참한 모습으로 서 있는 것을 보고 깜짝 놀랐다. 레이첼은 화장실에서 토하는 동안 패트릭의 기억에서 신속하게 사라졌다. 개체성을 상실하고, 패트릭의 마약 주사를, 또는 황홀의 명상을 훼방 놓을지 모를 그냥 다른 사람이 되었다.

"배가 더부룩해." 레이첼은 배를 끌어안고 하소연했다.

"좀 눕지 그래?" 패트릭은 목쉰 소리로 말했다.

레이첼은 침대에 털썩 엎드려 반대쪽으로 기어가더니 신음하며 베개 위로 엎드렸다.

"이리 와." 패트릭은 다정하게 들리기를 바라며 말했다.

레이첼은 약간 굴러서 옆으로 누웠다. 패트릭은 레이첼 쪽으로 몸을 굽혔다. 레이첼이 양치질을 했기를 바라면서 자기는 언제 양치질을 했나 생각했다. 그리고 키스했다. 각도가 어색했다. 그래서 코가 부딪쳤다. 이 어색한 상황을 만회하려고 급히 움직이다 이번에는 서로 이를 부딪쳤다.

"에이씨! 열두 살 먹은 애도 아니고." 패트릭이 말했다.

"미안해."

패트릭은 한쪽 손에 머리를 받치고 기댔다. 그리고 다른 손은 하얀 니트 드레스를 입은 레이첼의 몸을 더듬어 내려갔다. 아랫배에 살이 좀 있었다. 서 있을 때는 보이지 않았던 것이다. 패트릭은 불룩한 부위의 가장자리를 거쳐 엉덩이와 허벅지를 손가락으로 부드럽게 쓸었다.

"미안해." 레이첼이 반복해 말했다. "난 못 하겠어. 너무 긴장돼. 괜찮으면 먼저 함께 시간을 좀 보내고, 서로를 알아 가면 좋겠는데."

패트릭은 손을 떼고 벌렁 드러누웠다.

"물론이지." 패트릭은 쌀쌀하게 말하고 침대 옆의 시계를 흘긋 보았다. 4시 50분. 서로를 알기 위한 시간이 약 두 시간 40분 남았다.

"내가 더 어렸을 때는 아무하고나 잤는데, 그러고 나면 언제나 텅 빈 느낌이었어." 레이첼은 넋두리했다.

"칠리 한 접시를 다 먹은 데다 바나나 스플릿까지 먹고?" 이 여자를 먹지 못할 거라면 괴롭히기라도 해야겠다는 심산이었다.

"정말 적대적이네. 자신이 그렇다는 거 알아? 여자에 대해서 뭔가 문제가 있어?"

"남자든 여자든 강아지든, 난 차별하지 않아. 모두 지겨워."

패트릭은 빙 굴러서 침대에서 나와 책상으로 갔다. 왜 이런 피곤한 비곗덩어리를 데려왔을까? 참기 어렵다, 모든 게 참기 어려워.

"있잖아, 난 말다툼하고 싶지 않아. 나한테 실망한 줄 알아. 긴장을 풀게 네가 좀 도와주면 돼."

"긴장을 풀어 주는 건 내 전문이 아냐." 패트릭은 코카인과 스푼을 바지 호주머니에 넣고, 다른 주사기를 찾으려고 서랍 뒤쪽을 더듬었다.

레이첼은 침대에서 나와 패트릭 옆으로 갔다.

"우리 둘 다 굉장히 피곤하잖아. 어서 침대로 가서 잠을 좀 자자. 아침이 되면 사정이 달라 보일지 모르잖아." 레이첼은 수줍어하는 듯 말했다.

"과연 그럴까?" 패트릭이 물었다. 등에 닿은 레이첼의 손이 뜨거웠다. 레이첼의 손이든 누구의 손이든 몸에 닿는 게 싫었다. 패트릭은 몸을 비틀어 레이첼에게서 떨어져 혼자 있을 기회를 엿보았다.

"이 상자엔 뭐가 들었어?" 레이첼은 다시 쾌활해지려고 애를 쓰며 텔레비전 위에 놓인 상자를 만지며 물었다.

"우리 아버지 유해."

"아버지 유해!" 레이첼은 침을 꿀꺽 삼키며 손을 뗐다. "기분이 섬뜩해."

"걱정할 거 없어. 난 그거 기내에 가지고 탈 수 있을 거 같은

데, 넌 어떻게 생각해?"

"아마도." 레이첼은 패트릭의 마지막 말에 어리둥절했다. "어휴, 아무튼 난 이것 때문에 정말 기분이 섬뜩해. 너희 아버지가 이 방에 우리와 함께 있다는 거잖아. 어쩌면 내가 그걸 아까부터 감지한 건지도."

"그럴지도. 아무튼, 내가 화장실에 갔다 오는 동안 아버지가 친구가 되어 줄 수 있을 거야. 난 시간 좀 걸릴지 몰라."

"이거 좀 음산한걸." 레이첼이 눈을 크게 뜨며 말했다.

"두려워하지 마. 아버지는 매력적인 분이셨어. 사람들이 모두 그렇다고 했지."

패트릭은 레이첼을 두고 화장실에 들어가 문을 잠갔다. 레이첼은 침대 가장자리에 앉아 마치 그게 움직이기라도 할 것처럼 근심스레 상자를 바라보았다. 그러다가 이 소중한 기회를 이용해 숨쉬기 운동을 하기로 했다. 요가 강좌에 두 번 갔던 희미한 기억을 되살려 2, 3분 동안 하고 나니 따분했고 여전히 집에 가고 싶었다. 그런데 문제는 집이 멀리 브루클린에 있다는 것이었다. 택시를 타면 10 내지 12달러는 나올 테고, 도착하고 나서 고작 두 시간이면 버둥거리며 출근 준비를 해서 지하철을 타러 가야 하겠지만, 그냥 여기에 있으면 잠도 좀 자고 아침도 먹을 수 있을 것 같았다. 레이첼은 아침 식사 메뉴를 집어 들고 침대에 편히 자리 잡았다. 메뉴에 훌륭한 음식이 많은 것을 보고 신나면서도 한편으론 죄책감을 느끼다가 피로에 압도되었다.

패트릭은 욕조에 누웠다. 한쪽 다리는 욕조 밖으로 나와 달랑거렸고, 팔뚝에서는 피가 흘렀다. 남은 코카인을 전부 주사하자, 밀려드는 황홀감에 정신을 잃고 욕조 안으로 쓰러졌다. 패트릭은 이제 샤워 커튼의 금속 봉과 희고 반들반들한 천장을 멍하니 쳐다보았다. 대들보가 가슴에 무너져 내리기라도 한 듯이 입을 꼭 다물고 쉬는 호흡이 약했다. 셔츠가 땀에 젖어 얼룩덜룩했다. 콧구멍에는 헤로인 가루가 묻어 있었다. 봉지째 코에 갖다 대고 들이마신 것이다. 쭈글쭈글한 빈 봉지가 목에 떨어져 있었다.

패트릭은 왼손에 주사기를 쥐고 욕조 벽을 긁었다. 마약 주사를 끊어야 한다―이제 주사 기구가 없으니까 특히 더.

스스로 끼친 모든 해가 한꺼번에 밀려들었다. 그것은 중세 그림의 타락한 천사들처럼 붉게 달궈진 삼지창으로 패트릭을 찌르며 지옥으로 몰아댔다. 킬킬거리며 웃는 그들의 심술궂은 얼굴은 추악과 절망으로 패트릭을 에워쌌다. 변치 않는 결심을 하고 싶은 마음을 주체할 수 없었다. 두 번 다시는 마약을 하지 않겠다고, 진심에서 우러나는 불가능한 약속을 하고 싶었다. 이번에 살아난다면, 살아나는 것이 허락된다면, 두 번 다시 마약 주사를 맞지 말아야지.

이 심각한 곤경에 빠진 패트릭의 열렬한 마음은 자기가 정직하지 않다는 인식을 능가했다. 그래도 여전히 무언가 빠진 것 같은 불안한 느낌이 감지되었다. 그것은 멀리서 들리는 총성이 주는 느낌과도 같았다. 패트릭은 이제 주사 기구가 없었다. 주사기 한 개는 못 쓰게 되었고 다른 하나는 피가 굳어 막혀 버렸다. 다행스러웠지만 무한히 슬펐다. 신경접합부들이 곧 굶주린 어린아이들처럼 비명을 지를 것이다. 몸 안의 모든 세포가 애달피 패트릭의 소매를 붙들고 매달리며 애원할 것이다.

패트릭은 밖으로 걸쳐 얹었던 다리를 머뭇머뭇 안으로 내리고 상체를 일으켰다. 또 죽을 뻔했다. 이러면 항상 전신에 쇼크를 일으킨다. 그 퀘일루드를 먹는 게 좋겠다. 패트릭은 힘들게 몸을 일으켰지만 기절할 뻔하다가 노인처럼 벽에 쿵 기댔다. 그리고 조심조심 욕조에서 나왔다. 외투는 바닥에 있었다(패트릭은 재단사에게 소매에 덮개를 달아 달라고 할 생각을 자주 했었다). 패트릭은 천천히 외투를 집어 들고, 아주 천천히 퀘일루드를 꺼내 입에 넣고 물을 조금 마셔 목구멍으로 넘겼다.

패트릭은 멍한 정신으로 변기에 앉아 전화 수화기를 들었다. 555-1726.

"지금 전화를 받을 수 없습니다. 메시지를 남겨 주시면……" 망할! 피에르는 부재중이었다.

"피에르, 나 패트릭이야. 잘 있으라고 전화했어." 패트릭은 거짓말했다. "뉴욕에 다시 오는 **즉시** 연락할게. 잘 있어."

그다음엔 런던의 조니 홀에게 걸었다. 적어도 귀국했을 때 바로 쓸 수 있는 무언가를 준비시켜 놓아야 했다. 신호가 몇 번 갔다. 조니가 공항으로 마중 나올 수 있을지도 모른다. 신호가 몇 번 더 울렸다. 이런 망할! 조니도 부재중이었다. 견디기 힘든 상황이었다.

수화기를 도로 꽂으려고 하다 몇 번이나 받침대에 걸리지 않아 헛손질했다. 패트릭은 어린아이처럼 약해져 있었다. 주사기가 여전히 욕조에 있는 것을 보고 기신기신 주워서 두루마리 휴지에 둘둘 말아 세면대 밑에 있는 휴지통에 버렸다.

침실에서는 레이첼이 침대에 좌초된 듯 누워 코를 불규칙하게 골고 있었다. 내가 사랑에 빠진다면, 패트릭은 생각했다. 그러나 문장을 완성하지 못했다. 아치형 다리 밑 흐트러진 수면에 비친 불꽃의 반짝거림, 둔탁해진 메아리, 키스. 난로 앞에 앉은 부츠에서 녹아내리는 눈, 손가락 끝으로 부어올라 스며드는 피. 내가 사랑에 빠진다면.

하얀 배를 드러내고 거칠게 숨을 쉬는 모습이 패트릭에게는 실제로 뭍으로 끌어올린 고래 같아 보였다.

짐을 싸는 일은 쉬웠다. 모든 것을 하나로 뭉쳐 여행 가방에 쑤셔 넣고 뚜껑 위에 앉아 지퍼를 채우면 되니까. 패트릭은 그러고 나서 도로 지퍼를 열고 빅터의 책을 욱여넣어야 했다. "난 내가 새알이라고 생각해. 고로 나는 알이야." 패트릭은 피에르의 프랑스어 억양으로 날카롭게 소리 질렀다. 그리고 마지막 남은 깨끗한 셔츠를 입은 뒤 화장실로 가서 프런트에 전화했다.

"여보세요?" 패트릭은 말을 길게 늘였다.

"네, 손님, 어떻게 도와드릴까요?"

"7시 30분까지 리무진 좀 불러 주세요. 유리창이 검은 큰 차로." 패트릭은 아이처럼 덧붙였다.

"네, 그렇게 하겠습니다, 손님."

"그리고 계산서 준비해 주세요."

"네, 손님. 벨보이를 올려 보낼까요?"

"한 15분 후에 보내 주면 고맙겠습니다." 모든 게 순조로웠다. 패트릭은 옷을 다 입고 안대를 찼다. 그리고 의자에 앉아 가방을 가지러 올 벨보이를 기다렸다. 레이첼에게 간단하게 한 줄 메모라도 남길까? '오늘 밤 함께 지낸 일은 잊지 못할 것 같아'라든가 '조만간 언제 다시 만나서 놀자'라든가 하는. 그러나 어떤 때는 침묵이 더 웅변적이다.

문에서 약한 노크 소리가 들렸다. 벨보이는 예순 살 정도의 작고 머리가 벗어진 사람으로, 그 호텔에서 가장 단순한 회색 제복을 입었다.

"가방은 한 개뿐이에요."

"네, 손님." 벨보이는 아일랜드 억양으로 말했다.

그들은 복도를 따라 걸었다. 패트릭은 간 때문에 몸을 약간 구부렸고, 등이 아파 걸음걸이가 한쪽으로 기울었다.

"인생의 가방에는 오물이 가득할 뿐 아니라 새기까지 하죠. 그것에 영향을 받지 않을 수 없어요, 안 그래요?" 패트릭이 스스럼없이 말했다.

"많은 사람들이 인생에 대해 그렇게 느낀다고 생각합니다." 벨보이는 경쾌하고 사근사근한 말씨로 대답했다. 그리고 엘리베이터 앞에 멈추어 서서 패트릭의 가방을 내려놓았다.

"게다가 피의 강이 흐르고 거기에 악인들이 빠져 죽을 것이며, 높은 곳에 있는 이들도 무사하지 못하게 되죠." 벨보이가 연이어 읊조렸다.

"그거 본인의 예언입니까?" 패트릭이 상냥하게 물었다.

"성경책에 나옵니다. 그리고 다리들이 쓸려 내려가리니." 벨보이는 손으로 천장을 가리키고는 파리를 잡듯이 손바닥을 찰싹 마주쳤다. "그러면 인간은 세상의 종말이 임하였다고 하리라."

"그러면 그 말은 일리가 있는 말이 되겠습니다만, 난 이제 그만 가 봐야겠습니다." 패트릭이 말했다.

"알겠습니다." 벨보이는 여전히 신이 나서 말했다. "그럼 프런트에서 뵙겠습니다." 벨보이는 서비스 엘리베이터 쪽으로 종종걸음을 쳤다. 제아무리 위태로운 삶을 살아도 텔레비전에서 보는 것을 믿는 사람들과는 경쟁해 봐야 소용없다, 패트릭은 엘리베이터를 타며 생각했다.

지불해야 할 계산서는 2,153달러였다. 패트릭 본인조차 그렇게 많이 나오리라고는 생각하지 못했다. 그래도 패트릭은 은근히 기분이 좋았다. 자본 침식은 자신의 본질을 소모시킬 수 있는, 자신이 느끼는 만큼 야위고 텅 빌 수 있는, 과분한 행운의 부담을 덜 수 있는, 실천에 옮기는 것을 여전히 망설이는 동안 상징적인 자살을 할 수 있는 또 하나의 길이기 때문이었다. 패트릭은 그 반대의 환상도 품었다. 즉 자기가 알거지가 된다면 돈을 벌어야 하는 필요 때문에 의욕에 불타는 목표 의식을 찾으리라는 것이었다. 호텔 요금 외에, 택시, 마약, 음식점 등에 2,000 내지 2,500달러를 썼을 뿐 아니라 항공 요금으로는 6,000달러를 썼다. 전부 합하면 10,000달러를 초과하는 지출이었다. 게다가 장례비 청구서는 아직 날아오지도 않았다. 패트릭은 상금이 걸린 퀴즈 프로의 승자가 된 기분이 들었다. 만일 8,000달러나 8,500달러였다면 정말 짜증 났을 것이다. 이틀에 10,000달러. 패트릭에게 즐길 줄 모른다고 할 사람은 아무도 없을 것이다.

패트릭은 계산서를 확인해 볼 체도 않고 아메리칸 익스프레스 카드를 카운터에 던져 놓았다.

"아, 그런데 말이죠." 패트릭은 하품했다. "계산서에 서명을 해놓을 테니 아직 총액 결제는 하지 말아 주시겠어요? 내 친구가 아직 방에 있는데, 아침을 먹을지 모르니까요. 사실 분명히 그럴 겁니다. 아무거나 주문하게 해 주세요." 패트릭은 후하게 덧붙였다.

"알-겠습니다." 접수계 직원은 망설였다. 추가로 한 사람이 더 묵은 것을 문제 삼아야 할지 알 수 없었다. "정오 전에는 방을 비워 주시겠죠?"

"아마 그럴 겁니다. 일하러 가야 하니까요." 패트릭은 마치 그게 이례적인 사실인 듯이 말했다. 그리고 신용카드 양식에 서명했다.

"손님 댁으로 최종 계산서 사본을 보내드리겠습니다."

"아, 그러지 않아도 돼요." 패트릭은 또 하품했다. 그리고 벨보이가 가방을 들고 옆에 서 있는 것을 알아차렸다. "아, 거기 계시군. 피의 강이라고요?" 패트릭은 웃었다.

벨보이는 무슨 말인지 이해하지 못하고 굽실거리며 패트릭을 바라보았다. 어쩌면 그 모든 것은 패트릭이 상상한 건지도 모른다. 정말 잠을 좀 자는 게 좋을지 모른다.

"저희 호텔에서 편한 시간이 되셨기를 바랍니다." 접수계 직원은 계산서 사본을 봉투에 넣어 패트릭에게 건네며 말했다.

"편한 시간은 적절치 않은 말이고, 아주 좋은 시간을 보냈어요." 패트릭은 가장 호감을 줄 수 있는 웃음을 지어 보였다. 직원이 내민 봉투는 살짝 찡그리며 받지 않았다. "앗, 이런!" 패트릭이 느닷없이 외쳤다. "방에 뭘 놓고 왔는데." 패트릭은 벨보이를 바라보았다. "텔레비전 위에 나무 상자가 있을 거예요. 혹시 가서 좀 가져다줄 수 있을까요? 갈색 종이봉투도 써야 하니까 버리지 말고 함께."

어떻게 그걸 잊을 수 있지? 정신 분석을 위해 비엔나에 전화할 필요는 없다. 아버지가 쓸쓸한 콘월의 강어귀에 재를 뿌려달라고 했는데 어쩌려고 그랬을까? 그러면 인근의 화장터에 가서 뇌물을 주고 재를 얻어야 할 뻔했다.

벨보이가 10분 뒤에 돌아왔다. 패트릭은 담배를 끄고 갈색 종이봉투를 건네받았다. 두 사람은 회전문 쪽으로 함께 걸어갔다.

"방에 있는 아가씨가 손님이 어디 가시는 길이냐고 물었습니다." 벨보이가 말했다.

"그래서 뭐라고 했어요?"

"공항에 가시는 길인 것 같다고 했습니다."

"그러니까 뭐래요?"

"그 말은 입에 담고 싶지 않습니다, 손님." 벨보이는 공손히 말했다.

그것으로 끝이군, 패트릭은 회전문으로 나가며 생각했다. 베고. 태우고. 새로운 곳으로 옮겨 가고. 빛나는 햇빛 속으로 나가 드넓고 엷은 하늘 아래 서자 안구가 로마의 조각상 눈을 드릴로 새기는 듯했다.

길 건너편에 있는 한 남자가 눈에 띄었다. 왼손이 잘려 없는데 뼈가 튀어나온 손목 부분이 살짝 생살처럼 보였다. 사나흘 정도 면도하지 않았을 수염, 원한이 사무친 듯한 얼굴, 누런 안경알, 삐죽 내민 입술, 곧은 머리카락, 얼룩진 레인코트. 잘린 손목이 무의식적으로 경련을 일으키듯 바삐 아래위로 움직였다. 골초. 세상을 증오하는 자. Mon semblable나와 닮은 사람. 다른 사람들의 말.

그렇지만 그들 사이에는 중요한 차이점이 있었다. 패트릭은 도어맨과 벨보이에게 지폐를 나누어 주었다. 운전사가 문을 열어 잡아 주었고, 패트릭은 갈색 종이봉투를 들고 뒷좌석에 올라, 검정 가죽 의자에 몸을 죽 뻗고, 눈을 감고, 자는 체했다.

사과도, 해명도

모두 다섯 권으로 이루어진 에드워드 세인트 오빈의 자전 소설 1권 『괜찮아』는 프랑스 남부 멜로즈 일가의 대저택에서 하루 동안 일어난 일을 그린다. 가학적인 영국인 데이비드 멜로즈는 어린 아들 패트릭과 부유한 미국인 아내 엘리너의 삶을 억압한다.

2권 『나쁜 소식』은 스물두 살 된 패트릭이 뉴욕에서 사망한 아버지의 유해를 가지러 가는 장면으로 시작한다. 그곳에서 보내는 24시간은 마약으로 채워진다. 각종 마약의 중심을 차지하는 헤로인은 "부드럽고 윤택하다, 산비둘기의 목처럼, 인생의 책 한 페이지에 흘린 봉랍처럼, 손에서 손으로 스르르 흘려 옮기는 한 움큼 보석처럼"(65쪽) 그의 중추 신경계에 감겨든다.

『괜찮아』를 읽은 독자라면 패트릭이 왜 습관성 마약에 빠져 들었는지 쉽게 짐작할 수 있을 것이다. 소설에서는 24시간 동안 의 마약 편력이 그려지지만, 실제로 마약쟁이 생활은 12년 동안 계속되었다.

패트릭은 『괜찮아』에서 상상으로 현실에서 도피한다. 성폭력을 당할 때는 상상의 도마뱀붙이가 되어 그 상황을 벗어난다. 그렇게 도마뱀붙이가 되어 세상을 바라본다는 것은 어떤 것일까. 패트릭이 겪는 것과 같은 비극까지는 아니더라도, 어떤 견딜 수 없는 상황에 처했을 때 상상으로 자신에게서 벗어나 스스로를 바라보는 경험을 안 해 본 사람이 있을까마는 패트릭이 겪은 것은 보통 사람의 상상을 초월하는 것이다. 결국 패트릭은 성장해서 기억과 현실에서 도피하기 위해 마약을 택했다.

1권 『괜찮아』가 아동 학대에 관한 것이라면, 2권 『나쁜 소식』은 1권의 트라우마를 겪는 패트릭의 마약 중독에 관한 것이다. 1권이 '잔인'에 관한 것이라면 2권은 그 잔인이 끼친 영향에 관한 것이다. 그리고 3권 『일말의 희망』에서 패트릭은 1권과 2권의 문제에 해결과 구원의 가능성을 찾는다.

『괜찮아』의 「옮긴이의 말」에서 "'비유는 페르세우스 방패'와 같다"고 했다. 세인트 오빈에게 비유, 특히 직유는 차마 마주 볼 수 없는 것을 '보지 않는 수단'이다. 패트릭은 『나쁜 소식』에서 아버지가 평생 간직한, 그리고 자기가 이어받은 좌우명을 떠올린다. "절대로 사과도, 해명도 하지 말아라."(151쪽) 이것은 프랑스 철학자 롤랑 바르트의 『텍스트의 즐거움Le plaisir du texte』을 여는 말이다. 프랜시스 베이컨이 말하는 "적극적으로 자기 언행을 위장하는 사람simulator"의 태도다. 그것은 아무것도 부인하지 않는 '즐거움'이다. 바르트에게 그 주체가 "유일하게 무언가 부인하는 방식은 다른 데로 시선을 돌리는 것"이다. 패트릭은 "사과도 해명도 하지 말라"면 "도대체 어떡하란 거야"(151쪽)라고 외치지만, 그는 이미 그 방법을 아버지에게서 이어받아 어려서부터 체득해서 알고 있다. 그게 무엇인지는 '텍스트'로 떠올리지 못했어도, 어려서는 도마뱀붙이가 되었고, 성장해서는 마약에서 도피처를 찾는다.

패트릭은 마약을 거부하지 않고, 마약이라는 '다른 데'로 시선을 돌린다. 현실에서 도피하지만, 그것은 내면의 황량한 풍경을 밖으로 구체화할 뿐이다. 그 내면은 자아와 부단히 갈등하고, 끊임없이 후회한다. 그러나 "마약은 자살을 연장하는 데 아주 유용했다"고 세인트 오빈은 2003년 한 인터뷰에서 말했다. 무슨 말일까? 내면의 살풍경과 광기를 측량할 수 있는 무엇으로 치환한다는 것이다. 그것을 대상화해서 자기에게 유리하게 다룰 수 있다는 말일 것이다. 즉 이런 식이다. '코카인을 했기 때문에 나는 미치광이다'라고 하지 않고, 인과의 순서를 도치해서 '나는 미치광이이기 때문에 코카인을 하는 것이다'라고 함으로써 생각과 감정을 실리적인 것으로 바꾸는 식이다. 이상한 논리이지만, 그렇게 해서 단번에 목숨을 끊는 혐오스러운 결정을 내리기보다는 마약에 중독되어 서서히 죽어 가는 길을 택할 수 있다는 것이다. 아무리 이상한 논리라도, 그가 극단적 자살을 하지 않고 12년 동안의 마약 중독을 뒤로 하고 5년 동안 약을 하지 않은 상태에서 패트릭 멜로즈 소설 세 권이나 쓴 것을 보면, 효과적이고, 그야말로 유용한 논리였던 것은 맞는 듯하다.

생각의 억압, 의식의 분열, 고통과 불쾌한 기억에 대한 부정, 이 모든 것들의 반복. '기억하기'와 '잊어버리기'를 심미적 도구로 써서, 기억의 복구와 삭제 과정을 텍스트로 구성하고 그것에 주의를 환기시키는 버지니아 울프처럼, 세인트 오빈은 이 책의 7장에서 그의 기억과 자기 검열(잠재의식을 억압하는 기능)을 엿볼 수 있는 자의식적 방식으로 글을 쓴다.

마약의 황홀경은 롤랑 바르트가 텍스트에 대해 말하는 '주이상스jouissance'와 같다. 주이상스는 '통제된 즐거움plaisir'이 아니라 주체할 수 없는 환희를 말한다. 니르바나, 즉 열반에 가까운 것이라고도 할 수 있다. 그러나 그것은 고통을 수반할 수도 있는 환희다. 패트릭에게 그것은 환희요 사랑이요 독이었다.

신경이 피아노 줄처럼 당겨지는 느낌이 왔다. 헤로인이 그 뒤를 쫓아 피아노의 펠트 해머로 보슬비처럼 부드럽게 등뼈를 따라 두드리며 올라가 두개골을 울렸다. (…) 이건 사랑이야. 고향에 온 기분이야. 폭풍우에 시달리는 방랑의 세월을 끝내고 이타카에 온 기분이야. (…) 몸을 두드리는 펠트 해머, 연주되는 드럼에 떨어진 모래알처럼 춤추는 맥박. 이건 기억하지도 못하고 한시도 잊지 못하는 은둔 속에 사라지는 숨을 느리고 긴 호흡으로 배출하는 사랑이요 독이다.(243쪽)

마약에 취한 패트릭은 의식의 분열을 통해 "강박적인 흉내"(113쪽)로 내면을 드러낸다. "Omlet"(129쪽)은 셰익스피어의『햄릿』을 가리키는 한편 제임스 조이스의『율리시스』15화 '키르케' 편을 떠올리게 한다. 이 일화는 자정에 사창가에서 벌어지는 이야기로, 중간중간에 주인공 스티븐과 블룸의 공포와 격정의 환상이 개입하는 연극 대본 형식으로 구성되어 있다. 이 환상 속에서 창부 벨라는 '벨로'라는 남자가 되어 여성화된 주인공 블룸을 범한다. 바로 이 벨라가 웃으면서 주절거리는 말이 'omlette'이다. 또 "Omlet"은 프랑스 정신 분석학자 자크 라캉의 'hommelette' 즉 '깨진 새알로 만든 아이'를 가리키기도 한다. 6개월에서 18개월 된 아이의 자아가 무의식적 구조로 발생하는 단계를 이르는 말이다. 이때 아이는 거울을 볼 때 자기를 알아보기도 하고 잘못 알아보기도 한다. 한편 "Popospook"는 아버지의 유령을 가리키는데, 이 Popo는 '아버지'를 뜻하지만, 이탈리아어로 popò는 '배설물, 대변'을 뜻하기도 한다. 세인트 오빈은 패트릭의 정신 외상을 이렇게 재치 있는 모방으로 승화시키는 것이다.

세인트 오빈의 작품에서 문체와 관련된 특징을 찾는다면 미국 영어에 영향을 받지 않은 'English English' 즉 '영국적 영어' 또는 귀족적 언어를 쓴다는 것 외에 문체가 없다는 것, 문체가 있다면 모방의 문체라는 점을 들 수 있을 것이다. 이 점에서는 '스타일이 없이sans style' 쓰기 위해 모국어가 아닌 언어(플로베르의 언어)로 글을 쓰고자 한 사뮈엘 베케트와도 같다. 그렇기 때문에 세인트 오빈은 모방 작가 콩그리브를 인용하고 베케트를 언급한다. 베케트의 작품도 다른 사람들의 말을 다시 배열한 것이다. 하늘 아래 새로운 것은 없듯이 "해는 새로운 것 없는 세상에 비쳤다"(134쪽) 그리고 "다른 사람들의 말이 머릿속에서 맴돌았다"(28쪽)고 하는 것을 볼 수 있다.

『나쁜 소식』에, 아니, 세인트 오빈의 자전 소설에 「옮긴이의 말」을 쓰기가 나는 쉽지 않다. 『나쁜 소식』은 특히 더 그러하다. 어린 시절의 충격적 정신 외상에 더하여 마약을 하는 심리와, 마약에 취한 상태, 그 여파가 새겨진 텍스트를 번역하는 일은 일반 텍스트에 비해 한층 더 큰 에너지를 소모시킨다. 심연을 드나드는 저자의 극단적 마약 체험은 보통 사람이 헤아리기 힘든 것이기 때문일 것이다. '어둠의 핵심'을 접하는 것 같았던 1권과 2권에 이어 3권 『일말의 희망』을 탈고하고 2권의 후기를 쓰는 지금은 처음보다 더 분명히 그의 작품이 비범하다는 것을 알게 되었다. 보람이 있는 작업이고 '일말의 희망'을 보았으며, 또 그 너머를 기대하게 되었다.

2018년 6월

공진호

패트릭 멜로즈 소설 5부작

PATRICK MELROSE NOVELS

나쁜 소식

초판 1쇄 펴낸날 2018년 6월 27일

지은이 에드워드 세인트 오빈
옮긴이 공진호
펴낸이 김영정

펴낸곳 (주)현대문학
등록번호 제1-452호
주소 06532 서울시 서초구 신반포로 321(잠원동, 미래엔)
전화 02-2017-0280
팩스 02-516-5433
홈페이지 www.hdmh.co.kr

ⓒ 2018, 현대문학

ISBN 978-89-7275-885-3 04840
ISBN 978-89-7275-883-9(세트)

* 책값은 뒤표지에 있습니다.